UN PLAT QUI SE MANGE FROID

(UNE ENQUETE DE RILEY PAIGE—TOME 8)

BLAKE PIERCE

ISBN : 978-1-64029-647-3

PROLOGUE

En entrant dans le Patom Lounge, l'homme fut aussitôt englouti par un nuage épais de fumée de cigarettes. Le bar n'était pas très bien éclairé et du vieux heavy metal hurlait dans les haut-parleurs. Il était déjà impatient de s'en aller.

Il faisait trop chaud. Il y avait trop de monde. Des acclamations le firent sursauter : en se retournant, il vit que la clameur venait d'un groupe de cinq poivrots en train de jouer aux fléchettes. Un peu plus loin, un autre groupe jouait bruyamment au billard. Plus vite il partirait d'ici, mieux ce serait.

Il balaya la pièce du regard. Ses yeux s'arrêtèrent sur une jeune femme assise au bar.

Elle avait un joli visage et une coupe de cheveux à la garçonne. Elle était un trop bien habillée pour un endroit pareil.

Elle fera parfaitement l'affaire, pensa l'homme.

Il marcha jusqu'au bar et s'assit sur un tabouret à côté d'elle. Elle sourit.

— Comment vous vous appelez ? demanda-t-il.

Il n'entendait même pas sa propre voix dans ce vacarme.

Elle se tourna vers lui, souriant à son tour, puis montra ses oreilles en secouant la tête.

Il répéta sa question plus fort, en articulant de manière exagérée.

Elle s'approcha. En hurlant presque, elle répondit :

— Tilda. Et toi ?

— Michael, dit-il d'un ton plus bas.

Ce n'était pas son vrai nom, évidemment, mais cela n'avait pas d'importance. Elle ne l'avait probablement pas entendu. Elle avait l'air de s'en ficher.

Il baissa les yeux vers le verre de la fille. Il était presque vide. Ce devait être une margarita. Il le pointa du doigt et proposa d'une voix forte :

— Tu en veux un autre ?

Sans cesser de sourire, la femme nommée Tilda secoua la tête.

Elle n'avait pas dit ça pour le repousser. Il en était certain. Peut-être pouvait-il tenter quelque chose de plus audacieux.

Il tira vers lui une serviette en papier et sortit un stylo de sa poche.

Il écrivit…

Tu veux aller ailleurs ?

Elle baissa les yeux vers le message. Son sourire s'élargit. Elle hésita une seconde, mais il avait vu juste : elle était à la recherche de sensations fortes. Et elle était satisfaite d'avoir trouvé ce qu'elle cherchait.

Enfin, pour son plus grand plaisir, elle hocha la tête.

Avant de partir, il s'empara d'une boîte d'allumettes portant le logo du bar.

Il allait en avoir besoin.

Il l'aida à enfiler son manteau et ils sortirent. Après tout ce bruit et cette chaleur étouffante, il était déconcertant de se retrouver à l'air libre, dans le silence.

— Eh ben, dit-elle en marchant à ses côtés. J'ai failli devenir sourde…

— Tu ne dois pas venir souvent, répondit-il.

— Non.

Elle n'en dit pas plus, mais ce devait être la première fois qu'elle venait au Patom Lounge.

— Moi non plus, dit-il. C'est un trou.

— Je ne te le fais pas dire.

Ils éclatèrent de rire.

— Ma voiture est là-bas, dit-il en la montrant du doigt. Où tu veux aller ?

Elle hésita.

Puis, avec un regard pétillant de malice, elle dit :

— Surprends-moi.

Il ne s'était pas trompé. Elle était à la recherche de sensations fortes.

Lui aussi.

Il ouvrit sa portière et elle s'assit côté passager. Il s'installa au volant et démarra.

— Alors, où on va ? demanda-t-elle.

Avec un sourire et un clin d'œil, il répondit :

— Tu veux que ce soit une surprise.

Elle étouffa un rire, qui semblait à la fois nerveux et satisfait.

— Tu vis à Greybull ? demanda-t-il.

— J'y suis même née. Je ne t'avais jamais vu avant. Tu vis

dans le coin ?

— Pas très loin, répondit-il.

Elle rit à nouveau.

— Qu'est-ce qui t'amène dans cette petite ville où il ne se passe jamais rien ?

— Les affaires.

Elle le dévisagea avec curiosité, mais n'insista pas. Visiblement, elle n'avait pas envie d'apprendre à le connaître. Ça lui convenait très bien.

Il se gara sur le parking d'un petit motel défraîchi, le Maberly Inn, devant la chambre 34.

— J'ai pris une chambre, dit-il.

Elle ne répondit pas.

Puis, après un bref silence, il demanda :

— Ça te va ?

Elle hocha la tête d'un air un peu nerveux.

Ils entrèrent ensemble dans la chambre. Elle balaya la pièce du regard. Il y avait une odeur désagréable et des tableaux très laids décoraient les murs.

Elle marcha vers le lit et posa la main sur le matelas, comme pour tester sa fermeté.

La chambre ne lui plaisait pas ?

Il n'en était pas certain.

Son geste le mit en colère. Dans une colère noire.

Il n'était pas sûr de pouvoir l'expliquer.

D'habitude, il attendait que la fille soit toute nue dans le lit pour frapper. Cette fois, il ne put s'en empêcher.

Quand elle se dirigea vers la salle de bain, il lui bloqua la route.

Elle écarquilla les yeux.

Avant qu'elle n'ait eu le temps de réagir, il la repoussa sur le lit.

Elle se débattit, mais il était beaucoup plus fort qu'elle.

Elle essaya de crier, mais il saisit un oreiller pour l'étouffer.

Bientôt, il le savait, ce serait terminé.

CHAPITRE UN

La lumière s'alluma brusquement dans l'amphithéâtre. L'agent Lucy Vargas battit des paupières.

Autour d'elle, les étudiants se mirent à murmurer. Lucy avait mis tellement d'effort à s'imaginer dans la tête d'un tueur qu'elle eut du mal à revenir à la réalité.

— Parlons de ce que vous avez vu, dit l'instructeur.

C'était le mentor de Lucy, l'agent spécial Riley Paige, qui faisait classe aujourd'hui.

Lucy ne faisait normalement pas partie de ses étudiants : Riley enseignait aux cadets. Elle était venue assister au cours, comme elle le faisait de temps en temps. Elle était encore débutante et Riley Paige était une source d'inspiration et d'information illimitée. Lucy profitait de toutes les opportunités pour apprendre de son expérience – et pour travailler avec elle.

L'agent Paige avait donné à sa classe des détails sur une affaire de meurtre sur lequel elle avait travaillé vingt-cinq ans plus tôt. Trois jeunes femmes avaient été assassinées en Virginie par un homme qu'on surnommait à l'époque le tueur aux boîtes d'allumettes, parce qu'il laissait des boîtes d'allumettes sur les corps de ses victimes. Ces boîtes d'allumettes venaient de bars situés dans la région de Richmond. Il laissait également parfois des blocs-notes aux noms de motels où les femmes avaient été tuées. Pourtant, visiter et fouiller ces différents endroits n'avait servi à rien.

L'agent Paige avait demandé aux étudiants d'utiliser leur imagination pour récréer un de ces meurtres.

— Ne vous mettez aucune barrière, avait-elle dit avant qu'ils ne commencent. Visualiser des détails. Ce n'est pas grave si tout n'est pas juste. Essayez d'avoir l'ambiance, l'humeur, le lieu…

Puis elle avait éteint la lumière pendant dix minutes.

A présent, l'agent Paige marchait devant sa classe. Elle dit :

— Commencez par me parler du Patom Lounge. A quoi ressemble cet endroit ?

Une main se dressa au milieu des gradins. L'agent Paige fit signe au jeune homme de parler.

— Ce n'est pas un endroit très élégant, mais c'est un bar qui se donne des airs : des lumières diffuses, des fauteuils en daim…

Lucy fronça les sourcils. Elle n'avait pas du tout imaginé un bar comme ça.

L'agent Paige sourit. Elle ne dit pas si l'étudiant s'était trompé.

— Autre chose ? demanda l'agent Paige.

— Il y avait de la musique douce, dit un autre étudiant. Du jazz, peut-être.

Mais Lucy avait entendu des tubes de rock des années 70 et 80.

S'était-elle trompée sur toute la ligne ?

L'agent Paige demanda :

— Et le Maberly Inn ? A quoi ça ressemble ?

Une étudiante leva la main. L'agent Paige lui fit signe.

— Pittoresque et charmant, dit la jeune femme. Et assez vieux. Le motel d'un particulier, avant l'essor des franchises.

Un autre étudiant confirma :

— C'est ce que je pense aussi.

D'autres hochèrent bruyamment la tête.

Une fois encore, la différence avec ce qu'elle avait imaginé frappa Lucy.

L'agent Paige sourit.

— Combien d'entre vous ont eu la même impression, à propos du bar et du motel ?

De nombreux étudiants levèrent la main.

Lucy commençait à être mal à l'aise.

« Essayez d'avoir l'ambiance, l'humeur, le lieu... » avait dit l'agent Paige.

Lucy avait-elle échoué ?

Alors que tous les autres avaient réussi ?

Ce fut alors que l'agent Paige fit apparaitre des photos sur l'écran.

D'abord, quelques photographies du Patom Lounge. Sur un cliché pris la nuit et de l'extérieur, on apercevait une enseigne lumineuse à la fenêtre. Il y avait également des photos prises à l'intérieur.

— Voilà le bar, dit l'agent Paige. Du moins, c'est à ça qu'il ressemblait au moment du meurtre. Je ne sais pas à quoi ça ressemble maintenant, ni même si le bar est toujours ouvert.

Lucy était soulagée. C'était beaucoup plus proche de ce qu'elle avait imaginé : un trou miteux avec des fauteuils en similicuir. Il y avait même les tables de billard et la cible d'un jeu de fléchettes qu'elle avait imaginées. Et on devinait un nuage de fumée de cigarettes.

Les étudiants étaient bouche bée.

— Maintenant, voyons le Maberly Inn, dit l'agent Paige.

D'autres photos apparurent. Le motel était aussi sordide et miteux que Lucy l'avait imaginé – pas très vieux, mais très mal entretenu.

L'agent Paige étouffa un rire.

— Bizarre, non ? dit-elle.

Des éclats de rire nerveux se firent entendre.

— Pourquoi avez-vous imaginé autre chose ? demanda l'agent Paige.

Elle appela une jeune femme qui levait la main.

— Eh bien, vous nous avez dit que le tueur avait approché sa victime dans un bar, dit-elle. J'ai tout de suite pensé à un bar où se rendent les trentenaires célibataires. Un endroit un peu ringard mais qui se donne l'air classe. Je ne pensais pas du tout à un trou comme celui-là, fréquenté par la classe ouvrière.

Un autre renchérit :

— Même chose pour le motel. Ce serait plus logique que le tueur l'emmène dans un endroit plus sympa, ne serait-ce que pour endormir sa méfiance, non ?

Lucy ne put s'empêcher de sourire.

Je comprends mieux, pensa-t-elle.

L'agent Paige remarqua son sourire et y répondit. Elle dit :

— Agent Vargas, savez-vous pourquoi vos camarades ont commis des erreurs ?

Lucy répondit :

— Personne n'a pris en compte l'âge de la victime. Tilda Steen n'avait que vingt ans. Les femmes célibataires qui se rendent dans les bars que nous venons d'évoquer sont souvent plus âgées : des trentenaires ou des femmes d'âge mûr, parfois divorcées. C'est pour ça que nous nous sommes trompés.

L'agent Paige hocha la tête.

— Continuez, dit-elle.

Lucy réfléchit.

— Vous nous avez dit qu'elle était issue de la classe moyenne et qu'elle venait d'une petite ville très ordinaire. D'après les photos, elle était assez jolie et je pense qu'elle ne devait pas avoir de mal à trouver des petits copains. Alors pourquoi irait-il dans un trou paumé comme le Patom Lounge ? Je pense qu'elle s'ennuyait. Je pense qu'elle est allée délibérément dans un endroit qui avait la réputation d'être un peu dangereux.

Et elle a trouvé ce qu'elle cherchait, pensa Lucy sans le dire à voir haute.

— Y a-t-il des leçons à tirer de cet exercice ? demanda l'agent Paige à toute la classe.

Un étudiant leva la main et dit :

— Quand on essaye de reconstruire un crime, il faut prendre en compte toutes les informations. Ne jamais rien laisser de côté.

L'agent Paige eut l'air satisfait.

— C'est exact, dit-elle. Quand on enquête, on doit faire preuve d'une imagination débordante, on doit pouvoir se glisser dans la tête du tueur, mais ça peut être délicat. Si on oublie de prendre en compte le moindre détail, on tombe facilement à côté. Parfois, c'est ce qui fait toute la différence entre une affaire classée et une affaire résolue.

L'agent Paige se tut et ajouta :

— Et cette affaire a été classée. Je ne sais pas si elle sera un jour résolue. J'en doute. Au bout de vingt-cinq ans, la piste n'est plus de la première fraîcheur. Un homme a tué trois jeunes femmes et il doit être encore en liberté.

L'agent Paige laisse ces derniers mots faire leur petit effet.

— C'est tout pour aujourd'hui, dit-elle enfin. Vous savez ce que vous devez lire pour la prochaine fois.

Les étudiants quittèrent l'amphithéâtre. Lucy décida de rester quelques instants pour discuter avec son mentor.

L'agent Paige lui sourit et dit :

— Très bon travail.

— Merci, répondit Lucy.

Elle était très contente. Même le plus petit compliment de Riley Paige valait de l'or.

Puis l'agent Paige dit :

— J'aimerais que tu essayes quelque chose de plus difficile. Ferme les yeux.

Lucy s'exécuta. D'une voix grave, l'agent Paige lui donna plus de détails.

— Après avoir tué Tilda Steen, le meurtrier l'a enterrée dans une tombe peu profonde. Peux-tu me décrire comment ça s'est passé ?

Lucy essaya de se glisser dans l'esprit du tueur.

— Il a laissé le corps sur le lit, puis il est sorti de la chambre, dit Lucy à voix haute, dit Lucy. Il a regardé aux alentours pour être sûr qu'il n'y avait personne. Il n'y avait personne. Il a emporté le corps vers la voiture et l'a jeté dans le coffre. Il a roulé jusqu'à une région boisée. Un endroit qu'il connaissait, assez loin de la scène de crime.

— Continue, dit l'agent Paige.

Les yeux fermés, Lucy sentait que le tueur était froid et méthodique.

— Il s'est garé à un endroit où on ne le verrait pas depuis la route. Puis il a sorti une pelle de son coffre.

Lucy hésita quelques instants.

C'était la nuit. Comment le tueur avait-il fait pour s'orienter dans la forêt ?

Ce n'était pas facile de porter à la fois une lampe électrique, une pelle et un corps.

— C'était la pleine lune ?

— Oui, confirma l'agent Paige.

Lucy se sentit rassérénée.

— Il a ramassé la pelle d'une main et il a jeté le corps sur son épaule de l'autre. Il s'est avancé dans les bois, puis il s'est arrêté à un endroit où il était sûr que personne ne le verrait.

— Un endroit éloigné de la route ? demanda l'agent Paige, interrompant la rêverie de Lucy.

— J'en suis certaine.

— Ouvre les yeux.

Lucy s'exécuta. L'agent Paige était en train de ranger ses affaires. Elle dit :

— En fait, le tueur a emporté le corps dans les bois, en face du motel, de l'autre côté de l'autoroute. Il n'a fait que quelques mètres. C'est un lampadaire qui l'éclairait et il voyait certainement les phares des voitures sur l'autoroute. Il a enterré Tilda Steen sous des cailloux, sans faire très attention. Quelques jours plus tard, un cycliste qui passait par là, sentant l'odeur, a appelé la police. Ils n'ont eu aucun mal à trouver le corps.

Lucy resta bouche bée.

— Il n'a même pas essayé de cacher le cadavre ? demanda-t-elle. Je ne comprends pas.

En refermant sa mallette, Riley sortit de l'amphithéâtre, Lucy sur ses talons. Lucy crut détecter de l'amertume et de la déception dans la démarche de son mentor.

L'agent Paige essayait de ne rien laisser paraître, mais cette affaire classée la hantait.

CHAPITRE DEUX

Pendant le diner, Riley Paige eut bien du mal à chasser de son esprit le tueur aux allumettes. Elle avait choisi cette affaire classée comme exemple dans sa classe parce qu'elle savait qu'elle en entendrait bientôt parler.

Elle tourna délibérément ses pensées et son attention sur le délicieux ragoût guatémaltèque que Gabriela leur avait mitonné. La bonne était une très bonne cuisinière. Riley espéra que Gabriela ne remarquerait pas qu'elle était de mauvaise humeur. Evidemment, les filles, elles, le remarquèrent.

— Qu'est-ce que t'as, maman ? demanda April, la fille de Riley qui était âgée de quinze ans.

— Y a quelque chose qui va pas ? renchérit Jilly, la gamine de treize ans que Riley espérait adopter.

En bout de table, Gabriela se tourna vers Riley avec inquiétude.

Riley ne sut que dire. Elle savait qu'elle allait recevoir le lendemain un coup de téléphone qui lui rappellerait le tueur aux allumettes. C'était un coup de téléphone qu'elle recevait chaque année. Il était inutile d'essayer de l'oublier.

Mais elle n'aimait pas ramener son travail à la maison. Parfois, elle mettait sa famille en grand danger.

— Ce n'est rien, répondit-elle.

Elles mangèrent en silence pendant quelques minutes. Enfin, April dit :

— C'est papa ? Ça te dérange qu'il ne soit pas à la maison, ce soir ?

La question prit Riley par surprise. Les absences répétées de son mari la dérangeaient bel et bien. Ils avaient fait beaucoup d'efforts pour se réconcilier après un divorce difficile. Maintenant, tout cela paraissait vain. Ryan passait de moins en moins de temps à la maison.

Cependant, ce n'était pas à lui qu'elle pensait en ce moment.

Qu'est-ce que cela voulait dire ?

Cela signifiait-il qu'elle avait baissé les bras ?

Avait-elle renoncé à Ryan ?

Les deux filles et la bonne la regardaient toujours, comme dans l'attente d'une réponse.

— C'est une affaire, dit Riley. Ça me perturbe toujours à cette époque de l'année.

Jilly écarquilla les yeux avec excitation.

— On veut savoir !

Riley se demanda ce qu'elle pouvait leur dire. Elle ne voulait pas raconter des détails sordides à sa famille.

— C'est une affaire classée, dit-elle. Une série de meurtres que ni la police, ni le FBI n'a pu résoudre. Cela fait des années que j'essaye de comprendre.

Jilly sautillait presque sur sa chaise.

— Comment tu vas faire pour trouver le tueur ?

La question piqua Riley.

Bien sûr, Jilly n'avait pas voulu la blesser. Au contraire, la jeune fille était très fière d'avoir pour tuteur un agent du FBI. Elle prenait Riley pour un super-héros qui ne se trompait jamais.

Riley réprima un soupir.

C'est peut-être le moment de lui dire que je n'attrape pas toujours les méchants, pensa-t-elle.

Mais elle se contenta de répondre :

— Je ne sais pas.

C'était la simple vérité.

Riley n'était sûre que d'une chose.

Le vingt-cinquième anniversaire de la mort de Tilda Steen tombait le lendemain et elle n'était pas prête de l'oublier.

Au grand soulagement de Riley, la conversation bifurqua sur le délicieux diner de Gabriela. La bonne et les deux filles se mirent à parler en espagnol et Riley eut du mal à suivre.

Ce n'était pas grave. April et Jilly apprenaient toutes les deux l'espagnol à l'école. April commençait à parler couramment. Jilly avait encore un peu de mal, mais Gabriela et April l'aidaient beaucoup.

Riley sourit en les écoutant parler.

Jilly se débrouille bien, pensa-t-elle.

La jeune fille était encore un peu maigre, mais elle ne ressemblait plus à la gamine décharnée que Riley avait recueillie dans les rues de Phoenix. Elle mangeait de bon cœur et elle était en bonne santé. Elle s'habituait à sa nouvelle vie.

April était la grande sœur idéale. Elle se remettait des traumatismes qu'elle avait vécus.

Parfois, en regardant April, Riley avait l'impression de se regarder dans un miroir – un miroir qui l'aurait rajeunie. April avait les yeux noisette de Riley et les mêmes cheveux bruns, même si sa mère commençait à grisonner.

Riley eut chaud au cœur.

Je ne me débrouille pas si mal en tant que mère, pensa-t-elle.

Puis elle pensa au tueur aux allumettes.

*

Après le diner, Riley monta dans sa chambre. Elle s'assit derrière son ordinateur et prit de grandes inspirations pour se calmer. La tâche qui l'attendait était particulièrement difficile.

C'était ridicule. Riley avait pourchassé et combattu des dizaines de tueurs. Elle avait failli perdre la vie bien des fois.

Je ne devrais pas me mettre dans un état pareil chaque fois que je parle à ma sœur, pensa-t-elle.

Depuis combien de temps n'avait-elle pas vu Wendy ?

Pas depuis qu'elle était toute petite. Wendy avait retrouvé sa trace quand leur père était mort. Elles s'étaient parlé au téléphone, en se proposant d'organiser un rendez-vous. Mais Wendy vivait très loin, à Des Moines, dans l'Iowa, et elles n'avaient pas réussi à fixer une date. Elles avaient décidé de se parler par vidéo chat.

Pour se préparer, Riley regarda la photo encadrée sur son bureau. Elle l'avait trouvée dans le chalet de son père après sa mort. La photo représentait Riley, Wendy et leur mère. Riley devait avoir quatre ans et Wendy plus de dix ans.

Les deux filles et leur mère semblaient heureuses.

Riley ne se rappelait pas ni où ni quand la photo avait été prise.

Et elle ne se rappelait pas avoir été heureuse en famille.

Les mains froides et tremblantes, elle tapa l'adresse de Wendy sur son clavier.

La femme qui apparut sur son écran aurait pu être une parfaite inconnue.

— Salut, Wendy, dit Riley timidement.

— Salut, répondit sa sœur.

Elle se fixèrent d'un regard embarrassé pendant de longues secondes.

Riley savait que Wendy avait une cinquantaine d'années. Elle avait environ dix ans de plus qu'elle. Elle ne faisait pas son âge. Elle était un peu robuste, mais elle avait l'apparence d'une femme ordinaire. Ses cheveux ne grisonnaient pas autant que ceux de Riley, mais ce n'était peut-être pas sa couleur naturelle.

Riley jeta un coup d'œil à la photo. Wendy ressemblait un peu à leur mère. Riley savait qu'elle ressemblait plutôt à leur père. Elle n'en était pas particulièrement fière.

— Eh bien, dit Wendy pour mettre fin au silence. Qu'est-ce que tu fais… ces dernières années ?

Riley et Wendy étouffèrent un rire nerveux et gêné.

Wendy demanda :

— Tu es mariée ?

Riley soupira. Comment allait-elle expliquer à Wendy ce qui se passait entre elle et Ryan alors qu'elle ne le savait pas elle-même ?

Elle dit :

— Comme disent les jeunes, c'est compliqué. Et c'est vraiment compliqué.

Elle étouffa un rire nerveux.

— Et toi ?

Wendy parut se détendre.

— Loren et moi, on va bientôt fêter notre vingt-cinquième anniversaire de mariage. Nous sommes tous les deux pharmaciens. Nous avons notre propre établissement. Loren en a hérité de son père. Nous avons trois enfants. Le plus jeune, Barton, est à l'université. Thora et Parish sont mariés. Ils ont tous les deux quitté le nid. Il ne reste plus que moi et Loren à la maison.

Riley sentit une étrange nostalgie l'envahir.

La vie de Wendy ne ressemblait pas du tout à la sienne. En fait, la vie de Wendy semblait parfaitement ordinaire.

Comme au diner, elle eut l'impression de se regarder dans un miroir. Cette fois, ce n'était pas le passé qu'on lui montrait. C'était un futur hypothétique – la femme qu'elle aurait pu devenir, mais qu'elle ne deviendrait jamais.

— Et toi ? demanda Wendy. Tu as des enfants ?

Riley fut encore une fois tentée de répondre : « C'est compliqué ».

Au lieu de ça, elle dit :

— Deux. J'ai une fille de quinze ans, April. Et je suis en train d'essayer d'en adopter une deuxième, Jilly, qui a treize ans.

— Une adoption ! C'est très bien. Tu as raison.

Riley n'était pas sûre d'avoir envie qu'on la félicite. Elle aurait préféré que Jilly grandisse dans un foyer avec deux parents. Pour le moment, ce n'était pas certain. Mais Riley décida de ne pas en parler à Wendy.

Il y avait autre chose dont elle voulait discuter avec sa sœur. Et elle avait peur que ce soit difficile.

— Wendy, tu sais que papa m'a laissé le chalet dans son

testament, dit-elle.

Wendy hocha la tête.

— Je sais, dit-elle. Tu m'as envoyé des photos. C'est un bel endroit.

Riley n'était pas certaine de la formulation…

« Un bel endroit. »

Riley y était allée plusieurs fois, la dernière après la mort de son père, mais elle n'en gardait pas de bons souvenirs. Son père s'y était retiré avec sa retraite de colonel des US Marines. Ce n'était que la maison d'un vieillard aigri et solitaire qui détestait tout le monde et que tout le monde détestait en retour. La dernière fois que Riley l'avait vu vivant, ils en étaient même venus aux mains.

— Je crois que c'est une erreur, dit-elle.

— Quoi ?

— De me laisser le chalet. Il n'aurait pas dû faire ça. C'est toi qui devrais l'avoir.

Wendy eut l'air surpris.

— Pourquoi ?

Des émotions nauséabondes tournaient dans le ventre de Riley. Elle se racla la gorge.

— C'est toi qui étais avec lui à l'hôpital quand il est mort. Tu t'es occupée de lui. Tu t'es aussi occupée de tout le reste : la sépulture, le testament… Je n'étais pas là. Je…

Elle s'étouffa sur les derniers mots.

— Je n'aurais pas pu m'en occuper. On ne s'entendait pas.

Wendy sourit tristement.

— Je ne m'entendais pas plus avec lui.

Riley savait que c'était vrai. Pauvre Wendy… Papa l'avait battue avec acharnement jusqu'à ce qu'elle fugue à l'âge de quinze ans. Pourtant, Wendy avait eu la décence de s'occuper de leur père à la fin de sa vie.

Riley n'en avait pas fait autant. Elle ne pouvait pas s'empêcher de s'en vouloir. Elle dit :

— Je ne sais pas ce que vaut le chalet. Il doit bien valoir quelque chose. Je veux te le donner.

Wendy écarquilla les yeux. Elle eut l'air inquiet.

— Non, dit-elle.

Sa brusquerie étonna Riley

— Pourquoi ? demanda-t-elle.

— Je ne peux pas, c'est tout. Je n'en veux pas. Je veux l'oublier.

Riley comprit ce qu'elle ressentait. Elle ressentait la même chose.

Wendy ajouta :

— Tu devrais le vendre. Garde l'argent. Je préfère.

Riley ne sut que dire. Heureusement, Wendy changea de sujet :

— Avant de mourir, papa m'a dit que tu étais agent du FBI. Depuis combien de temps tu fais ça ?

— Environ vingt ans.

— Je crois que papa était fier de toi.

Un rire amer sortit de la gorge de Riley.

— Non, il n'était pas fier.

— Comment tu le sais ?

— Oh, il me l'a dit. Il avait une façon très personnelle de communiquer.

Wendy soupira.

— Oui, tu as sans doute raison.

Un silence gêné passa. Riley se demanda de quoi elles allaient bien pouvoir parler maintenant. Après tout, elles n'avaient pas discuté depuis des années. Et si elles essayaient de fixer une date pour se rencontrer ? Mais Riley n'arrivait pas à s'imaginer allant à Des Moines pour rencontrer une inconnue nommée Wendy. Et Wendy devait penser la même chose à propos de Fredericksburg.

Après tout, qu'avaient-elles en commun ?

Ce fut alors que le téléphone de Riley sonna. Elle fut soulagée d'être interrompue.

— Il faut que je réponde, dit-elle.

— Je comprends. Merci d'avoir appelé.

— Merci à toi, dit Riley.

Elles raccrochèrent et Riley décrocha son téléphone. Une voix de femme visiblement interloquée lui répondit :

— Allô… Qui est à l'appareil ?

— Qui appelle ? demanda Riley.

Un silence passa.

— Ryan… Ryan est ici ? demanda la femme.

Elle avait la voix trainante. Riley comprit qu'elle était éméchée.

— Non, dit-elle.

Elle hésita. Après tout, c'était peut-être une cliente de Ryan. Mais ce n'était pas le cas et elle le savait. Cette situation était bien trop familière.

Riley dit :

— N'appelez plus ici.
Elle raccrocha.
Elle tremblait de colère.
Ça recommence, pensa-t-elle.
Elle composa le numéro de téléphone de Ryan.

CHAPITRE TROIS

Quand Ryan décrocha le téléphone, Riley n'y alla pas par quatre chemins.

— Tu vois une autre femme, Ryan ? demanda-t-elle. Une femme a téléphoné. Elle te cherchait.

Ryan hésita avant de demander :

— Elle t'a donné son nom ?

— Non, j'ai raccroché.

— Tu n'aurais pas dû. C'était peut-être une cliente.

— Elle était saoule, Ryan. Et c'était personnel. Je l'entendais dans sa voix.

Riley ne sut que dire.

Riley répéta sa question :

— Tu vois une autre femme ?

— Je… Je suis désolé, bredouilla Ryan. Je ne sais pas comment elle a eu ton numéro. Ce doit être une erreur.

Oh oui, c'est une erreur, pensa Riley.

— Tu ne réponds pas à ma question.

Ryan s'agaça :

— Et si je vois une autre femme ? Riley, on ne s'est jamais dit qu'on était un couple exclusif.

Riley resta sans voix.

— Je pensais que…, commença-t-elle.

— Tu penses trop, la coupa Ryan.

Riley essaya de garder son sang-froid.

— Comment s'appelle-t-elle ?

— Lina.

— C'est sérieux entre vous ?

— Je ne sais pas.

Le téléphone tremblait dans la main de Riley.

Elle dit :

— Tu ne crois pas qu'il serait temps de le savoir ?

Un silence passa.

Enfin, Ryan dit :

— Riley, je voulais justement t'en parler… J'ai besoin d'espace. La famille, tout ça… Je croyais que j'étais prêt, mais je me trompais. Je veux profiter de la vie. Tu devrais faire de même.

C'était une rengaine familière.

Il est de nouveau en mode playboy, pensa-t-elle.

Hypnotisé par sa nouvelle conquête, il s'éloignait de Riley et de sa famille. Elle avait cru qu'il avait changé, qu'il était plus responsable. Elle aurait dû savoir que ça n'allait pas durer. Il n'avait pas changé du tout.

— Qu'est-ce que tu vas faire maintenant ?

Ryan semblait soulagé d'enfin dire ce qu'il avait sur le cœur.

— Ecoute, ça ne me plait pas de faire des allers-retours entre ta maison et la mienne. Ça ne marche pas. Je ferais mieux de partir.

— April va être déçue, dit Riley.

— Je sais, mais on se débrouillera. Je vais continuer de passer du temps avec elle. Elle va s'en sortir. Elle a connu pire.

La désinvolture de Ryan mettait Riley encore plus en colère. Elle était prête à exploser.

— Et Jilly ? demanda-t-elle. Elle est très attachée à toi. Elle compte sur toi. Tu l'aides beaucoup, notamment avec ses devoirs. Elle a besoin de toi. Elle traverse une période de gros changements et c'est dur pour elle.

Il y eut un autre silence. Riley comprit que Ryan s'apprêtait à dire quelque chose qu'elle n'allait pas apprécier.

— Riley, c'est toi qui as décidé de prendre Jilly chez toi. Je t'admire beaucoup, mais ce n'était pas mon choix. Je ne peux pas m'occuper de l'adolescente perturbée de quelqu'un d'autre. C'est injuste.

Pendant quelques secondes, la fureur laissa Riley sans voix.

Encore une fois, Ryan faisait passer ses propres sentiments avant ceux des autres.

Il était irrécupérable.

— Passe prendre tes affaires, dit-elle en serrant les dents. Viens quand les filles seront à l'école. Je veux que tu partes de notre vie le plus vite possible.

Elle raccrocha.

Elle se leva de son bureau et se mit à faire les cent pas, en rabâchant sa colère.

Elle aurait aimé trouver un exutoire où déverser sa rage, mais elle n'avait rien à faire ce jour-là. Elle n'arriverait pas à dormir.

Demain, elle pourrait passer ses nerfs.

CHAPITRE QUATRE

Riley savait que l'attaque allait arriver. Ce serait soudain et violent. Et ça pourrait venir de n'importe où dans ce labyrinthe. Elle avança avec prudence dans le couloir du bâtiment abandonné…

Mais les souvenirs de la nuit dernière ne cessaient de la déranger.

« J'ai besoin d'espace. » avait dit Ryan.

« La famille, tout ça… Je croyais que j'étais prêt, mais je me trompais. »

« Je veux profiter de la vie. »

Riley était en colère, pas seulement contre Ryan, mais également contre elle-même de laisser ses pensées la distraire.

Concentre-toi, se dit-elle. *Tu as un méchant à arrêter.*

Et elle se trouvait dans une position difficile. La jeune collègue de Riley, Lucy Vargas, avait été blessée. Son partenaire de toujours, Bill Jeffreys, était restée avec elle. Ils se tenaient en planque, au virage, derrière Riley, prêts à la couvrir. Riley entendit Bill tirer trois fois.

Comme elle ne pouvait pas se permettre de regarder en arrière pour voir ce qui se passait, elle appela :

— Compte-rendu de la situation, Bill ? appela-t-elle.

Des tirs d'armes semi-automatiques retentirent.

— Un homme à terre. Plus que deux, dit Bill. Je m'en occupe. Et Lucy va bien. Je la couvre. Reste concentrée. Ce type est doué. Très doué.

Bill avait raison. Riley ne pouvait apercevoir le tireur, mais il avait déjà touché Lucy, qui était elle-même une tireuse d'élite. Si Riley n'arrivait pas à le descendre, il finirait par les tuer tous les trois.

Elle gardait son Colt M4 levé. Cela faisait longtemps qu'elle n'avait pas utilisé une telle arme d'assaut. Elle avait besoin de se réhabituer au poids de sa charge.

Devant elle s'étendait un couloir dont toutes les portes étaient ouvertes. Le tueur pouvait se trouver dans n'importe laquelle de ces pièces. Elle était déterminée à le trouver et à le faire exploser avant qu'il ne fasse plus de dégât.

Riley rasa le mur en direction de la première porte. Espérant qu'il y était, elle tira trois salves à l'intérieur. Son arme fit trembler ses bras. Puis elle fit un pas dans l'embrasure et tira à nouveau trois fois. Cette fois, elle cala son arme sur son épaule pour absorber le recul.

Elle baissa son arme et vit qu'il n'y avait personne. Elle fit volte-face pour s'assurer que le couloir était toujours vide, puis s'arrêta pour réfléchir. Vérifier chaque pièce l'une après l'autre était non seulement dangereux, cela leur coûterait également un temps précieux et des munitions. Mais elle avait l'impression qu'elle n'avait pas le choix. Si le tireur se trouvait dans une de ces pièces, il était en bonne position pour tirer sur la première personne qui se présenterait.

Elle se concentra sur les réactions de son corps.

Elle était agitée et nerveuse.

Son pouls battait très vite.

Elle respirait fort.

Etait-ce l'adrénaline ou la colère de la nuit dernière ?

Elle se rappela une fois encore…

« Et si je vois une autre femme ? » avait dit Ryan.

« Riley, on ne s'est jamais dit qu'on était un couple exclusif. »

Il lui avait dit qu'elle s'appelait Lina.

Riley se demanda quel âge elle avait.

Certainement trop jeune.

Les femmes de Ryan étaient toujours trop jeunes.

Merde, arrête de penser à lui ! Elle se comportait comme une débutante.

Elle devait se rappeler qui elle était. Elle était Riley Paige, un agent respecté et admiré.

Elle avait des années d'entrainement et de terrain à son actif.

Elle avait traversé l'enfer plusieurs fois. Elle avait pris des vies et elle en avait sauvé. Elle savait garder la tête froide face au danger.

Comment pouvait-elle laisser Ryan la distraire comme ça ?

Elle secoua tout son corps pour le chasser de son esprit.

Elle s'approcha d'une autre pièce, tira une rafale à l'aveuglette, puis entra dans la pièce en tirant à nouveau.

Ce fut alors que sa carabine s'enraya.

— Merde, grogna Riley.

Heureusement, le tireur n'était pas non plus dans cette pièce-là, mais Riley savait que sa chance pouvait tourner d'un instant à l'autre. Elle jeta son M4 et tira son pistolet Glock.

Ce fut alors qu'un mouvement brusque attira son regard. Il était là, dans l'embrasure de la porte, son fusil pointé vers elle.

Instinctivement, Riley fit une roulade pour éviter la rafale. Puis elle s'agenouilla et tira trois fois, encaissant le recul. Les trois balles touchèrent le tireur qui tomba à la renverse.

— Je l'ai eu ! hurla-t-elle à Bill.

Elle s'approcha lentement du corps. Il n'y avait aucun signe de vie. C'était fini.

Riley se redressa et retira son casque de réalité virtuelle, avec ses lunettes, ses écouteurs et son micro. Le corps du tueur disparut, ainsi que le labyrinthe de couloirs. Elle se retrouva dans une pièce de la taille d'un terrain de basket. Bill n'était pas loin, ainsi que Lucy qui se relevait. Bill et Lucy retiraient également leurs casques. Comme Riley, ils portaient également des bracelets aux poignets, aux coudes, aux genoux et aux chevilles pour suivre leurs mouvements.

Maintenant que ses compagnons n'étaient plus des pantins générés et animés par ordinateur, Riley prit le temps de les regarder. Ils formaient une paire étrange : l'un plus âgé et solide en toutes circonstances, l'autre jeune et impulsive.

Deux personnes qu'elle appréciait profondément.

Riley avait déjà travaillé avec Lucy sur le terrain. Elle savait qu'elle pouvait compter sur elle. La jeune femme aux cheveux bruns et aux yeux noirs pétillait d'énergie et d'enthousiasme.

Bill avait l'âge de Riley. Même si ses quarante ans le ralentissaient un peu parfois, c'était toujours un excellent agent de terrain.

Et il est beau gosse, se rappela-t-elle.

Pendant un instant, elle se demanda, maintenant que sa relation avec Ryan avait rencontré un mur, si elle et Bill…

Non, elle savait que c'était une très mauvaise idée. Par le passé, ils avaient tous les deux essayé de démarrer quelque chose, mais les résultats avaient été catastrophiques. Bill était un très bon partenaire et encore meilleur en tant qu'ami. Elle ne voulait pas gâcher ça.

— Bien joué, dit Bill à Riley en lui adressant un large sourire.

— Oui, tu m'as sauvé la vie, dit Lucy en souriant. Je n'arrive pas à y croire ! J'ai raté le type alors qu'il était juste devant moi !

— C'est comme ça que ça marche, dit Bill à Lucy en lui tapotant le dos. Même les agents les plus expérimentés ratent parfois leur cible à courte distance. La réalité virtuelle permet de s'entrainer.

Lucy dit :

— Rien de tel qu'une balle virtuelle dans l'épaule pour retenir la leçon…

Elle se frotta l'épaule. L'équipement était prévu pour envoyer une petite décharge quand on était touché.

— Toujours mieux qu'une vraie, dit Riley. Je te souhaite un bon rétablissement.

— Merci ! s'exclama Lucy en riant. Je me sens déjà mieux.

Riley rangea son pistolet et ramassa le faux Colt M4. Elle se rappela le violent recul chaque fois qu'elle avait tiré, ainsi que des détails très nets du bâtiment abandonné.

Riley se sentait étrangement vide.

Ce n'était pas la faute de Bill ou de Lucy. Elle leur était reconnaissante d'avoir pris le temps de faire cet exercice.

— Merci d'être venus, dit-elle. J'avais besoin de passer mes nerfs.

— Tu te sens mieux ? demanda Lucy.

— Ouais.

Ce n'était pas vrai, mais un petit mensonge ne ferait pas de mal.

— Et si on allait boire un café ? demanda Bill.

— D'accord ! s'exclama Lucy.

Riley secoua la tête.

— Pas aujourd'hui, merci. Une autre fois. Allez-y sans moi.

Bill et Lucy quittèrent l'immense salle de réalité virtuelle. Pendant un instant, Riley se demanda si elle devait les suivre, tout compte fait.

Non, je ne serais pas de bonne compagnie, pensa-t-elle.

La voix de Ryan résonnait dans sa tête…

« C'est toi qui as décidé de prendre Jilly chez toi. »

Ryan avait du culot de tourner le dos à la pauvre Jilly.

Mais Riley n'était plus en colère. Elle était seulement terriblement triste.

Mais pourquoi ?

Puis elle comprit…

Rien de tout cela n'est vrai.

Toute ma vie. Tout est faux.

Ses espoirs de former enfin une famille avec Ryan et les enfants n'avaient été qu'un mirage.

Comme cette simulation.

Elle tomba à genoux et se mit à pleurer.

Elle eut besoin de quelques minutes pour se remettre de ses émotions. Heureusement, personne ne l'avait surprise dans cet état.

Elle se leva et se dirigea vers son bureau. Dès qu'elle entra, son téléphone se mit à sonner.

Elle savait qui l'appelait.

Elle attendait son coup de téléphone.

Et elle savait également que la conversation ne serait pas facile.

CHAPITRE CINQ

— Bonjour, Riley, dit une femme à l'autre bout du fil quand elle décrocha son téléphone.

C'était une voix douce, de plus en plus tremblotante avec l'âge, et aimable.

— Bonjour, Paula, dit Riley. Comment allez-vous ?

La femme soupira.

— Comme vous le savez, c'est toujours difficile aujourd'hui.

Riley ne comprenait que trop bien. La fille de Paula, Tilda, avait été tuée à cette date, vingt-cinq ans plus tôt.

— J'espère que je ne vous dérange pas, dit Paula.

— Bien sûr que non, la rassura Riley.

Après tout, c'était Riley qui avait instauré cet étrange rituel des années plus tôt. Elle n'avait jamais travaillé sur cette affaire de meurtres. Elle avait contacté la mère de la victime alors que c'était déjà une affaire classée.

Elles avaient pris l'habitude de s'appeler chaque année.

Il était un peu étrange de discuter au téléphone avec une personne qu'on n'avait jamais rencontrée. Riley ne savait même pas à quoi Paula ressemblait. Elle savait que c'était une dame de soixante-huit ans maintenant. Riley imaginait une gentille petite mamie aux cheveux gris.

— Comment va Justin ? demanda-t-elle.

Riley avait parlé deux ou trois fois avec le mari de Paula, sans jamais vraiment apprendre à le connaitre.

Paula soupira.

— Il est décédé cet été.

— Je suis désolée, dit Riley. Comment est-ce arrivé ?

— Tout à coup, sans prévenir. C'était une rupture d'anévrisme, ou alors une crise cardiaque. Ils m'ont proposé de faire une autopsie pour savoir exactement, mais j'ai dit : « Pourquoi faire ? » Ce n'était pas ça qui allait le ramener.

Riley eut un pincement au cœur. Elle savait que Tilda était sa fille unique. La perte de son mari n'avait pas dû être facile à vivre.

— Vous vous en sortez ? demanda-t-elle.

— Un jour après l'autre, répondit Paula. On se sent seul, ici, maintenant.

Il y avait une infinie tristesse dans la voix de la femme, comme si elle était déjà prête à rejoindre son époux dans la mort.

Riley ne pouvait imaginer une telle solitude. Elle ressentit une bouffée de bonheur à l'idée d'être entourée de personnes aimantes : April, Gabriela et maintenant Jilly. Riley avait souvent eu peur de les perdre. April s'était retrouvée plus d'une fois dans un danger mortel.

Bien sûr, elle avait également de merveilleux amis, comme Bill. Lui aussi avait pris des risques dans la vie.

Je n'ai pas le droit d'oublier ce que j'ai, pensa-t-elle.

— Et comment allez-vous, ma chère ? demanda Paula.

Riley avait souvent l'impression qu'elle pouvait parler à Paula de sujets particulièrement intimes.

— Eh bien, je vais adopter une fille de treize ans. C'est l'aventure. Oh, et Ryan est revenu quelques temps. Puis il est reparti. Il s'est entiché d'une autre jolie femme.

— Oh, c'est terrible ! dit Paula. J'ai eu de la chance avec Justin. Il n'est jamais allé voir ailleurs. Je suppose qu'il a eu de la chance, lui aussi. Il est parti très rapidement, sans souffrir. Quand ce sera mon tour, j'espère que…

Paula se tut.

Riley frémit.

Paula avait perdu sa fille aux mains d'un tueur qui n'avait jamais été puni pour son crime.

Riley avait, elle aussi, perdu quelqu'un dans les mêmes circonstances.

Elle reprit d'une voix lente et hésitante :

— Paula… J'ai toujours des flashs. Des cauchemars aussi.

Paula répondit d'une voix douce.

— Ce n'est pas étonnant. Vous étiez petite. Et vous étiez présente quand ça s'est passé. On m'a épargné ça, au moins.

La formulation fit sursauter Riley.

Elle n'avait pas l'impression qu'on avait épargné quoi que ce soit à Paula.

Il est vrai qu'elle n'avait pas été obligée de voir sa fille mourir.

Mais perdre son enfant devait être encore plus terrible que ce que Riley avait vécu.

L'empathie de Paula l'étonnerait toujours.

Paula reprit d'une voix douce :

— Le chagrin ne disparait jamais vraiment, je ne crois pas. Peut-être qu'on ne veut pas vraiment s'en débarrasser. Qu'est-ce qu'on deviendrait si j'oubliais Justin et vous votre mère ? Je ne veux jamais avoir le cœur si dur. Tant que j'ai mal, je me sens humaine… Et vivante. Le chagrin fait partie de ce que nous sommes, Riley.

Riley battit des paupières pour chasser une larme.

Comme toujours, Paula savait exactement ce qu'elle avait besoin d'entendre.

Mais, comme toujours, ce n'était pas facile.

Paula poursuivit :

— Regardez ce que vous avez fait de votre vie : vous protégez les autres, vous rendez la justice. Votre deuil a fait de vous ce que vous êtes : une héroïne et une bonne personne.

Un sanglot étrangla momentanément Riley.

— Oh, Paula. Je préfèrerais que rien de tout cela ne soit arrivé, pour vous comme pour moi. Si seulement je pouvais…

Paule l'interrompit.

— Riley, nous parlons de ça chaque année. Le tueur de ma fille ne sera jamais puni. Ce n'est la faute de personne et je ne reproche rien à personne. Encore moins à vous. Ce n'était même pas votre affaire. Ce n'est pas votre responsabilité. Tout le monde a fait son travail. Le mieux que vous puissiez faire, c'est de me parler. Et ça embellit ma vie.

— Je suis désolée pour Justin, dit Riley.

— Merci. Ça compte beaucoup pour moi.

Riley et Paula se mirent d'accord pour parler à nouveau l'année prochaine, puis elles raccrochèrent.

Riley resta assise en silence dans son bureau.

Il était toujours émotionnellement difficile de discuter avec Paula. Mais, la plupart du temps, Riley se sentait mieux après.

Cette fois, elle se sentait particulièrement mal.

Pourquoi ?

Rien ne se passe comme prévu, pensa-t-elle.

Tous les problèmes de son existence semblaient liés les uns aux autres.

Et elle ne pouvait s'empêcher de s'en vouloir, comme si c'était elle qui était responsable de toute cette douleur.

Au moins, elle n'avait plus envie de pleurer. Des larmes ne lui serviraient à rien. Et puis, Riley avait de la paperasse à faire aujourd'hui. Elle s'installa derrière son bureau et se mit au travail.

*

Plus tard dans l'après-midi, Riley partit de Quantico pour aller directement au collège Brody. Jilly l'attendait sur le trottoir quand elle tourna au virage.

La gamine s'engouffra sur le siège passager.

— Ça fait quinze minutes que j'attends ! dit-elle. Allez ! On va être en retard pour le match !

Riley étouffa un rire.

— On ne sera pas en retard, dit-elle. On sera pile à l'heure.

Elle démarra et se mit en route vers le lycée d'April.

Tout en conduisant, elle pensa à Ryan avec inquiétude.

Etait-il passé dans la journée prendre ses affaires ?

Quand allait-elle dire aux filles qu'il était parti ?

— Qu'est-ce que t'as ? demanda Jilly.

Riley réalisa qu'elle montrait ses émotions.

— Rien, dit-elle.

— Ce n'est pas rien, insista Jilly. Je le vois.

Riley ravala un soupir. Comme April et Riley elle-même, Jilly était observatrice.

Et si je lui disais maintenant ? se demanda Riley.

Non, ce n'était pas le moment. Elles étaient en route pour assister au match de football d'April. Riley ne voulait pas gâcher la journée avec des mauvaises nouvelles.

— Ce n'est vraiment rien, dit-elle.

Riley se gara devant l'école d'April quelques minutes avant le début du match. Elle se dirigea avec Jilly vers les gradins déjà bondés. Jilly avait peut-être raison : elles auraient dû arriver plus tôt.

— Où tu veux t'asseoir ? demanda Riley.

— Là-haut ! proposa Jilly en pointant du doigt les gradins les plus élevés où il restait encore de la place. Comme ça, je pourrai me mettre debout et tout voir.

Elles escaladèrent les gradins et s'installèrent. Quelques minutes plus tard, le match commença. April jouait au poste de milieu de terrain. Elle avait l'air de bien s'amuser. Riley remarqua qu'elle avait un jeu très agressif.

Tout en regardant, Jilly dit :

— April dit qu'elle veut développer son jeu pendant les deux prochaines années. C'est vrai qu'elle pourrait avoir une bourse pour l'université en jouant au foot ?

— Si elle y travaille, oui, répondit Riley.

— C'est super. Je pourrais peut-être faire ça aussi.

Riley sourit. C'était merveilleux de voir Jilly prendre confiance en elle et en l'avenir. Il y avait eu bien peu d'espoir dans la vie qu'elle avait laissée derrière elle. Son avenir était sombre. Elle n'aurait sans doute pas terminé le lycée, sans parler d'aller à l'université. Tout un univers de possibilités s'offrait à elle maintenant.

Je ne me suis pas trompée sur toute la ligne, songea Riley.

Ce fut alors qu'April feinta un défenseur et, d'un coup de pied croisé, envoya le ballon filer dans les cages. Elle avait marqué le premier but du match.

Riley bondit sur ses pieds en applaudissant.

Elle reconnut alors une autre fille dans l'équipe. C'était l'amie d'April, Crystal Hildreth. Riley ne l'avait pas vue depuis longtemps. La revoir réveillait des émotions contradictoires.

Crystal et son père, Blaine, vivaient auparavant dans la maison juste à côté de celle de Riley.

Blaine était un homme charmant. Riley s'était intéressée à lui, et lui à elle.

Mais tout s'était terminé quelques mois plus tard, de manière assez brutale. Puis Blaine et sa fille avaient déménagé.

Riley n'avait vraiment pas envie d'y penser.

Elle balaya la foule du regard. Puisque Crystal jouait, Blaine devait être là. Pour le moment, elle ne le voyait pas.

Elle espérait ne pas le croiser.

*

C'était la mi-temps et Jilly courut voir des amis qu'elle avait repérés.

Riley remarqua qu'elle avait reçu un sms de Shirley Redding, l'agent immobilier qu'elle avait contacté pour vendre le chalet de son père.

Ça disait…

Bonne nouvelle ! Appelez-moi !

Riley descendit des gradins et composa le numéro de l'agent.

— J'ai fait l'état des lieux, dit la femme. La propriété vaut au moins cent mille dollars. Peut-être même deux fois plus.

Un frisson d'excitation parcourut l'échine de Riley. Cet argent pourrait servir à envoyer les filles à l'université.

Shirley poursuivit :

— On doit parler des détails. C'est possible maintenant ?

Non, ce n'était pas le bon moment, et Riley lui proposa d'en discuter le lendemain. Tout en raccrochant, elle vit quelqu'un se faufiler dans la foule dans sa direction.

Riley le reconnut aussitôt. C'était Blaine, son ancien voisin.

Elle remarqua que le bel homme souriant avait une cicatrice sur la joue droite.

Le cœur de Riley se serra.

En voulait-il à Riley ? Lui reprochait-il cette cicatrice ?

Elle ne pouvait s'empêcher de s'en vouloir.

CHAPITRE SIX

Blaine Hildreth fendit la foule, en proie à des émotions contradictoires. Il avait aperçu Riley Paige quand elle s'était levée pour applaudir. Elle semblait toujours aussi vive et il s'était dirigé vers elle sans réfléchir à la mi-temps. Quand elle se tourna vers lui, il ne sut pas lire l'expression de son visage.

Avait-elle envie de le voir ?

Et lui ? Que ressentait-il ?

Blaine ne put s'empêcher de penser à l'épreuve qu'il avait traversée deux mois plus tôt…

Il était assis dans son salon quand il avait entendu du vacarme dans la maison d'à côté.

Il s'était précipité chez Riley. Il avait trouvé la porte d'entrée entrouverte.

En faisant irruption à l'intérieur, il était tombé sur une scène de cauchemar.

Un homme attaquait April, la fille de Riley. L'homme avait jeté April au sol. Elle se débattait avec les poings.

Blaine s'élança et repoussa l'agresseur. Il lutta avec lui au sol quelques instants dans l'espoir de le maîtriser.

Blaine était plus grand que lui, mais pas nécessairement plus fort ou plus agile.

La plupart de ses coups de poing ne touchaient pas leur cible. Ceux qui touchaient l'homme ne semblaient pas faire beaucoup de dégâts.

Soudain, l'homme plia Blaine en deux d'un uppercut à l'estomac. Le souffle coupé, Blaine bascula.

Puis l'agresseur lui donna un coup de pied dans la figure…

…et tout était devenu noir.

Blaine s'était réveillé à l'hôpital.

En approchant de Riley, Blaine ne put s'empêcher de trembler, secoué par ses souvenirs.

Il fit de son mieux pour ne pas le montrer.

Que ferait-il quand il arriverait devant elle ? Il lui paraissait ridicule de lui serrer la main. Et s'il la prenait dans ses bras ?

Il vit que Riley était rouge d'embarras. Elle non plus ne savait que faire.

— Salut, Blaine, dit-elle.

— Salut.

Ils se fixèrent longuement du regard, puis pouffèrent pour se moquer de leur propre gêne.

— Nos deux filles se débrouillent bien, dit Riley.

— La tienne surtout, répondit Blaine.

Le but d'April l'avait beaucoup impressionné.

— Tu es venu avec quelqu'un ? demanda Riley.

— Non, et toi ?

— Avec Jilly, dit Riley. Tu ne la connais pas, je crois. Jilly… Eh bien, c'est une longue histoire.

Blaine hocha la tête.

— J'en ai entendu parler par ma fille, dit-il. C'est très bien, ce que tu fais pour elle.

Blaine se rappela autre chose que lui avait dit Crystal. Riley essayait de recoller les morceaux avec son ex-mari. Blaine se demanda si ça marchait. Ryan n'était pas venu au match.

Un peu timidement, Riley dit :

— Ecoute, on est assises en haut. On a de la place. Tu veux venir regarder le match avec nous ?

Blaine sourit.

— Avec plaisir.

Ils escaladèrent les gradins jusqu'au sommet. Une gamine sourit de toutes ses dents à l'approche de Riley, mais elle n'eut pas l'air content de voir Blaine avec elle.

— Jilly, voilà mon ami Blaine, dit Riley.

Sans un mot, Jilly se leva et commença à descendre.

— Reste avec nous, Jilly, dit Riley.

— Je vais plutôt m'asseoir avec mes amis, dit Jilly sans se retourner. Je vais trouver une petite place.

Riley eut l'air choqué et interloqué.

— Je suis désolée, dit-elle à Blaine. Ce n'est pas très sympa de sa part.

— Ce n'est rien, dit Blaine.

Riley soupira quand ils s'assirent tous les deux.

— Non, ce n'est pas rien, dit-elle. Il y a beaucoup de choses qui ne sont pas rien. Jilly m'en veut de m'assoir avec un autre homme que Ryan. Il est revenu s'installer avec nous et elle est très attachée à lui.

Riley secoua la tête.

— Maintenant, Ryan repart, dit-elle. Je ne l'ai pas encore

annoncé aux filles. Je n'ai pas eu le courage. Elles vont être bouleversées.

Blaine fut un peu soulagé de savoir que Ryan appartenait au passé. Il avait déjà rencontré une ou deux fois le très bel ex-mari de Riley et son arrogance lui avait déplu. De plus, il espérait que Riley était libre.

Il n'était pas très fier de réagir comme ça.

Le jeu reprit. April et Crystal jouaient très bien toutes les deux. Blaine et Riley applaudissaient et les encourageaient.

Cependant, Blaine ne cessait de penser à la dernière fois qu'il avait vu Riley. Il venait juste de rentrer de l'hôpital. Il avait frappé à sa porte pour lui annoncer qu'ils déménageaient. Blaine lui avait donné une excuse bidon, en lui racontant qu'il trouvait son ancienne maison trop loin de son restaurant.

Il avait essayé de lui faire croire que ce n'était pas grave.

« C'est comme si rien ne changeait. » lui avait-il dit.

Ce n'était pas vrai, évidemment, et Riley n'y avait pas cru.

Elle n'avait pas apprécié.

C'était peut-être le moment d'aborder le sujet.

D'une voix hésitante, il dit :

— Ecoute, Riley, je suis désolé de ce qui s'est passé la dernière fois que nous nous sommes vus. Quand je t'ai dit qu'on déménageait. Je n'allais pas très bien.

— Pas la peine de m'expliquer, dit Riley.

Mais Blaine n'était pas d'accord. Il dit :

— On sait tous les deux pourquoi j'ai déménagé.

Riley haussa les épaules.

— Ouais, dit-elle. Tu as eu peur pour la sécurité de ta fille. Je ne te reproche rien, Blaine. Vraiment pas. Tu as pris la décision la plus raisonnable.

Blaine ne sut que dire. Riley avait raison. Il avait craint pour la sécurité de Crystal, pas la sienne. Il voulait qu'elle grandisse dans la tranquillité. L'ex-femme de Blaine, Phoebe, était alcoolique et violente. Crystal avait bien assez souffert. Il était inutile d'en rajouter.

Riley connaissait Phoebe. Elle avait même sauvé Crystal d'une visite très alcoolisée de sa mère.

Peut-être qu'elle comprend aussi bien qu'elle le dit, pensa Blaine.

Mais il n'était pas sûr de savoir ce qu'elle ressentait vraiment.

Ce fut alors que l'équipe de leurs filles marqua un deuxième but. Blaine et Riley applaudirent à tout rompre. Ils regardèrent le match en silence pendant de longues minutes.

Puis Riley dit :

— Blaine, j'avoue que j'étais déçue que tu déménages. Même un peu en colère. J'avais tort. C'était injuste. Je suis désolée pour ce qui s'est passé.

Elle se tut, avant de poursuivre :

— Je m'en veux terriblement. Je me sens coupable. Même encore maintenant. Blaine, je…

Pendant quelques secondes, elle sembla avoir du mal à exprimer ce qu'elle ressentait.

— Je ne peux pas m'empêcher de penser que je mets en danger tous ceux qui croisent mon chemin. C'est une chose que je déteste à propos de mon boulot et à propos de moi-même.

Blaine ouvrit la bouche pour protester :

— Riley, tu ne devrais pas…

Riley l'arrêta :

— Si, c'est vrai, et on le sait tous les deux. Si j'étais ma voisine, j'aurais voulu déménager, moi aussi. Surtout avec une adolescente à la maison.

A ce moment, l'équipe de leurs filles rata une action. Blaine et Riley poussèrent un grognement de déception, tout comme le reste du public.

Blaine était rassuré. Riley ne lui reprochait pas d'avoir déménagé. Du moins, plus maintenant.

Pouvaient-ils raviver la flamme qu'ils avaient ressentie l'un pour l'autre ?

Blaine prit son courage à deux mains et dit :

— Riley, j'aimerais beaucoup t'inviter, toi et les enfants, dans mon restaurant. Tu peux aussi inviter Gabriela. On pourra s'échanger nos recettes d'Amérique centrale.

Riley ne répondit pas tout de suite. C'était comme si elle n'avait pas entendu.

Enfin, elle dit :

— Je ne pense pas, Blaine. C'est encore un peu compliqué, en ce moment. Merci d'avoir proposé.

Blaine ressentit une pointe de déception. Non seulement Riley avait refusé, mais elle ne lui proposait pas de repousser le rendez-vous.

Il n'y avait plus rien à faire.

Il regarda le reste du match en silence.

*

Riley pensait toujours à Blaine au diner. Elle se demandait si elle avait commis une erreur. Elle aurait peut-être dû accepter son invitation. Elle l'appréciait et il lui manquait.

Il avait même invité Gabriela, ce qui était un beau geste de sa part. En tant que cuisinier, il aimait les bons petits plats de la bonne.

Gabriela avait préparé ce soir-là un repas typiquement guatémaltèque : du poulet à la sauce à l'oignon. Les filles se délectaient en parlant du match de foot.

— Tu n'es pas venue voir le match, Gabriela ? demanda April.

— Tu aurais passé un bon moment, dit Jilly.

— *Sí,* j'aime bien le *futbol*, dit Gabriela. La prochaine fois, je viens.

Riley se dit que c'était le bon moment d'annoncer une bonne nouvelle :

— J'ai parlé à l'agent immobilier. Elle pense que je vais pouvoir vendre le chalet de votre grand-père à un bon prix. Cela pourra vous aider à aller à l'université, toutes les deux bien sûr.

Ravies, les filles en discutèrent pendant quelques minutes. Puis l'humeur de Jilly s'assombrit.

Enfin, elle demanda à Riley :

— C'était qui, le type au match avec toi ?

April dit :

— Oh, c'était Blaine. C'était notre voisin. C'est le papa de Crystal. Tu l'as déjà rencontrée.

Jilly mangea dans un silence boudeur. Puis elle dit :

— Il était où, Ryan ? Pourquoi il n'est pas venu ?

Riley avala sa salive. Elle avait remarqué que Ryan était passé à la maison dans la journée pour prendre ses affaires. Il était temps de dire la vérité aux filles :

— Il faut que je vous dise quelque chose, commença-t-elle.

Mais elle eut du mal à trouver les mots justes.

— Ryan… Il dit qu'il a besoin d'espace. Il…

Elle ne pouvait pas en dire plus. Elle vit à l'expression des deux filles qu'elle n'en avait pas besoin. Elles avaient très bien compris.

Au bout de quelques secondes de silence, Jilly éclata en sanglots et s'enfuit dans sa chambre à l'étage. April la suivit pour la consoler.

Riley réalisa qu'April avait l'habitude de voir Ryan aller et venir. Ça la faisait encore probablement souffrir, mais elle savait gérer sa déception maintenant.

Il ne restait plus que Gabriela à table. Riley se sentit coupable. Serait-elle un jour capable de construire une relation solide avec un homme ?

Comme si elle lisait ses pensées, Gabriela dit :

— Ne vous faites pas de reproches. Ce n'est pas votre faute. Ryan est un gros béta.

Riley esquissa un faible sourire.

— Merci, Gabriela.

C'était exactement ce qu'elle avait besoin d'entendre.

Puis Gabriela ajouta :

— Les filles ont besoin d'un père, mais pas de quelqu'un qui ne reste pas en place.

— Je sais, dit Riley.

*

Plus tard dans la soirée, Riley chercha les filles. Jilly faisait ses devoirs dans la chambre d'April.

April leva la tête et dit :

— On va bien, maman.

Riley en fut soulagée. Malgré la tristesse qu'elle ressentait pour les filles, elle était fière qu'April ait réconforté Jilly.

— Merci, ma puce, dit-elle en refermant la porte.

April viendrait lui parler de Ryan quand elle serait prête, mais Jilly allait avoir du mal.

En redescendant, Riley songea à ce que Gabriela lui avait dit.

« Les filles ont besoin d'un père. »

Elle baissa les yeux vers le téléphone. Blaine lui avait fait clairement comprendre qu'il était toujours intéressé.

Mais à quoi s'attendait-il ? La vie de Riley tournait autour de son travail et de ses enfants. Avait-elle de la place pour quelqu'un d'autre ? Ou allait-elle seulement le décevoir ?

Mais il me plait, s'avoua-t-elle.

Et elle lui plaisait aussi. Il devait bien y avoir une petite place dans sa vie pour…

Elle décrocha le téléphone et composa le numéro de Blaine. Elle fut déçue de tomber sur le répondeur, mais pas surprise. Son travail au restaurant l'occupait beaucoup dans la soirée.

Après le bip, Riley laissa un message :

— Salut, Blaine, c'est Riley. Ecoute, je suis désolée d'avoir été si distante au match, cet après-midi. Je ne voulais pas être grossière. Si ton invitation tient toujours, tu peux compter sur nous. Appelle-moi quand tu seras prêt.

Riley se sentit tout de suite mieux. Elle alla se servir un verre dans la cuisine. En le sirotant dans le salon, elle se rappela sa conversation avec Paula Steen.

Paula semblait avoir accepté le fait que le meurtrier de sa fille ne serait jamais puni.

« Ce n'est la faute de personne et je ne reproche rien à personne. » avait-elle dit.

Ces mots troublaient profondément Riley.

C'était tellement injuste.

Elle termina son verre, prit une douche et se coucha.

Elle s'endormait à peine que les cauchemars commencèrent.

*

Riley n'était qu'une petite fille.

Elle traversait une forêt la nuit. Elle avait peur, mais elle n'était pas sûre de savoir pourquoi.

Après tout, elle n'était pas perdue.

Une autoroute passait juste à côté. Elle voyait les voitures passer. Les lampadaires et la pleine lune éclairaient son chemin.

En baissant les yeux, elle vit soudain trois tombes.

La terre et les pierres qui les recouvraient s'agitaient et se soulevaient.

Des mains de femmes creusaient pour sortir.

Riley entendait même leurs hurlements étouffés :

— Aidez-nous ! S'il vous plait !

— Je ne suis qu'une petite fille, répondit Riley en pleurant.

Riley se réveilla en sursaut. Elle tremblait de tout son corps.

C'était juste un cauchemar, se dit-elle.

Il n'était pas étonnant qu'elle rêve du tueur aux allumettes et de ses victimes juste après avoir parlé à Paula Steen.

Elle prit de longues et profondes inspirations. Bientôt, elle se détendit et se rendormit.

Mais alors…

Elle n'était encore qu'une petite fille.

Elle était dans un magasin de bonbons avec maman. Maman lui achetait des tas de bonbons.

Un homme avec un bas sur la tête se dirigea vers elle.

Il pointa son arme sur maman.

— Donne-moi ton fric, dit-il à maman.

Mais maman était pétrifiée par la peur.

L'homme lui tira un coup de feu dans la poitrine et elle tomba à la renverse devant Riley.

Riley se mit à crier. Elle se retourna de tous côtés pour appeler à l'aide.

Soudain, elle était de retour dans les bois.

Les mains de femmes cherchaient toujours à sortir de leurs tombes.

Les voix l'appelaient :

— Aidez-nous ! S'il vous plait !

Puis Riley entendit une autre voix derrière elle. C'était une voix familière.

— Tu les as entendues, Riley. Elles ont besoin de ton aide.

Riley se retourna. C'était maman. Sa poitrine saignait là où la balle l'avait touchée. Son visage était d'une pâleur cadavérique.

— Je ne peux rien faire, maman ! s'écria Riley. Je ne suis qu'une petite fille.

Maman sourit.

— Non, tu n'es plus qu'une petite fille, Riley. Tu as bien grandi. Retourne-toi et regarde.

Riley se retourna et se vit dans un miroir.

C'était vrai.

Elle était une femme maintenant.

Et les voix l'appelaient toujours :

— Aidez-nous ! S'il vous plait !

Riley ouvrit grand les yeux.

Elle tremblait encore plus que la dernière fois qu'elle s'était réveillée. Elle avait le souffle court.

Elle se rappela ce que lui avait dit Paula Steen :

« Le tueur de ma fille ne sera jamais puni. »

Paula avait dit aussi :

« Ce n'était même pas votre affaire. »

Riley prit sa décision.

C'était vrai : le tueur aux allumettes n'avait jamais été son affaire.

Mais elle ne voulait plus l'abandonner au passé.

Il était grand temps de traîner ce type devant la justice.

C'est mon affaire maintenant, pensa-t-elle.

CHAPITRE SEPT

Riley ne fit pas d'autre cauchemar cette nuit-là, mais elle passa une nuit agitée. Etonnamment, elle se réveilla avec beaucoup d'énergie.

Elle avait des choses à faire aujourd'hui.

Elle s'habilla et descendit. April et Jilly mangeaient dans la cuisine le petit déjeuner que Gabriela leur avait préparé. Les filles avaient l'air triste, mais pas bouleversé comme la veille.

Riley vit qu'il y avait une assiette pour elle. Elle s'assit et dit :

— Ces pancakes ont l'air très bon. Passez-moi le plat.

Quand elle commença à manger et à boire son café, les filles se détendirent. Elles ne parlèrent pas de l'absence de Ryan et discutèrent de leurs copains de l'école.

Elles encaissent, pensa Riley.

Elles avaient toutes les deux traversé des moments difficiles.

Riley était certaine qu'elles traverseraient aussi la crise que le départ de Ryan avait provoquée.

Riley termina son café et dit :

— Il faut que j'aille travailler.

Elle se leva et embrassa April sur la joue, puis Jilly.

— Va attraper des méchants, maman, dit Jilly.

Riley sourit.

— Je vais faire de mon mieux, ma puce.

*

Dès qu'elle entra dans son bureau, Riley ouvrit sur son ordinateur le dossier de l'affaire classée vingt-cinq ans plus tôt. En balayant du regard les coupures de presse numérisées, elle se rappela les avoir lues. Elle était adolescente à l'époque et le tueur aux allumettes semblait sortir d'un cauchemar.

Les meurtres étaient arrivés ici, en Virginie, près de Richmond. Trois semaines d'écart entre chaque mort.

Riley ouvrit une carte et chercha Greybull, une petite ville près de la route 64. Tilda Steen, la dernière victime, était née puis morte à Greybull. Les deux autres meurtres avaient eu lieu dans les villes de Brinkley et de Denison. Riley vit que les villes étaient espacées d'une centaine de miles.

Riley referma la carte et regarda à nouveau les coupures de

presse.

Un gros titre hurlait…

LE TUEUR AUX ALLUMETTES FAIT UNE TROISIEME VICTIME !

Elle frémit.

Oui, elle se rappelait très bien ce gros titre.

L'article décrivait ensuite la panique que les meurtres avaient causée dans la région, surtout parmi les jeunes femmes.

Selon l'article, la police et le grand public se posaient les mêmes questions.

Quand et où le tueur allait-il frapper à nouveau ?

Qui serait sa prochaine victime ?

Mais il n'y avait pas eu de quatrième victime.

Pourquoi ? se demanda Riley.

C'était une question à laquelle la police et le FBI n'avaient pas su répondre.

Le tueur semblait particulièrement motivé. Le genre de tueur qui tue jusqu'à ce qu'on l'arrête. Pourtant, il avait disparu. Et sa disparition était aussi mystérieuse que les meurtres eux-mêmes.

Riley feuilleta les rapports de police pour se rafraichir la mémoire.

A première vue, il n'y avait aucun lien entre les victimes. Le tueur avait suivi le même mode opératoire. Il avait séduit des jeunes femmes dans des bars, les avait conduites dans des motels, puis il les avait tuées. Ensuite, il les avait enterrées non loin des scènes de crime.

La police n'avait eu aucun mal à retrouver les bars où les victimes avaient été vues pour la dernière fois et les motels où elles avaient été tuées.

Comme le font certains tueurs en série, il avait laissé des indices à la police.

Il avait abandonné sur les corps des boites d'allumettes ramassées dans les bars et des blocs-notes au nom des motels.

Des témoins dans les bars et les motels avaient même fourni à la police une bonne description du suspect.

Riley fit apparaitre le portrait-robot qu'on en avait fait à l'époque.

C'était un homme au physique banal, avec des cheveux marron et des yeux noisette. En lisant les descriptions, elle remarqua plus de détails. Des témoins lui avaient trouvé le teint particulièrement pâle, comme s'il travaillait dans un bâtiment fermé sans jamais voir le soleil.

Les descriptions étaient très détaillées. Riley songea que l'affaire n'aurait jamais dû être si difficile à résoudre. Pourtant, c'était le cas. La police n'avait jamais trouvé le tueur. Quantico avait pris le relai, mais les agents du FBI étaient arrivés à la conclusion que le tueur était mort ou qu'il avait déserté la région. Lancer des recherches à l'échelle nationale revenait à chercher une aiguille dans un meule de foin – une aiguille qui n'existait peut-être même pas.

Mais il y avait un agent, un expert en affaires classées, qui n'était pas d'accord.

« Il est toujours dans le coin, avait-il dit à tout le monde. *On le trouvera si on continue de chercher. »*

Ses supérieurs ne l'avaient pas cru et ils avaient refusé de le soutenir. Quantico avait classé l'affaire.

L'agent avait pris sa retraite des années plus tôt et il avait déménagé en Floride. Riley savait comment le contacter.

Elle tendit la main vers son téléphone et composa son numéro.

Quelques instants plus tard, une familière voix rocailleuse répondit au téléphone. Jake Crivaro avait été son partenaire et son mentor quand elle avait rejoint l'Unité d'Analyse Comportementale.

— Salut, gamine, dit Jake. Comment ça va ? Qu'est-ce que tu fais ? Tu n'appelles pas, tu n'écris pas. C'est comme ça qu'on traite la pauvre vieille buse qui t'a tout appris ?

Riley sourit. Elle savait qu'il ne le pensait pas. Après tout, ils s'étaient vus très récemment. Jake était sorti de sa retraite pour l'aider à résoudre une affaire seulement un mois plus tôt.

Elle ne lui demanda pas comment il allait.

Elle se rappelait encore sa litanie la dernière fois qu'elle lui avait posé la question.

« J'ai soixante-quinze ans. On m'a changé les deux genoux et la hanche. Ma vue baisse. J'ai un appareil pour entendre et un pacemaker. Et tous mes amis sont morts, à part toi. Qu'est-ce que tu dis de ça ? »

Il ne servait à rien de lui redemander pour l'entendre à nouveau se plaindre.

La vérité, c'était qu'il était toujours en très bonne forme et qu'il avait l'esprit aussi vif qu'avant.

— J'ai besoin de ton aide, Jake, dit Riley.

— Ah, tu me fais plaisir. J'ai horreur de la retraite. Qu'est-ce que je peux faire pour toi ?

— Je m'intéresse à une affaire classée.

Jake pouffa.

— C'est ce que je préfère. Tu sais, j'étais le spécialiste des affaires classées. C'est toujours le cas, mais c'est devenu un passe-temps. Tu te rappelles de Angel Face ? Le tueur de l'Ohio ? J'ai résolu cette affaire il y a quelques années. Elle était classée depuis des années.

— Je m'en souviens, dit Riley. Pas mal pour un vieux bonhomme.

— La flatterie ne te mènera nulle part. Alors, qu'est-ce que tu veux ?

Riley hésita. Elle savait qu'elle s'apprêtait à remuer des souvenirs désagréables.

— C'est une des tiennes, Jake, dit-elle.

Jake ne répondit pas tout de suite.

— Ne me dis rien, dit-il enfin. Le tueur aux allumettes.

Riley faillit lui demander comment il avait deviné.

Mais il était facile de répondre à cette question.

Jake était obsédé par les échecs, surtout les siens. Il devait savoir que c'était l'anniversaire de la mort de Tilda Steen. Il avait sûrement noté les deux autres dates. Riley devina que ça le hantait chaque année.

— C'était avant ton arrivée, dit Jake. Pourquoi tu remues l'histoire ancienne ?

Elle entendit de l'amertume dans sa voix – une amertume dont elle se rappelait pour l'avoir entendue dans sa voix quand elle était encore débutante. Il était furieux que ses supérieurs aient classé cette affaire. Son amertume ne l'avait jamais vraiment quitté.

— Tu sais que j'appelle la mère de Tilda Steen depuis des années, dit Riley. Je lui ai encore parlé hier. Cette fois…

Elle s'interrompit. Comment formuler son sentiment ?

— C'était encore plus difficile que d'habitude. Si personne ne fait rien, cette dame va mourir sans savoir que le tueur de sa fille a été puni pour son crime. Je n'ai rien d'autre à faire et je…

Elle se tut.

— Je sais ce que tu ressens, dit Jake d'une voix soudain pleine de compassion. Ces trois femmes méritaient mieux. Leurs familles méritaient mieux.

Riley fut soulagée de savoir que Jake partageait son sentiment.

— Je ne peux pas faire grand-chose sans le soutien du FBI, dit

Riley. Tu penses qu'ils pourraient rouvrir le dossier ?

— Je ne sais pas. Peut-être. Au boulot !

Riley entendit les doigts de Jake pianoter sur son clavier d'ordinateur.

— Qu'est-ce qui n'a pas marché la dernière fois ?

— La question serait plutôt de savoir ce qui a marché ! Personne ne voulait entendre parler de mes hypothèses à l'UAC. C'était une région très rurale, juste trois petites villes, mais ça circulait beaucoup sur la route 64. Le Bureau avait décidé que c'était un gars qui vagabondait. Moi, mon instinct me disait autre chose. Je pensais qu'il était du coin et qu'il vivait toujours là-bas. Mais tout le monde se fichait bien de mon instinct.

Tout en pianotant, il grommela :

— J'aurais résolu cette affaire sans mon imbécile de partenaire.

Riley avait déjà entendu parler de l'ancien partenaire très incompétent de Jake, qui avait été renvoyé du FBI avant l'arrivée de Riley. Elle dit :

— Il parait qu'il faisait tout rater.

— Oui, on peut le dire. Dans un des bars, il a ramassé un verre dans lequel le tueur avait bu et il a mis ses empreintes partout.

— Il y avait des empreintes sur les boites d'allumettes ou les blocs-notes ?

— Pas après leur séjour sous la terre. Mon partenaire a tout foutu en l'air. On aurait dû le virer à ce moment-là. Après, ça n'a pas traîné longtemps. Il parait qu'il travaille dans une épicerie, maintenant. Bon débarras.

Riley entendit Jake taper sur son clavier. Il devait avoir tous les documents sous la main.

— OK. Ferme les yeux, dit Jake.

Riley ferma les yeux en souriant. Il allait lui faire faire le même exercice qu'elle avait demandé à ses étudiants. Elle tenait ça de lui.

Jake dit :

— Tu es le tueur, mais tu n'as encore tué personne. Tu entres dans un pub à Brinkley, le McLaughlin, et tu te présentes à une fille nommée Melody Yanovich. Tu lui sors le grand jeu et ça a l'air de bien marcher.

Riley commençait à se glisser dans la tête du tueur. Elle voyait très clairement la scène. Jake dit :

— Il y a des boites d'allumettes dans un grand bol, sur le comptoir. Tu en attrapes une et tu la mets dans ta poche. Pourquoi ?

Riley sentait presque la boite entre ses doigts. Elle s'imagina en train de la glisser dans sa poche de chemise.

Mais pourquoi ? se demanda-t-elle.

Quand l'affaire avait été ouverte, l'explication semblait toute trouvée. Le tueur avait laissé des boîtes d'allumettes venues des bars et du papier à lettre venu des motels sur les corps des victimes pour se moquer de la police.

Elle réalisa soudain que Jake pensait que c'était faux.

Elle le pensait également.

Elle dit :

— Il ne savait même pas qu'il allait la tuer, du moins tant qu'il était au pub, pas la première fois. Il a ramassé la boîte d'allumettes comme pour avoir un souvenir, un trophée du bon moment qu'il allait passer avec la fille.

— Bien, dit Jake. Et après ?

Riley visualisa le tueur aidant Melody Yanovich à entrer dans sa voiture, puis la conduisant au motel.

— Melody était d'accord. Il avait confiance en lui. Dès qu'ils sont entrés dans la chambre, elle est partie dans la salle de bain pour se préparer. Pendant ce temps, il a ramassé un bloc-notes avec le logo du motel, en souvenir, pour la même raison qu'il avait ramassé la boite d'allumettes. Puis il s'est déshabillé et il s'est glissé dans le lit. Melody est sortie de la salle de bain…

Riley s'interrompit pour visualiser la scène.

La femme était-elle nue à ce moment-là ?

Non, pas exactement, pensa Riley.

— Melody était enroulée dans une serviette. Il a commencé à être mal à l'aise. Il avait parfois des problèmes d'impuissance. Et si ça recommençait ? Elle est montée à côté de lui et elle a retiré sa serviette et…

— Et ? la poussa Jake.

— Et il a compris qu'il n'y arriverait pas. Il s'est senti humilié. Il ne voulait pas que la fille sache qu'il ne pouvait pas. Aveuglé par une rage soudaine, il a perdu toute humanité. Il l'a prise par la gorge et l'a étranglée dans le lit. Elle est morte rapidement. Puis sa rage a disparu. Il a compris ce qu'il avait fait. Il s'est d'abord senti coupable, puis…

L'esprit de Riley passa en revue la fin de l'histoire. Le tueur n'avait pas seulement enterré ses victimes dans des tombes peu profondes, mais également tout près de la route. Il savait parfaitement que les corps allaient être découverts. Il avait tout fait pour.

Riley ouvrit brusquement les yeux.

— Je comprends, Jake. Il a ramassé la boite d'allumettes et le bloc-notes pour s'en faire des souvenirs. Après les meurtres, ses objets sont devenus autre chose. Il les a laissés sur les corps pour *aider* la police, pas pour se moquer. Il voulait être arrêté. Il n'avait pas le courage de se rendre à la police, alors il a laissé des indices.

— Tu piges, dit Jake. Moi, je pense que les deux premiers meurtres se sont déroulés comme ça. Maintenant, va lire les rapports de police.

Riley les balaya du regard sur son écran d'ordinateur.

— Qu'est-ce qui s'est passé différemment la troisième fois ? demanda Jake.

Riley lut le texte. Elle remarqua quelque chose qu'elle n'avait pas vu avant.

— Tilda Steen était habillée quand il l'a enterrée. Il n'a même pas essayé d'avoir un rapport sexuel avec elle.

Jake dit :

— Maintenant, dis-moi comment il a tué ces trois victimes.

Riley relut le texte.

— Strangulation, dit-elle. Les trois.

Jake poussa un grognement.

— C'est là où la police se trompe, dit-il. Les deux premières, Melody Yanovich et Portia Quinn, ont été étranglées. Mais en parlant au médecin légiste, j'ai appris qu'il n'y avait aucune trace sur le cou de Tilda Steen. Elle a été étouffée, mais pas étranglée. Qu'est-ce que tu en dis ?

A la lumière de cette nouvelle information, Riley sentit un déclic dans sa tête.

Elle ferma les yeux et essaya de visualiser la scène.

— Il s'est passé quelque chose quand Tilda est entrée dans la chambre, dit Riley. Elle lui a dit quelque chose, peut-être quelque chose qu'elle n'avait jamais dit à personne. Ou peut-être qu'elle lui a dit quelque chose à propos de lui-même qu'il ne voulait pas entendre. Il l'a tout à coup trouvée…

Riley se tut. Jake dit :

— Vas-y, continue.

— Il l'a trouvée *humaine*. Il s'est senti coupable d'envisager de lui faire ce qu'il allait lui faire. Et d'une certaine manière…

Riley eut besoin de quelques secondes pour organiser ses pensées.

— Ça lui a passé l'envie de tuer.

Jake poussa un grognement approbateur. Il dit :

— J'étais arrivé à la même conclusion à l'époque. Je pense toujours que j'avais raison. Je crois qu'il est toujours dans le coin, hanté par ce qu'il a fait.

Un mot résonna dans la tête de Riley…

Des remords.

Quelque chose lui apparut très clairement.

Sans hésiter, elle dit :

— Il a des remords, Jake. Et je parie qu'il laisse des fleurs sur les tombes de ses victimes.

Jake pouffa de satisfaction.

— Tu as l'esprit vif ! C'est ce qui me plait chez toi. Tu comprends ce qui ce qui se passe dans la tête des gens et tu n'hésites pas à agir.

Riley sourit.

— J'ai appris du meilleur.

Jake grommela ses remerciements. Elle le remercia à son tour pour son aide et raccrocha. Elle resta assise derrière son bureau à réfléchir.

C'est à moi de m'en occuper.

Elle devait traquer le tueur et le traîner devant la justice une bonne fois pour toutes.

Mais elle savait qu'elle n'y arriverait pas seule.

Elle avait besoin d'aide pour obliger le FBI à rouvrir le dossier.

Elle sortit dans le couloir et se dirigea d'un pas vif vers le bureau de Bill Jeffreys.

CHAPITRE HUIT

Bill Jeffreys profitait d'une matinée étonnamment calme au FBI quand sa partenaire fit irruption dans son bureau. Il reconnut aussitôt l'expression sur son visage. Riley Paige faisait cette tête quand une nouvelle affaire piquait sa curiosité.

Il lui fit signe de s'asseoir de l'autre côté du bureau. Riley s'exécuta. Cependant, à mesure qu'il l'écoutait parler des meurtres, Bill comprit de moins en moins son excitation. Il ne fit pas de commentaire pendant qu'elle lui récitait toute la conversation qu'elle avait eue au téléphone avec Jake.

— Qu'est-ce que tu en penses ? demanda-t-elle à Bill quand elle eut terminé.

— De quoi ?

— Est-ce que tu veux travailler sur cette affaire avec moi ?

Bill plissa les yeux.

— Oui, ça me plairait, mais… C'est une affaire classée. On ne peut rien faire.

Riley prit une profonde inspiration et dit avec prudence :

— J'espérais qu'on pourrait changer ça, toi et moi.

Bill eut besoin de quelques secondes pour comprendre. Puis il secoua la tête, les yeux écarquillés.

— Oh non, Riley, dit-il. Cette affaire est classée depuis longtemps. Meredith ne voudra pas rouvrir le dossier.

Il vit qu'elle avait les mêmes doutes, mais qu'elle essayait de ne pas le montrer.

— On doit essayer, dit-elle. On doit résoudre cette affaire. Je le sais. Les temps ont changé, Bill. Nous avons de nouveaux outils à notre disposition. Par exemple, à l'époque, on était encore qu'aux balbutiements des tests ADN. C'est différent maintenant. Tu n'as rien à faire, en ce moment, non ?

— Non.

— Moi non plus. Pourquoi on n'essayerait pas ?

Bill couva Riley d'un regard inquiet. En moins d'un an, sa partenaire avait été réprimandée, suspendue et même renvoyée. Il savait que sa carrière ne tenait parfois qu'à un fil. La seule chose qui l'avait sauvée, c'était son étonnante capacité à retrouver ses proies, parfois en utilisant des procédés peu orthodoxes. Son talent et les coups de mains occasionnels de Bill lui avaient permis de rester au FBI.

— Riley, tu cherches les ennuis, dit-elle. Tu ne devrais pas faire de vagues.

Il la sentit se raidir et regretta immédiatement la formulation qu'il avait choisie.

— D'accord, si tu ne veux pas, dit-elle en se levant et en quittant son bureau.

*

Ne pas faire de vagues. Riley détestait cette expression.

Riley faisait toujours des vagues. Elle savait parfaitement que c'était une caractéristique qui faisait d'elle un si bon agent.

Elle sortait du bureau de Bill quand il l'appela :

— Attends une seconde ! Tu vas où ?

— A ton avis ?

— D'accord, d'accord, je viens !

Riley et Bill se dirigèrent vers le bureau de leur chef d'équipe, Brent Meredith. Riley frappa à sa porte. Une voix bourrue répondit :

— Entrez.

Riley et Bill entrèrent dans le spacieux bureau de Meredith. Comme toujours, le chef d'équipe imposait sa présence dans la pièce, avec sa large carrure et son visage noir aux traits anguleux. Il était penché sur des rapports.

— Dépêchez-vous, dit Meredith sans lever le nez. Je suis occupé.

Riley ignora le coup d'œil inquiet de Bill et s'assit avec autorité devant le bureau de Meredith. Elle dit :

— Chef, l'agent Jeffreys et moi, nous voulons rouvrir une affaire classée. Nous nous demandions si…

Sans lever le nez de ses dossiers, Meredith la coupa :

— Non.

— Hein ? fit Riley.

— Demande rejetée. Maintenant, si vous n'y voyez pas d'inconvénient, j'ai du travail à faire.

Riley resta assise. Pendant quelques secondes, elle eut l'impression d'avoir heurté une impasse. Puis elle dit :

— Je viens de téléphoner à Jake Crivaro.

Meredith leva lentement la tête. Un sourire étira ses lèvres.

— Comment va le vieux Jake ?

Riley sourit à son tour. Elle savait que Jake et Meredith avaient été des amis proches à leurs débuts.

— Il est grognon, dit-elle.

— Ce n'est pas nouveau, répondit Meredith. Vous savez, il pouvait être intimidant, ce vieux fossile.

Riley réprima un rire. L'idée que Meredith puisse être intimidé par qui que ce soit était amusante. Riley n'avait jamais trouvé Jake intimidant. Elle dit :

— Hier, c'était l'anniversaire du dernier meurtre du tueur aux allumettes.

Meredith tourna sur son siège à roulettes, visiblement plus intéressé.

— Je m'en souviens, dit-il. Jake et moi, nous étions tous les deux agents de terrain à cette époque. Il n'a jamais avalé son échec. On en parlait souvent.

Meredith joignit les mains et dévisagea Riley avec intensité.

— Jake vous a appelée ? Il veut rouvrir le dossier ? Sortir de sa retraite ?

Riley envisagea de mentir. Meredith serait plus ouvert s'il pensait que l'idée venait de Jake. Mais elle ne pouvait pas faire ça.

— C'est moi qui l'ai appelé, monsieur. Mais il y pensait, lui aussi. Comme toujours à cette époque. Nous avons passé en revue plusieurs hypothèses.

Meredith se renversa sur son siège.

— Dites-moi ce que vous avez.

Elle rassembla rapidement ses pensées.

— Jake pense que le tueur est toujours dans la région, dit-elle. Et je fais confiance à son instinct. Nous pensons qu'il était rongé par les remords. C'est peut-être toujours le cas. Je pense qu'il pourrait laisser des fleurs sur la tombe de sa dernière victime, Tilda Steen. On devra vérifier.

Riley vit à l'expression de Meredith que sa curiosité était piquée.

— C'est un bon début, dit-il. Quoi d'autre ?

— Pas grand-chose, dit-elle. Jake m'a parlé d'un verre ramassé par inadvertance.

Meredith hocha la tête.

— Je m'en souviens. Son imbécile de partenaire a effacé toutes les empreintes.

Riley dit :

— Le verre doit toujours être rangé dans les pièces à conviction. On pourra peut-être retrouver des traces ADN. Ce n'était pas envisageable il y a vingt-cinq ans.

— Bien, dit Meredith. Quoi d'autre ?

Riley réfléchit un instant.

— Nous avons un vieux portrait-robot du tueur, dit-elle. Il n'est pas très bon, mais nos techniciens pourront peut-être vieillir le portrait. Je vais en parler à Sam Flores.

Meredith ne répondit pas tout de suite.

Puis il se tourna vers Bill, qui se tenait dans l'entrée.

— Vous n'êtes pas sur une affaire, agent Jeffreys ?

— Non.

— Bien. Je veux que vous travailliez avec Paige.

Sans ajouter un mot, Meredith se pencha sur ses rapports.

Riley regarda Bill. Comme elle, il était bouche bée.

— Quand est-ce qu'on commence ? demanda Bill à Meredith.

— Il y a cinq minutes, dit Meredith en leur faisant signe de partir. Qu'est-ce que vous faites encore là ? Vous perdez du temps. Au boulot.

Riley et Bill sortirent de son bureau en parlant avec excitation de ce qu'ils allaient faire en premier.

CHAPITRE NEUF

Peu après, Riley essayait de se détendre dans la voiture du FBI que Bill conduisait. Ils allaient à Greybull, la ville où Tilda Steen avait été tuée. Riley était satisfaite de travailler sur un nouveau dossier, surtout si elle l'avait choisi.

C'était une belle journée ensoleillée. Riley avait l'impression de laisser derrière elle tous ses soucis. Maintenant qu'elle pouvait s'éclaircir les idées, elle commençait à voir le départ de Ryan différemment.

Pourquoi aurait-elle voulu qu'il reste ?

Elle ne voulait plus qu'il dorme chez elle maintenant qu'il voyait une autre femme.

Et elle n'avait pas le droit de faire croire aux filles qu'ils étaient une famille.

Ça pourrait être pire, pensa-t-elle.

Ryan aurait pu rester beaucoup plus longtemps et briser ensuite les illusions de toute la famille.

Bon débarras, se dit-elle.

Ce fut alors que le téléphone de Riley vibra. C'était Blaine. Elle se rappela au bout de quelques secondes qu'elle lui avait laissé un message la nuit dernière pour lui dire qu'elle acceptait son invitation à diner. Il s'était passé tant de choses depuis ce moment qu'elle avait l'impression que c'était plus vieux que ça.

Elle répondit au téléphone. Blaine semblait joyeux.

— Salut, Riley, j'ai eu ton message. Oui, mon invitation tient toujours.

— Merci, dit Riley. Ça me fait plaisir.

— Alors, quand est-ce que tu veux venir avec ta famille au restaurant ? Ce soir, peut-être ?

Riley n'avait pas envie de repousser, mais elle n'avait pas le choix.

— Blaine, je ne suis pas en ville. Je travaille sur une affaire. Je serai bientôt rentrée, mais je vais devoir travailler.

— Demain, alors ? demanda Blaine.

Riley réprima un soupir. Ça allait vite devenir gênant. Elle ne voulait pas que Blaine pense qu'elle le faisait marcher. Mais elle ne savait tout simplement pas quand elle pourrait accepter son invitation.

Bill ne cessait de lui jeter des petits regards discrets, ce qui n'arrangeait rien. Comme il esquissait un sourire malicieux, il devait savoir à qui elle parlait.

Riley rougit. Elle dit :

— Blaine, je suis désolée. Je ne sais pas quand ça va être possible.

Blaine ne répondit pas. Riley comprit qu'il était interloqué. Après tout, elle lui avait laissé un message enthousiaste la veille. Il fallait qu'elle soit honnête.

— Je ne te mène pas en bateau, Blaine. Je te le promets. Quand j'aurai résolu cette affaire, on viendra manger dans ton restaurant. Et je te retourne l'invitation. Gabriela mitonnera quelque chose d'extraordinaire pour toi et Crystal.

Elle devina un sourire dans la voix de Blaine.

— Super. Je te laisse travailler.

Ils raccrochèrent. Le sourire de Bill s'élargit. Riley rougit de plus belle.

— Alors, c'était qui ?

— Mêle-toi de tes affaires, dit Riley en pouffant.

Bill éclata de rire.

— Oh non, je n'ai pas envie, Riley. On peut dire que je suis ton meilleur ami. Je suis censé te tirer les vers du nez. C'était Blaine, non ? Ton charmant voisin.

Riley hocha la tête. Bill dit :

— Tu vas me dire ce qui se passe ou quoi ? Je pensais que Blaine avait déménagé de l'autre côté de la ville et que tu essayais de recoller les morceaux avec Ryan.

Bill avait protesté avec force quand elle lui avait dit qu'elle pensait se remettre avec Ryan.

« Dois-je te rappeler tout ce qu'il t'a fait, ce type ? avait-il dit. *Parce que je me souviens de tous les détails. »*

— Pas la peine de me rappeler que tu m'avais prévenue.

— Pourquoi ? demanda Bill.

Riley soupira bruyamment.

Inutile de tourner autour du pot, pensa-t-elle.

Elle ne pouvait rien faire d'autre que ravaler sa fierté.

— Parce que tu m'avais bel et bien prévenue. Et tu avais raison. Ryan est toujours le même insupportable Ryan.

— Il s'est barré ? Désolé de l'apprendre, dit-il avec sincérité. Ce doit être dur pour les enfants.

Riley n'osa pas lui dire combien il avait raison.

— Peu importe, dit Bill. Je suis content que tu donnes sa

chance au prince charmant.

Riley étouffa un grognement. Elle voulut lui jeter quelque chose à la figure. Au lieu de ça, elle éclata de rire.

Son téléphone vibra. C'était un message de Sam Flores.

Riley fut soulagée de se replonger dans son travail. Avant de partir de Quantico, ils avaient discuté avec Sam Flores, le chef du labo. Ils lui avaient demandé de chercher des traces ADN sur le verre et de vieillir le portrait-robot.

Riley regarda sa tablette. Sam lui avait envoyé de nouveaux dessins du suspect.

— Il a envoyé les portraits, dit Riley.

— A quoi ça ressemble ?

— Il n'y a pas grand-chose à voir, mais ça fera l'affaire, dit Riley.

Riley compara les dessins vieillis par l'équipe de Sam à l'ancien portrait. L'original n'était pas très vivant. L'artiste avait été trop prudent. Riley savait d'expérience qu'un peu d'imagination et de créativité permettait souvent de capturer la personnalité d'un suspect.

Sam et son équipe avaient fait du très bon travail avec le matériel qu'ils avaient à disposition. Ils avaient couvert un large éventail de possibilités. Sur l'un des dessins, l'homme ressemblait beaucoup à son ancien portrait, à l'exception de quelques rides et des cheveux gris. Sur un autre, il avait pris du poids et ses bajoues tombaient. Sur un troisième dessin, il avait une barbe et une moustache.

Riley savait qu'elle ne devait pas montrer ces trois nouveaux portraits en même temps aux témoins potentiels. Cela ne servirait qu'à les déstabiliser. Elle devait en choisir un.

Sans pouvoir l'expliquer, elle sentit que le portrait le plus proche de l'original était celui qu'il lui fallait. Les deux autres portraits laissaient penser que le tueur avait cherché à changer d'apparence. De plus, l'homme semblait de morphologie assez fine. Elle devina qu'il n'était pas du genre à prendre du poids.

Bien sûr, elle pouvait se tromper sur toute la ligne. Mais elle préférait toujours écouter son instinct.

Ce fut alors qu'ils entrèrent dans la petite ville de Greybull. Riley pensa qu'il devait y avoir moins de mille habitants.

— Quelle est notre première étape ? demanda Bill.

— Le cimetière, répondit Riley.

Elle donna à Bill les coordonnées. Ils s'arrêtèrent devant le cimetière quelques minutes plus tard. Riley fit apparaître une carte du lieu sur sa tablette. Ils descendirent de voiture et s'avancèrent entre les tombes.

Ils trouvèrent bientôt celle qu'ils cherchaient. Elle était marquée d'une pierre modeste, portant l'inscription suivante…

TILDA ANN STEEN
Amie et fille regrettée
1972–1992

Riley sursauta en voyant les dates. Bien sûr, elle savait déjà que Tilda était morte à vingt ans, mais elle n'avait jamais pensé au fait qu'elle aurait eu quarante-cinq ans aujourd'hui. Quelle vie aurait-elle vécue ? Serait-elle restée dans cette petite ville ? Y aurait-elle élevé une famille ? Ou serait-elle partie le plus loin possible à la recherche d'un rêve ? Riley n'en savait rien. Personne n'en saurait jamais rien.

Riley était plus déterminée que jamais.

Je dois résoudre cette affaire.

Deux bouquets différents décoraient la tombe. Le premier était un bouquet de jonquilles aux belles teintes jaunes, orange et blanches.

— Elles sont belles, dit Bill en les montrant du doigt. Tu penses que c'est ce qu'on cherche ?

Riley ne répondit pas. Les fleurs n'étaient pas de celles qu'on trouve en magasin.

Elle se pencha et ouvrit le petit mot qui y était accroché. Le message était court, simple et touchant.

Chère Tilda,

Ma chérie, tu me manques. Tu me manqueras toujours. Je t'aimerai toujours.

Maman

— Ça vient de la mère de Tilda, dit Riley. Je suis sûre que ça vient même de son jardin.

Elle imaginait très bien Paula cultiver soigneusement des bulbes de jonquilles dans un coin bien ensoleillé.

— Paula vit toujours à Greybull ? demanda Bill.

— Non, les parents de Tilda ont déménagé peu après le meurtre de leur fille. Paula vit toujours en Virginie, mais de l'autre côté de

Richmond. Son mari est mort l'an passé.

Riley se rappela avec compassion ce que lui avait dit Paula au téléphone.

« Qu'est-ce qu'on deviendrait si j'oubliais Justin et vous votre mère ? Je ne veux jamais avoir le cœur si dur. »

Riley avait toujours trouvé Paula très courageuse. Mais elle savait que c'était également une femme très secrète.

Comme elle doit se sentir seule ! pensa Riley.

Le deuxième bouquet était plus banal, avec des glaïeuls et des œillets. C'était le bouquet d'un fleuriste. Il tenait dans un cornet en plastique planté dans la terre.

Pensant aux empreintes, Bill enfila des gants et ramassa le cornet qu'il vida de sa terre. Puis il déposa l'objet dans un sac en plastique qu'il avait apporté dans ce but.

Une voix les apostropha :

— Qu'est-ce que vous faites là ?

Riley et Bill se retournèrent et virent qu'un homme à l'air inquiet et portant un uniforme de gardien marchait vers eux. Il devait avoir environ cinquante ans.

Riley et Bill montrèrent leurs badges et se présentèrent. Le gardien écarquilla les yeux avec curiosité.

— C'est pour savoir ce qui est arrivé à Tilda ? demanda-t-il. C'était il y a longtemps.

— On rouvre le dossier, dit Bill.

— Vous avez vu qui a déposé ces fleurs ? demanda Riley.

Le gardien secoua la tête.

— On les a posées là la nuit dernière. Je ne sais pas qui c'était. Les autres viennent de Paula Steen. Ça fait des années que je la connais. Elle vient chaque année et on discute un peu. Je me débarrasse toujours des fleurs quand elles fanent.

En montrant du doigt le bouquet dans la main de Bill, Riley demanda :

— Quelqu'un d'autre lui amène des fleurs chaque année ?

— Oui, répondit le gardien. Toujours la nuit. Je l'ai déjà vu quelques fois.

Riley montra au gardien le portrait-robot.

— Est-ce qu'il ressemble à ça ?

L'homme haussa les épaules.

— Je ne saurais pas vous dire. Je ne l'ai jamais bien vu la nuit et il porte toujours un chapeau à large bord. Il est assez grand. Et mince.

Riley évalua mentalement tous ces détails. Oui, cela correspondait au profil qu'elle imaginait.

— Quelle voiture conduisait-il ? demanda Bill.

Le gardien réfléchit quelques secondes.

— Une sedan. De couleur claire, je crois. Mais je ne suis pas sûr.

— Vous vous souvenez d'autre chose ? demanda Riley.

Le gardien secoua une nouvelle fois la tête lentement.

Bill demanda :

— Vous savez de quelle boutique vient ce bouquet ?

— Sans doute de chez Corley, répondit le gardien. C'est le seul fleuriste de la ville.

Il montra du doigt une direction.

— C'est juste là-bas, à un pâté de maison, sur Bowers Street. Vous ne pouvez pas le louper.

Riley et Bill remercièrent le gardien et quittèrent le cimetière. Comme il était inutile de reprendre la voiture pour parcourir une si petite distance, ils y allèrent à pied. Riley observa la ville qui semblait anormalement calme. Quelques personnes saluèrent poliment les étrangers en souriant.

Bien sûr, les gens ne savaient pas à qui ils avaient affaire, ni pourquoi Riley et Bill étaient venus.

Certains d'entre eux n'étaient peut-être même pas nés quand Tilda Steen était morte.

Ça donnait à Riley une impression étrange. Ils étaient venus déterrer des fantômes que les gens de la ville préféraient sans doute oublier.

Bientôt, ils virent la boutique du fleuriste, un vieux bâtiment en briques avec une enseigne effacée par le temps. Corley devait être là depuis longtemps, peut-être même des dizaines d'années avant le meurtre.

Riley et Bill entrèrent. La boutique était très désuète, avec des étagères en bois. Il y avait beaucoup de fleurs et des publicités vantant tel ou tel arrangement floral. Il y avait également des photos de la boutique prises des années plus tôt : une de l'extérieur et une de la pièce où ils se tenaient en ce moment.

Le propriétaire avait fait de son mieux pour que la boutique reste exactement la même. Peu de choses avaient changé. Seuls les arrangements sur le comptoir étaient maintenant composés de fleurs artificielles. Les fleurs véritables se trouvaient derrière une porte en verre.

Une jeune femme souriante s'approcha de Bill et Riley. Elle leur dit qu'elle s'appelait Loretta et leur demanda si elle pouvait les aider.

Bill et Riley sortirent leurs badges et se présentèrent. Riley dit :

— Nous enquêtons sur trois meurtres qui ont eu lieu dans cette région il y a vingt-cinq ans.

Loretta eut l'air étonné.

— Je suis désolée, mais je n'étais pas née.

Une femme âgée à l'air doux sortit de la pièce du fond.

— C'est à propos de ce qui est arrivé à Tilda Steen ? demanda-t-elle.

Quand Riley acquiesça, la femme se présenta.

— Je m'appelle Gloria Corley. Ce magasin est dans ma famille depuis des années. Je me rappelle de ce meurtre affreux comme si c'était hier. Pauvre Tilda. Elle faisait confiance à tout le monde. Bien sûr, quand on grandit dans une petite ville comme ça… Et il y a les deux autres victimes aussi. Une de Brinkley et une autre de Denison. C'est terrible.

Une lueur inquiète passa dans le regard de Gloria.

— Il y a eu un autre meurtre ? Après tout ce temps, je n'imaginais pas.

— Non, dit Riley. Nous rouvrons une affaire classée.

Gloria eut l'air étonné. Riley ne lui en voulut pas. Après vingt-cinq ans, rouvrir une affaire classée pouvait paraître étrange. En vérité, Riley savait que c'était bel et bien étrange. Rien n'avait changé. Il n'avait pas de nouvelle preuve.

Quelle explication Riley pouvait-elle donner à cette femme ou à n'importe quelle autre personne ?

J'ai eu un cauchemar ?

C'était absurde.

Riley réalisa avec étonnement qu'elle n'avait pas une seule bonne raison. Elle fut d'autant plus reconnaissante que Meredith lui ait permis d'essayer.

Bill sortit le bouquet de son sac et le montra aux deux femmes.

— On se demande si ce bouquet vient de votre boutique, dit-il.

Gloria enfila une paire de lunettes qui lui pendaient autour du cou et examina les fleurs.

— C'est un bouquet très banal, dit-elle. Il y avait une gommette ou un message ?

— Non, dit Bill.

— Où l'avez-vous trouvé ? demanda Gloria.

— Sur la tombe de Tilda, répondit Riley.

La femme écarquilla les yeux. Elle avait compris que les fleurs venaient peut-être du tueur.

Loretta examina les fleurs à son tour.

— Nous n'en avons vendu qu'un seul comme celui-là il ces deux dernières semaines, dit-elle.

Riley fit apparaître le portrait-robot sur sa tablette et le montra à Loretta.

— Celui qui a acheté le bouquet ressemblait peut-être à ça, dit-elle.

Loretta haussa les épaules.

— Je ne suis pas très observatrice, dit-elle. Et je ne pensais pas que c'était important au moment où je l'ai vendu.

Elle plissa les yeux.

— Je me rappelle qu'il portait un beau manteau, dit-elle. Et un chapeau. Un fédora, je crois.

La curiosité de Riley était piquée : le gardien du cimetière avait dit que l'homme portait un chapeau à large bord.

— Vous avez remarqué autre chose ? demanda Bill.

— Il était grand, je crois. Oui, je me souviens de devoir lever les yeux vers lui.

Riley et Bill échangèrent un regard.

— Comment a-t-il payé ? demanda Bill.

— Avec une carte de crédit, je crois, dit Loretta. Je vais vérifier.

Riley et Bill suivirent Loretta derrière le comptoir. Elle cliqua sur les registres du magasin.

Elle hocha la tête quand elle trouva ce qu'elle cherchait.

— Oui, je crois que c'était lui, dit-elle. Il est venu il y a deux jours. Il s'appelle Lemuel Cort.

— Vous avez une adresse ? demanda Bill.

— Non, désolée.

Riley et Bill remercièrent les deux femmes et quittèrent le magasin.

— Nous avons un nom ! s'exclama Riley.

— Et Lemuel Cort, ce n'est pas un nom très courant, ajouta Bill. Si c'est son vrai nom, il ne devrait pas être difficile à retrouver.

Riley hocha la tête. Elle sortit son téléphone et appela Sam Flores.

— Sam, on a peut-être un suspect, dit-elle au technicien. Il s'appelle Lemuel Cort. Nous aimerions savoir s'il vit dans la région où se sont déroulés les meurtres du tueur aux allumettes.

— Je vérifie, dit Sam.

Riley l'entendit pianoter sur son clavier.

— Oui, il vit là-bas, dit Sam. A Glidden.

Riley se rappela avoir vu des panneaux indiquant la direction de cette ville. Ce ne devait pas être loin.

— Vous pouvez me dire s'il a un casier judiciaire ? demanda-t-elle.

— J'ai déjà cherché, dit Flores. Oui, il a fait de la prison pour violence conjugale. C'était il y a dix ans.

Un frisson d'excitation parcourut l'échine de Riley.

— Merci, Sam. Envoyez-moi tout ce que vous avez trouvé, d'accord ?

— Je m'en occupe.

Riley raccrocha au moment où elle et Bill entraient dans la voiture. Bill dit :

— On a peut-être un suspect.

— Peut-être, dit Riley. Allons-y.

Bill démarra la voiture. Riley lui donna les instructions pour se rendre à Glidden.

Elle débordait soudain d'énergie. Elle avait peut-être eu raison de rouvrir cette affaire classée.

CHAPITRE DIX

Pendant le trajet vers Glidden, Riley balaya toute la documentation que Sam Flores lui avait envoyée. Il y avait de nombreux articles publiés dans la presse locale.

— Qu'est-ce qu'on a ? demanda Bill en conduisant.

— Lemuel Cort doit être important dans la région, dit Riley. Il possède la scierie et il va au Rotary Club. Il est également très actif au sein de la fonction publique. Il a deux enfants adultes, mais il a divorcé il y a des années. Peu après son passage en prison, sa femme Janet l'a quitté.

Bill eut l'air intrigué.

— On devrait peut-être parler à son ex-femme, dit-il.

Riley continua de chercher dans sa documentation.

— On pourrait, dit-elle. Mais elle a quitté la ville et Flores ne sait pas où elle se trouve.

Il y avait des photos de Lemuel Cort sur certains articles. Il était toujours souriant et élégant.

Riley compara les photos au portrait-robot. Elle n'était pas certaine qu'il lui ressemble. Au moins, il n'était pas complètement différent.

Riley termina de lire et leva les yeux. Ils roulaient entre les fermes et les prés à chevaux. En entrant dans la ville de Glidden, Riley vit que la ville était plus prospère que Greybull. C'était une banlieue relativement aisée avec de grands terrains et de belles maisons. En regardant sur sa tablette, Riley vit que de nombreuses maisons avaient des jardins et des piscines.

Ils arrivèrent à l'adresse indiquée et se garèrent dans l'allée. C'était une grande maison en briques qui surplombait un terrain de golf. Ils s'avancèrent entre les haies bien taillées et sonnèrent à la porte.

Un homme souriant et habillé avec élégance vint rapidement leur ouvrir.

— Puis-je vous aider ?

— Vous êtes Lemuel Cort ? demanda Riley.

— C'est bien moi, répondit-il d'une voix presque trop doucereuse pour être agréable.

Riley et Bill sortirent leurs badges et se présentèrent.

Bill lui montra le bouquet et dit :

— Nous aimerions savoir si c'est vous qui avez acheté ce

bouquet.

Lemuel Cort inclina la tête avec curiosité.

— Non, dit-il. Mais c'est bizarre… D'où viennent-elles ?

— Probablement de Corley Flowers à Greybull, M. Cort, répondit Riley. Achetées il y a deux jours.

Il sourit d'un air un peu surpris.

— Bonté divine, dit-elle. C'est vraiment bizarre.

Riley scruta son visage avec attention. Etait-ce l'homme représenté sur le portrait-robot ? Elle ne pouvait en être sûre.

— Où sont passées mes manières ? dit l'homme. Entrez. Et appelez-moi Lemuel.

Il leur fit traverser un couloir pour entrer dans un grand salon avec une table bien cirée et un lustre qui pendait au plafond. Sur la table, il y avait un bouquet de fleurs qui ressemblait exactement à celui que Bill tenait dans la main, à l'exception du fait qu'il était plus garni en verdure.

Lemuel leur montra les fleurs d'un geste.

— J'ai bien acheté ces fleurs-là à Greybull il y a deux jours. Asseyez-vous. J'aimerais beaucoup savoir pourquoi vous vous intéressez à ces fleurs.

Riley ne sut que penser. Les fleurs prouvaient-elles qu'il était suspect ? Il aurait pu acheter ce deuxième bouquet pour brouiller les pistes.

Riley et Bill s'assirent. Dès qu'elle avait posé les yeux sur lui, Cort l'avait profondément agacée. Elle commençait à comprendre pourquoi.

C'est un vrai gentleman du Sud, comprit-elle.

Toute son attitude semblait parfaitement étudiée. Son accent était aussi impeccable que son costume, qui paraissait à la fois hors de prix et un peu daté. Son nœud papillon lui donnait un petit air excentrique charmant, mais calculé.

Il était le charme personnifié, mais son charme ne fonctionnait pas sur Riley. Elle connaissait trop bien son genre, pas de sa vie à Fredericksburg, mais plutôt de sa jeunesse dans une région rurale de Virginie. Toutes les villes avaient un type comme lui. Pendant toute sa vie, Riley avait trouvé leur prétention agaçante, tout comme leur obsession de la conversation et des bonnes manières. Riley savait que Lemuel ferait traîner la conversation aussi longtemps que possible avant d'aborder les sujets sérieux.

Il ouvrit un cabinet et sortit une bouteille de whiskey.

— Puis-je vous offrir un verre de bourbon ? dit-il. Blanton

Single Barrel. Mon préféré, ces temps-ci.

Il leur adresse un clin d'œil.

— Mais je me laisse tenter par un Kentucky Tavern de temps en temps.

— Non, merci bien, dit Riley.

Il se versa un verre et dit :

— Bien sûr que non. Vous êtes de service. Du café ou du thé peut-être ?

— Ça va. Merci, dit Bill.

Lemuel s'assit et fit tourner son whiskey dans son verre, en le reniflant.

— Vous êtes du FBI, dites-vous ? De quelle branche ?

— L'UAC, dit Riley.

Lemuel haussa les sourcils.

— Oh, bonté grâcieuse ! C'est vous qui êtes spécialisés dans le profilage ? Ce doit être passionnant.

Il se pencha en avant avec un air faussement dramatique.

— Dites-moi. Vous enquêtez sur une affaire de meurtre ?

— En fait, oui, dit Bill.

Lemuel se redressa avec un air de surprise. Riley se demanda s'il faisait semblant ou si sa surprise était bien réelle. Il était difficile de le dire derrière ses manières raffinées.

Avant qu'il n'ait eu le temps de parler, Riley entendit des pas s'approcher. Une voix appela :

— Chéri, nous avons de la compagnie ?

Une femme fit son entrée dans le salon. Elle était très bien habillée et à peine plus jeune que Lemuel Cort. Elle avait la même élégance et le même raffinement des gens du Sud.

Lemuel se leva de sa chaise, tout comme Bill. Riley s'en amusa. Elle comprit que Bill s'adaptait aux manières de ses hôtes. Selon les traditions anachroniques en vigueur dans cette maison, les hommes se levaient quand une dame entrait dans la pièce.

— Puis-je vous présenter ma charmante épouse, Thea ?

Thea baissa modestement la tête. Riley crut la voir rougir derrière son fond de teint. Elle dit :

— Je ne me suis toujours pas habituée à ce qu'il m'appelle comme ça.

Lemuel étouffa un rire. Il se rassit, tout comme Bill.

— Nous sommes jeunes mariés, voyez-vous. Bientôt un mois. Thea, voilà les agents Jeffreys et Paige du FBI, de l'UAC pour être précis.

Thea s'assit à côté de Riley et dit :

— Eh bien, c'est très sérieux ! Puis-je vous offrir du thé ou du café ?

— Je leur ai déjà proposé, ma chère, dit Lemuel. Ils ont poliment refusé.

— Dans ce cas…, dit Thea en croisant les mains sur son giron et en souriant.

Riley sentit immédiatement que les manières de Thea ne lui venaient pas aussi facilement qu'à son mari. Même son accent n'était pas parfait. Elle découvrait encore ce style de vie.

Lemuel but une gorgée de whiskey et dit :

— Ma chère, nos invités ont de bien tristes raisons de nous rendre visite. Ils disent qu'il y a eu un meurtre.

Thea poussa un hoquet de surprise. Riley dit :

— En fait, il n'y a pas eu de meurtre. Du moins, pas récemment. Nous rouvrons une affaire classée. Connaissez-vous le tueur aux allumettes ?

— Je crains que non, dit Thea.

— Ma femme est une nouvelle venue, dit Lemuel. Elle est arrivée en ville seulement cette année pour enseigner à l'école élémentaire.

Lemuel prit l'air pensif.

— Le tueur aux allumettes, dites-vous ? Cela me rappelle quelque chose. Oui, je crois que je m'en souviens. Trois jeunes femmes ont été assassinées dans la région, n'est-ce pas ? Comme c'est triste. Mais cela fait très longtemps, je me trompe ? Pourquoi enquêter après toutes ces années ? Je pensais que l'affaire était classée.

Ni Riley, ni Bill ne répondit pendant un long moment.

L'instinct de Riley lui soufflait que quelque chose n'allait pas.

Peut-être que Lemuel était le meurtrier.

Riley examina les bouquets avec attention.

Enfin, elle dit :

— Dites-moi, Lemuel. Pourquoi êtes-vous allé jusqu'à Greybull pour acheter ces fleurs ?

Lemuel pouffa.

— Ce n'est pas très loin, dit-il.

— Il doit y avoir des fleuristes à Glidden. Et puis, ce bouquet est très ordinaire. Vous auriez pu le trouver en grande surface. Pourquoi rouler si longtemps pour les acheter ?

Sans cesser de sourire, il montra Thea d'un signe de tête.

— Ma charmante épouse le mérite.

Riley sentit que quelque chose allait être révélé. Elle regarda Thea. Ses yeux tombèrent sur ses mains.

— C'est une très belle bague, Thea, dit-elle. Puis-je la voir ?

— Oh, bien sûr.

Avec un sourire très fier, la femme leva la main vers Riley. Sa bague de fiançailles était simple mais jolie et de bon goût, avec un seul diamant. Mais ce n'était pas ce que Riley voulait voir.

Le geste de Théa avait découvert son poignet, révélant quelque chose qui n'était auparavant que partiellement visible : un gros bleu.

— Comment est-ce arrivé ? demanda Riley.

La femme tira vivement la main, plus offensée qu'inquiète.

— Je ne pense pas que cela vous concerne, dit Thea.

— Moi non plus, dit Lemuel.

Riley commençait à comprendre. Lemuel avait été violent avec elle. Ses vêtements devaient dissimuler d'autres bleus.

Riley savait que Lemuel s'était excusé. Les maris violents le faisaient souvent et celui-ci avait plus de charme que d'autres. Il lui avait acheté des fleurs pour se faire pardonner. Comme il se souciait des apparences, il les avait achetées dans une autre ville. C'était plus facile que de répondre aux questions d'un fleuriste du coin un peu bavard.

Riley avait des soupçons.

Un gentleman qui était prêt à infliger ça à sa propre femme était capable de tout.

Riley se demanda comment faire pour aborder le sujet.

Elle décida de mettre les pieds dans le plat.

— Dites-moi, Thea, dit-elle d'un ton charmant. Vous saviez que votre mari avait fait de la prison pour violence conjugale ?

— Attendez un peu ! s'exclama Lemuel.

Thea écarquilla les yeux.

Non, elle ne savait pas, comprit Riley.

Après tout, elle venait juste d'arriver. Et dans une petite ville comme celle-ci, on gardait jalousement les secrets et les squelettes dans les placards, surtout s'ils concernaient un gentleman influent comme Lemuel Cort.

— Je ne vois pas de quoi vous parlez, dit la femme, ses lèvres tremblantes. Et je ne veux pas le savoir

Lemuel se leva de sa chaise.

— Je crains de devoir vous demander de partir.

Bill se leva à son tour. Riley savait qu'ils n'avaient pas le choix. Mais elle refusa de bouger pendant quelques secondes. Elle sortit de sa poche de veste une carte avec ses coordonnées de l'UAC.

— Contactez-moi, dit-elle à Thea. Quand vous serez prête.

Riley faisait souvent ce geste envers les victimes de violence. Elle avait offert de l'aide à plusieurs femmes par le passé, d'une prostituée brutalisée par son mac à la femme trophée d'un millionnaire sans cœur. Certaines avaient accepté. D'autres non, du moins pas encore.

Mais Thea ne prendrait pas sa carte.

Et ce n'était pas de la peur que Riley lisait dans son regard.

C'était de l'indignation pure et simple.

— Gardez-la, dit-elle sèchement.

Riley resta bouche bée. Aux yeux de cette femme, les convenances étaient donc plus importantes que la peur que pouvait lui inspirer son mari ? Que pouvait faire Riley ?

Elle sentit la main de Bill sur son épaule.

— Allez. Il faut qu'on y aille, dit-il.

*

Bill sentait presque la colère de Riley alors qu'ils redescendaient l'allée de la maison. Il savait qu'elle pouvait réagir avec beaucoup de force et de conviction à ce genre de situation.

Bill entendit alors la voix de Lemuel l'appeler.

— Dites, cher monsieur…

Bill se retourna vers lui, tandis que Riley continuait de marcher. Lemuel le fixait avec dédain et suffisance.

— A une époque plus civilisée, vous et moi…

Lemuel ne termina pas sa phrase.

Bill le regarda fixement, tout en essayant de comprendre ce qu'il avait voulu dire.

A une époque plus civilisée... on aurait fait quoi ? se demanda Bill.

Comprenant enfin, Bill éclata de rire.

Ce gentleman d'opérette parlait de se battre en duel.

Bill montra du doigt Riley en souriant.

— Elle est meilleure tireuse que moi, dit-il.

Sans ajouter un mot, Bill suivit Riley dans la voiture. Il démarra le moteur.

Avant qu'il n'ait eu le temps de faire quoi que ce soit d'autre,

Riley siffla entre ses dents :

— On peut le coincer, ce connard.

Bill la dévisagea. Riley fixait le vide, le visage rouge de colère.

— De quoi parles-tu ? dit Bill. On ne peut rien faire. La femme ne veut pas que tu l'aides. Riley, je comprends ce que tu ressens, mais tu ne peux pas sauver tout le monde.

Riley le regarda comme si elle n'en croyait pas ses oreilles. Bill dit :

— Ne me dis pas que tu penses que c'est notre homme.

— Pas toi ?

Riley laissait sa colère aveugler son jugement. Cela arrivait de temps en temps. Pour être franc, Bill admirait sa capacité à s'indigner. Elle avait un sens aigu de la justice. Mais en des circonstances comme celles-ci, c'était à lui de la ramener sur Terre.

— Riley, réfléchis. Tu penses vraiment que Lemuel aurait acheté deux bouquets ? Un chez Corley pour sa femme et l'autre pour la tombe dans une autre boutique ? Cela n'a pas de sens. Ce n'est pas notre homme. Retour à la case départ.

Le visage de Riley s'adoucit. Elle eut soudain l'air plus triste qu'indignée. Bill dit :

— Tu ne peux pas aider Thea, Riley. Elle ne voulait même pas de ta carte.

D'une voix douce, Riley dit :

— Je sais.

Bill lui adressa un long regard plein de compassion.

— Qu'est-ce qu'on fait maintenant ? demanda-t-il.

— On retourne à Greybull, dit Riley. Il y a un flic là-bas qui a bossé sur l'affaire. On doit lui parler.

Au moment où Bill démarrait, le téléphone de Riley sonna. Elle répondit.

Il l'entendit s'alarmer :

— Quoi ? … Quoi ? … D'accord… Je serai là dès que possible.

Elle raccrocha.

— Tu dois me ramener à Fredericksburg, dit-elle. Jilly s'est mise dans le pétrin.

CHAPITRE ONZE

Riley rumina en silence jusqu'à Fredericksburg. Le conseiller d'orientation ne lui avait pas dit grand-chose au téléphone. Riley savait seulement que Jilly avait frappé un autre enfant à l'école. On attendait Riley pour régler cette histoire.

En approchant de l'école, Bill dit enfin :

— Tu n'as rien à te reprocher, Riley.

Riley fixait le vide à travers la fenêtre.

— Qu'est-ce qui te fait croire que c'est ce que je suis en train de faire ? dit-elle.

— Allez, Riley. C'est à Bill que tu parles.

Riley hésita, puis elle répondit :

— J'ai peur de tout gâcher.

Bill poussa un grognement pour montrer son désaccord.

— Et alors ? Tu crois que ça existe, les parents parfaits ? Tu crois que j'en suis un ? Je ne vois mes garçons que le week-end. Est-ce que ça fait de moi un bon père ?

Mais la situation de Bill était différente. Riley le savait.

— Je sais que je fais de mon mieux, dit-elle. Ce n'est pas le problème. Le problème, c'est que ça ne suffit pas. C'est trop difficile. Cette gamine a des problèmes, Bill. Elle a eu une enfance terrible. Même les services sociaux de Phoenix avaient du mal avec elle, tout comme sa famille d'accueil. Pourquoi je pensais faire mieux ?

— Tu peux faire mieux, Riley. Tu as sans doute sauvé la vie de cette gamine. C'est déjà énorme.

Bill se gara sur le parking du collège.

— Tu veux que je vienne avec toi ? demanda-t-il.

Riley secoua la tête.

— Non, je suis désolée de te trainer jusqu'ici. Si tu veux retourner au travail, je peux prendre un taxi pour rentrer à la maison.

— On pourra travailler demain. Je t'attends ici, puis on passera à Quantico pour chercher ta voiture.

Riley soupira.

— D'accord, dit-elle. Mais s'il te prend l'envie d'arrêter des petits délinquants, fais attention : l'un d'eux pourrait être à moi.

Riley entra dans l'école. Elle s'adressa à la réceptionniste, puis se dirigea vers les bureaux des conseillers d'orientation. Dans la salle d'attente, elle trouva Jilly assise sagement sur une chaise en train de lire un livre d'école.

De l'autre côté de la pièce était assis un grand garçon qui semblait être un petit caïd, avec un pansement sur le nez. Une femme était avec lui. A la manière dont elle fusilla Riley du regard, celle-ci comprit que ce devait être la mère du garçon.

Riley s'assit à côté de Jilly, qui referma son livre et leva les yeux vers elle.

— Pardon, murmura-t-elle.

— J'espère bien que tu es désolée, murmura Riley à son tour. Tu ne devrais pas frapper les gens.

— Non, je ne suis pas désolée pour ça, dit Jilly. Désolée de t'avoir fait venir. Ils m'ont dit de rester là jusqu'à ce que tu viennes.

La conseillère de Jilly, Joyce Uderman, sortit de son bureau. Riley l'avait déjà rencontrée plusieurs fois. Elle avait toujours eu l'impression que cette femme n'aimait pas beaucoup Jilly. Parfois, son sourire semblait particulièrement faux. C'était le cas aujourd'hui.

— Mme Paige, Jilly, entrez, je vous prie, dit-elle.

Riley et Jilly entrèrent dans son bureau et s'assirent. Mme Uderman s'installa derrière son bureau.

Avec un sourire vide d'émotion, la conseillère dit :

— Merci d'être venue, Mme Paige.

— Dites-moi ce qui s'est passé, s'il vous plait.

— Dans un moment. Nous attendons le directeur adjoint, M. Morlan. Il va venir.

Un silence embarrassé passa. Mme Uderman ne cessa jamais de sourire. Jilly avait les bras croisés et Riley vit qu'elle était en colère. Riley compara en pensée cette gamine un peu maigrichonne au grand garçon de la salle d'attente.

Qu'est-ce qui s'est passé ? se demanda Riley.

Mark Morlan, le directeur adjoint, entra dans le bureau. Riley l'avait déjà rencontré une ou deux fois. Il avait environ l'âge de Riley et c'était un homme grand et imposant. Il remercia également Riley d'être venue, mais son expression était grave.

Sans cesser de sourire, Mme Uderman dit :

— Mme Paige, Jilly a frappé un de ses camarades de classe, Mark Hinkle. Il saigne du nez et on a dû l'emmener à l'infirmerie. Je pense qu'il est préférable de parler aux élèves séparément, ainsi qu'à leurs parents, avant de prendre une décision.

M. Morlan ne s'était toujours pas assis. Il dit :

— Jilly, tu peux nous expliquer ton comportement ?

Jilly lui répondit d'une voix forte :

— C'est la faute de Mark. Il l'a bien mérité.

— Voyons, Jilly, dit Mme Uderman. On ne peut pas tolérer la violence.

— Il embête tout le monde, dit Jilly. Il embête les filles. Il dit des trucs dégueus sur elles. Il arrête pas de les toucher.

Mme Uderman croisa les bras sur le bureau.

— C'est ce qu'il te fait, Jilly ? demanda-t-elle.

— A moi, non. Il ne me fait pas peur. Les autres filles ont peur de lui. Aujourd'hui, il s'est moqué de Hayley parce qu'elle est grosse. Même quand elle s'est mise à pleurer, il n'a pas voulu la laisser tranquille. Avec ses copains, ils arrêtaient pas de se moquer d'elle. Elle pleurait et ils l'ont poussée et Mark était trop content de lui. Et c'est à ce moment-là que je…

Jilly se tut. Puis elle ajouta :

— Il l'a bien mérité.

Riley imagina la scène dans sa tête : un grand garçon imposant en train d'embêter une fille ronde, puis appelant ses copains pour admirer son œuvre. Jilly avait eu du courage de repousser et frapper Mark Hinkle. Mais après tout ce que Jilly avait vécu, un caïd de cours d'école ne risquait pas de l'intimider.

Bien sûr, les deux autres adultes dans la pièce ne voyaient pas les choses de la même façon.

Il va falloir marcher sur des œufs, se dit-elle.

— Je ne défends pas le geste de Jilly, dit Riley. Mais il me semble que Mark a des explications à fournir. Son comportement ressemble à du harcèlement.

Le sourire de Mme Uderman disparut.

— Je pense que c'est à moi et à M. Morlan d'en juger, Mme Paige, dit-elle.

Puis Mme Uderman se tourna vers Jilly.

— Je vais demander à Mark de venir. Et tu vas lui faire des excuses.

— Quoi ? siffla Jilly.

— Tu vas lui dire que tu es désolée et que tu ne recommenceras jamais.

— Pas question !

Riley se raidit. Elle savait que Jilly n'aurait pas dû le frapper et qu'elle devait s'excuser, mais elle savait aussi très bien ce que Jilly ressentait.

Elle dit :

— Mme Uderman, je crois que la situation est plus compliquée que ça.

Mais la conseillère fixait Jilly du regard.

— Tu ne veux pas t'excuser ? demanda-t-elle.

— Non.

Mme Uderman s'appuya sur le dossier de sa chaise.

— Dans ce cas, tu ne nous laisses pas le choix. Ce sera noté sur ton dossier scolaire. M. Morlan, qu'en pensez-vous ?

Riley commençait à craindre ce qui allait arriver. Si elle était suspendue pendant quelques jours, Jilly risquait de prendre du retard et de régresser.

M. Morlan ne dit rien pendant un long moment. Il regardait Riley. Elle vit que son humeur avait changé. Il souriait presque.

Il comprend, pensa Riley. *Il comprend le geste de Jilly.*

Enfin, il dit :

— Jilly, je te promets qu'on va se renseigner sur le comportement de Mark. Mais il faut quand même que tu lui dises que tu es désolée. Tu veux bien ?

Jilly secoua la tête d'un air têtu.

— Attends-nous dehors un moment, Jilly, dit Mme Uderman. Nous devons parler à ta mère en privé.

Jilly se leva de sa chaise et sortit de la pièce. M. Morlan referma derrière elle. Mme Uderman dit :

— Mme Paige, votre fille ne nous laisse pas le choix. Je crois qu'il faut la suspendre. Si ça arrive une deuxième fois, ce sera même l'exclusion.

— Pas si vite, Mme Uderman, dit M. Morlan. Je crois que nous devons laisser une chance à la mère de la gamine.

S'adressant à Riley, il dit :

— Nous avons déjà eu des problèmes avec Mark Hinkle. Nous devons vérifier l'histoire de votre fille. Et si c'est vrai…

Il ne termina pas sa phrase. Riley sentit au ton de sa voix que Mark aurait de bien plus gros problèmes que Jilly. Puis il ajouta :

— Jilly doit écrire une lettre d'excuses et l'amener ici demain. C'est à vous de la motiver.

Mme Uderman fixait M. Morlan avec des yeux ronds. Riley vit que cette décision ne lui plaisait pas du tout.

— Cela vous convient ?

— Oui, dit Riley.

— Bien, dit M. Morlan. Ce sera tout pour le moment.

Riley quitta le bureau et trouva Jilly juste derrière la porte. Le garçon et sa mère étaient toujours assis. M. Morlan les appela à l'intérieur et referma la porte. Riley et Jilly sortirent dans le couloir.

— Où on va ? demanda Jilly.

— A la maison, dit Riley.

— Je vais être punie ?

— Ça dépend.

Ça dépend surtout de moi, pensa Riley.

Pouvait-elle convaincre Jilly d'écrire cette lettre ?

CHAPITRE DOUZE

Pendant que Riley et Jilly marchaient vers le parking, Jilly s'arrêta net. Riley lui trouva l'air interloqué et méfiant.

— Qu'est-ce qui ne va pas ? demanda Riley.

— C'est la voiture que tu utilises aujourd'hui ? répondit Jilly.

— Oui, c'est une voiture du FBI.

— C'est qui le type à l'intérieur ? demanda Jilly. Je l'ai déjà vu quelque part.

— C'est mon partenaire, Bill. Tu l'as rencontré une fois à Phoenix.

— Bon, d'accord, marmonna Jilly en la suivant.

Riley s'installa à l'avant et Jilly sur la banquette arrière. Riley fit brièvement les présentations. Jilly attacha sa ceinture d'un air profondément agacé.

Comme Bill se dirigeait vers l'autoroute en direction de Quantico, Jilly siffla :

— Je croyais qu'on allait à la maison.

— On va à la maison. Ma voiture est à Quantico. Bill nous emmène pour la récupérer.

Jilly se tut et personne ne dit rien pendant toujours la durée du trajet. Riley savait que Bill était trop poli pour demander ce qui s'est passé. Elle savait également que ce n'était pas le moment d'en parler avec sa nouvelle fille.

C'était un silence gêné et le trajet d'une demi-heure parut particulièrement long. En arrivant à Quantico, un gardien leur fit franchir le portail. Riley vit que Jilly le regardait avec intérêt. Puis la gamine écarquilla les yeux devant le grand bâtiment. Bill les conduisit dans le parking.

— Merci, Bill, dit Riley en descendant. On y retourne demain.

Bill s'éloigna. Riley sortit ses clés de voiture.

— Attends ! s'écria Jilly. Je ne peux pas voir où tu travailles ? Ça doit être super cool ! Tu m'as dit qu'il y avait un champ de tir. Et une salle de réalité virtuelle. Je veux tout voir.

— Pas cette fois, dit Riley. On doit discuter.

Ils entrèrent dans la voiture et Riley démarra.

— J'ai des ennuis ? demanda Jilly.

— Ça dépend. Tu seras peut-être suspendue, sauf si…

— Sauf si… quoi ?

— Tu dois écrire une lettre à Mark. Tu dois lui dire que tu es désolée.

Jilly poussa un grognement de protestation indignée.

— Ah non ! C'était pas ma faute !

Riley ravala sa frustration.

Ça ne va pas être simple, pensa-t-elle.

— Jilly, tu as choisi de frapper Mark.

— C'est pas ce que tu aurais fait ? Tu frappes tout le temps les méchants. S'il le faut, tu peux même les tuer.

Riley sursauta en entendant le mot « tuer ». Elle ne voulait pas que Jilly idéalise son travail, surtout la violence qui faisait partie de son quotidien.

— Jilly, on m'entraine et on m'autorise à faire ça. Et j'utilise la violence en dernier recours, si c'est vraiment nécessaire.

Jilly croisa les bras.

— Cette fois, c'était vraiment nécessaire, dit-elle.

— Ce n'était pas nécessaire.

— Comment ça ?

— C'est à toi de me le dire. Il embête les filles. Il leur fait des trucs dégueus. Il a fait pleurer ton amie. Il a invité tous ses copains pour regarder. Je sais que c'est terrible, mais qu'est-ce que tu aurais pu faire d'autre ?

Jilly bouda un long moment en silence. Puis elle dit :

— J'aurais pu appeler la conseillère pour le dénoncer. Mais ça n'aurait servi à rien.

— Si, ça aurait pu changer les choses, Jilly. Ton école ne tolère pas le harcèlement. Et même si personne n'avait réagi, tu aurais pu me le dire et j'aurais déposé plainte. J'aurais fait en sorte qu'il se passe quelque chose.

Elles roulèrent en silence un long moment. Enfin, Jilly marmonna :

— Je voulais que ce soit moi qui règle le problème, pour une fois.

Riley fronça les sourcils.

— C'est-à-dire ? demanda-t-elle.

— Ben oui. L'école, la famille, la maison… Ryan est parti et j'ai rien pu faire. J'en ai marre d'avoir des problèmes. Je voulais essayer d'en régler un.

Riley réfléchit à ce que Jilly voulait dire. Elle commençait à comprendre. Toute sa vie, Jilly s'était débrouillée seule. Elle avait essayé de régler des problèmes qui lui échappaient totalement. Personne ne l'avait jamais aidée, encore moins les adultes.

Pendant un temps, Riley avait cru que Jilly faisait des progrès.

Le départ de Ryan l'avait fait régresser.

Ryan avait montré à Jilly qu'il était comme tous les autres adultes.

Riley se sentit coupable.

Comment j'ai pu faire confiance à cet abruti ?

Mais elle chassa de son esprit ces idées noires. Elle devait se concentrer.

— Jilly, on a peut-être besoin de changements. Moi, surtout. Je ne suis pas assez souvent à la maison. Je ne vous vois pas assez, toi et April. J'y pense depuis un moment... Je devrais peut-être quitter le FBI. Je pourrais faire autre chose, trouver un travail qui me permettrait de passer plus de temps avec vous deux.

Jilly eut l'air inquiet.

— Tu ne peux pas partir ! Tu dois attraper les méchants ! Si tu ne t'en occupes pas, qui le fera à ta place ?

La passion dans la voix de Jilly prit Riley au dépourvu.

Il était évident que rien ne la décevrait plus que la démission de Riley.

C'est réglé, dans ce cas, pensa Riley.

— Jilly, tu n'es pas toute seule, dit-elle. Je suis là. Je ne vais pas partir. Je te le promets. April est là aussi. Et Gabriela. Tu dois apprendre à nous faire confiance. Tu n'es pas obligée de régler les problèmes toute seule.

Jilly ne répondit pas, mais Riley sentit qu'elle l'écoutait attentivement. Elle dit :

— Tu te débrouilles tellement bien à l'école. Ne gâche pas tout. Tu veux passer en classe supérieure, non ? Et aller au lycée ?

— Ouais, dit Jilly. J'aimerais beaucoup.

— Alors tu ne penses pas que tu devrais écrire cette lettre ?

Jilly ne répondit pas tout de suite.

— Je devrais, dit-elle. Mais comment je pourrais m'excuser ? Je ne suis pas désolée. Je ne me sens pas coupable. Ça ne serait pas sincère.

Elle n'a pas tort, pensa Riley.

Riley ne voulait pas encourager Jilly à être hypocrite. Enfin, elle dit :

— Même si tu ne te sens pas coupable, tu as compris que ce n'était pas la solution ?

— Ouais.

— Alors, tu peux dire ça. Dis que tu es désolée de l'avoir fait parce que ce n'était pas la solution.

Riley réfléchit, avant d'ajouter :

— Tu peux dire autre chose aussi.

— Quoi ?

— C'est à toi de trouver. Tu penses que tu peux le faire ?

— Je vais essayer.

Riley espéra que Jilly le pensait vraiment. Elle dit :

— Crois-moi, ça ne vaut pas le coup d'être virée de l'école pour un petit caïd comme Mark. Et vu la tête de M. Morlan, j'ai l'impression que Mark a de plus gros ennuis que toi.

Riley entendit un sourire dans la voix de Jilly.

— Vraiment ?

— Vraiment.

Riley et Jilly n'échangèrent pas un mot de plus. Mais Riley se sentait beaucoup mieux.

Je ne me débrouille pas si mal, finalement, pensa-t-elle.

*

En se réveillant le lendemain matin, Riley remarqua une enveloppe glissée sous sa porte. Elle comprit tout de suite que c'était la lettre que Jilly avait écrit à Mark. Jilly avait dû la glisser sous sa porte la nuit dernière pour que Riley la relise.

Riley l'ouvrit et lut…

Salut Mark,

Je suis désolée de t'avoir frappé. Ce n'était pas la solution. La violence n'est jamais une bonne idée. Je le sais, maintenant, et je ne recommencerai plus. J'espère que ton nez va mieux.

Mais j'espère aussi que tu comprends que tu fais du mal aux autres. Quand tu embêtes les filles, tu leur fais beaucoup de mal. Et ça me fait mal de voir que tu fais ça. Ça me met en colère et ça me rend triste. Arrête, s'il te plait.

Jilly

Riley sourit. Elle s'habilla et descendit au rez-de-chaussée, où Gabriela et les filles mangeaient le petit déjeuner. Elle tendit la lettre à Jilly et l'embrassa sur la joue.

— C'est parfait, dit-elle. Je suis fière de toi.

Un sourire explosa sur le visage de Jilly. Puis elle eut soudain l'air un peu inquiet.

— Tu crois que M. Morlan dira que ça va ? demanda Jilly.

— Si ça ne lui convient pas, j'aurai deux mots à lui dire.

Jilly sourit de plus belle.

Riley s'assit pour manger le petit déjeuner avec sa famille.

*

Peu après, Riley retourna travailler à l'UAC avec soulagement. Elle avait déposé Jilly et sa lettre à l'école en espérant régler au moins ce problème-là.

Elle était pressée de retourner sur le terrain. Il y avait beaucoup à faire aujourd'hui, notamment discuter avec le policier qui avait travaillé sur l'affaire. Ils devaient également visiter les bars où les victimes avaient été vues en vie pour la dernière fois.

Quand Riley s'engagea sur la route nationale, son téléphone sonna. Elle brancha le haut-parleur.

— Salut, Riley. C'est Shirley Redding, votre agent immobilier.

Riley était contente d'avoir de ses nouvelles. Elle n'avait pas eu le temps d'appeler Shirley la veille.

— Salut, Shirley, qu'est-ce qui se passe ?

— Bonne nouvelle ! Nous venons d'apprendre que c'est un très bon terrain de chasse. J'ai plusieurs acheteurs potentiels. La meilleure offre s'élève à deux cent mille dollars.

— Eh bien ! souffla Riley. On la prend ou on attend que ça monte ?

— C'est à vous de voir, dit Shirley. Mais je crois que ça n'ira pas plus haut.

Riley n'hésita pas.

— Alors, on accepte.

— Super ! Je vais contacter l'acheteur.

Riley raccrocha. Elle était soudain de très bonne humeur.

Deux cents mille dollars !

Il était très agréable de savoir qu'elle avait maintenant suffisamment d'argent pour envoyer les filles à l'université.

Riley commençait à chantonner quand son téléphone sonna à nouveau.

Elle décrocha. Ce devait être Shirley qui la rappelait pour lui donner un détail qu'elle avait oublié.

Mais c'était une voix d'homme.

— N'acceptez pas cette offre.

Riley sursauta avec une telle force qu'elle faillit perdre le contrôle de son véhicule.

Elle ne connaissait cette voix que trop bien.

Et c'était bien la dernière personne dont elle voulait des nouvelles aujourd'hui.

CHAPITRE TREIZE

Alors que Riley essayait de reprendre le contrôle de son véhicule, la voix répéta :

— N'acceptez pas cette offre.

Il n'y avait aucun doute dans la tête de Riley.

C'était Shane Hatcher.

Le génie criminel avait plus d'une fois aidé Riley à résoudre une affaire, mais le prix était toujours très élevé.

— Vous avez entendu ? demanda Hatcher.

— J'ai entendu. N'acceptez pas cette offre, sinon quoi ?

— Sinon vous raterez une grande opportunité.

Il étouffa un rire sinistre.

— Vous devriez quitter l'autoroute pour en discuter. Vous serez plus en sécurité.

Riley poussa un grognement. Hatcher avait raison. Elle tremblait et conduisait dangereusement. Hatcher semblait toujours la suivre à la trace. C'était comme s'il connaissait sa vie dans les moindres détails.

Riley tourna à la prochaine sortie. Elle arrêta sa voiture au coin d'une rue.

— Pourquoi devrais-je vous parler ? demanda Riley.

— Parce que vous portez toujours le bracelet.

En sentant le poids du bracelet en or à son poignet, Riley eut soudain l'impression qu'il la démangeait. Hatcher le lui avait envoyé en janvier pour symboliser le lien qui existait entre eux. Le bracelet était gravé d'une inscription que Riley avait utilisée pour le contacter.

Chaque jour, elle essayait de ne pas le mettre.

Mais Hatcher était plus fort.

— Vous venez de recevoir une offre pour le chalet de votre père, dit Hatcher. C'est beaucoup d'argent. N'acceptez pas. Ne le vendez pas.

Riley était abasourdie.

Savait-il qu'elle venait juste de parler à Shirley ?

Avait-il mis son téléphone sur écoute ?

— Pourquoi je ne le vendrais pas ? demanda-t-elle.

— Parce que je le veux. Je l'aime bien. C'est un endroit qui me convient. J'aimerais y passer plus de temps.

En étouffant un rire, il ajouta :

— Avec votre permission, bien entendu.

Riley se rappela la dernière fois qu'elle avait vu Hatcher. Elle était allée visiter le chalet peu après la mort de son père. Hatcher l'avait suivie. Comme chaque fois, ils avaient eu une discussion troublante. Elle l'avait regardé s'éloigner, le dos tourné. C'était la dernière image qu'elle avait de lui.

Pourquoi je ne lui ai pas tiré dessus quand j'en avais l'occasion ? se demanda Riley.

Mais ce n'était pas le moment d'y penser.

Elle devait savoir ce que Hatcher avait en tête.

Riley savait qu'il avait de l'argent et un bon réseau. Il lui avait montré son pouvoir et sa fortune depuis son évasion de Sing Sing. Riley dit :

— Si vous voulez tant le chalet, pourquoi vous ne me l'achetez pas ?

Hatcher ne répondit pas. Il laissa seulement échapper un rire grondant.

Riley comprit.

C'était Shane lui-même qui avait proposé à Shirley les deux cent mille dollars.

Il lui avait probablement donné une fausse identité.

Mais s'il en voulait tant, pourquoi ne pas l'avoir acheté ?

Ce serait délicat. Il figurait sur la liste des personnes les plus recherchées du FBI. Mais Riley savait que Hatcher ne laissait pas ce genre de petit problème l'arrêter. S'il avait voulu acheter la propriété, il serait déjà en train de négocier la transaction.

Il ne voulait pas l'acheter.

Ce serait trop simple, comprit Riley.

Il trouvait beaucoup plus intéressant de le laisser au nom de Riley.

Il adorait jouer au chat et à la souris avec elle.

— Je ne veux pas des titres de propriété, dit Hatcher. Je veux juste que vous regardiez ailleurs pendant que j'y habiterai.

Riley ne répondit pas. Elle n'était toujours pas certaine de comprendre. Hatcher dit :

— Je sais que vous avez des raisons de vendre. Vous avez besoin de cet argent : vos deux filles seront bientôt en âge d'aller à l'université. Vous voulez qu'elles aient une bonne éducation. Mais c'est déjà le cas maintenant. A ce propos, j'admire beaucoup la petite Jilly. Elle a du cran de s'attaquer au caïd de son école. Elle tient ça de sa mère.

Le ventre de Riley se noua. Il savait pour l'altercation de Jilly ! Il ajouta :

— Vous n'aurez pas à vous inquiéter pour l'université. Croyez-moi, ce ne sera pas un problème.

Riley fronça les sourcils. Etait-il en train de lui promettre de payer pour l'éducation des filles ?

Si c'était le cas, avait-elle le droit d'accepter son offre ?

Mais comment pouvait-elle refuser ?

Hatcher ne l'avait jamais laissée refuser une offre.

Elle fixa longuement son téléphone du regard.

Elle n'osait pas poser la question la plus évidente : pourquoi Riley devait-elle accepter de ne pas vendre ?

La réponse était peut-être effrayante. Allait-il mettre ses enfants en danger ? C'était peut-être déjà le cas.

Non, ce n'était pas son genre.

Il avait sauvé la vie d'April, une fois – et celle de Ryan.

Enfin, Hatcher dit :

— Ça vaut le coup pour vous.

— Comment ça ?

— Je peux vous payer comme je le fais toujours. Avec des informations.

Riley faillit pouffer. Et s'il se trompait, cette fois ?

— Vous n'avez rien dont j'ai besoin, dit-elle. Je travaille sur une affaire classée. Je ne suis pas pressée. J'ai tout mon temps. Je peux me débrouiller toute seule.

Un silence glaçant lui répondit.

— Il y a une autre affaire classée que vous n'avez pas résolue, dit enfin Hatcher. Vous n'avez aucune chance de le faire sans mon aide.

— Je ne vois pas de quoi vous parlez, dit Riley.

— Je parle de ce qui tourne dans votre tête depuis des années.

Riley poussa un hoquet de surprise. Elle n'avait pas envie de lui demander de quoi il parlait, mais il ne dit rien avant de l'entendre murmurer :

— Quoi ?

— La mort de votre mère. Je peux vous livrer son assassin.

CHAPITRE QUATORZE

Le corps de Riley trembla tout entier sous le choc.

Elle ferma les yeux pour se calmer.

Des souvenirs lui revinrent par vagues.

Elle était de retour dans le magasin de bonbons avec maman, quand un grand type avec un bas sur la tête et un pistolet dans la main s'était avancé vers elle. Le méchant monsieur avait dit à maman : « Donne-moi ton fric. », mais maman était pétrifiée par la peur et...

— Vous avez entendu ? demanda Hatcher.

Elle ouvrit grand les yeux.

— J'ai entendu, dit-elle.

— Nous avons un accord ?

La gorge de Riley se serra. Elle put à peine répondre :

— Je ne vous crois pas.

Hatcher étouffa un rire.

— Oh si, vous me croyez. Pourquoi vous ne me croiriez pas ? N'ai-je pas toujours tenu parole ? N'ai-je pas toujours été honnête ?

Riley était incapable de l'avouer à voix haute, mais il disait vrai. Hatcher ne l'avait jamais roulée, ni abandonnée depuis qu'elle le connaissait.

C'était comme si un abîme venait de s'ouvrir sous ses pieds.

C'était un abîme d'espoir. Un espoir qu'elle s'était refusé toute sa vie. Cet espoir était devenu bien réel et c'était un abîme béant.

Elle avait passé des années à se répéter que la mort de sa mère resterait impunie.

Elle n'avait plus le droit de le faire. Elle pouvait trouver l'assassin de sa mère et le traîner devant la justice…

Ou faire justice elle-même, aussi terrible que ça puisse paraître.

Un frisson d'excitation la parcourut. Mais elle était en proie à un conflit intérieur.

Et April ? Et Jilly ?

Et l'argent pour l'université ?

Elle se rappela ce que Hatcher lui avait dit :

« Vous n'aurez pas à vous inquiéter pour l'université. Croyez-moi, ce ne sera pas un problème. »

C'était vrai.

Hatcher payerait pour sa famille, si elle faisait le bon choix. Bien sûr, il fallait également que Hatcher reste libre et riche.

Quel serait le prix à payer pour Riley ?

Les faveurs de Hatcher coûtaient cher. Depuis que Riley le connaissait, il ne réclamait rien de moins que des morceaux de son âme.

Elle avait l'impression de lui abandonner tout ce qu'elle était, petit à petit, morceau par morceau. Allait-elle lui abandonner la plus grande partie de son âme qu'il ait jamais demandée ?

Que lui resterait-il ?

Combien de temps lui restait-il avant de tout lui donner ?

La tentation était terrifiante et irrésistible.

— D'accord, dit-elle d'une voix étranglée.

— D'accord quoi ?

— Nous avons un accord.

Un silence passa. Etait-il toujours en ligne.

— Dites-moi. Dites-moi ce que vous savez. Dites-moi comment je peux le trouver.

— Pas si vite. Vous savez ce que vous avez à faire. Et vous allez le faire tout de suite. A l'instant même.

Riley entendit un déclic.

Il avait raccroché.

Riley tremblait de manière incontrôlable. Des larmes inondaient son visage. Des larmes de frustration de ne plus pouvoir échapper à l'emprise démoniaque de Hatcher ? Ou bien des larmes de douleur provoquées par le souvenir de la mort de sa mère ? Tout se mélangeait dans sa tête.

Mais elle avait fait son choix. Elle devait le respecter.

C'est maintenant ou jamais, pensa-t-elle.

Elle appela le numéro de son agent immobilier. Quand elle eut Shirley au téléphone, elle eut du mal à respirer.

— Shirley, j'ai bien réfléchi. J'ai décidé de refuser l'offre.

— Quoi ? s'exclama Shirley.

Riley avala sa salive. Elle se força à prendre l'air joyeux.

— Je n'arrive pas à l'expliquer, Shirley. Je sais que ça semble ridicule. Mais maintenant que je vais le vendre, je n'arrive plus à m'en séparer. Je crois que je préfère garder le chalet, du moins pour le moment. Je le vendrai peut-être plus tard.

Shirley lui répondit avec un mélange d'étonnement et de colère :

— Riley, vous ne devriez pas laisser passer ça. On pourrait ne jamais avoir une meilleure offre que celle-ci. Le marché est imprévisible. Surtout si les taux d'intérêt montent.

— Je comprends, mais j'ai changé d'avis. Je veux la retirer du marché.

Shirley bafouillait à présent.

— Je… je ne comprends pas. Quand on s'est rencontrées la première fois, vous m'avez dit que vous n'en vouliez pas. Vous avez beaucoup insisté sur le fait que vous y aviez de mauvais souvenirs. Vous vouliez utiliser l'argent pour envoyer vos filles à l'université. Je vous ai crue. J'ai travaillé dur pour trouver cette offre.

— Je sais, je suis désolée.

— Je ne comprends pas pourquoi vous avez changé d'avis en seulement quelques minutes.

Riley savait qu'elle n'avait aucune explication à lui donner.

Ce n'était même pas la peine d'essayer.

— C'est comme ça, Shirley. J'ai compris que je ne pouvais pas le vendre. Refusez l'offre. Immédiatement. Et retirez le chalet du marché.

— Mais…

— C'est mon dernier mot.

Elle raccrocha. Riley resta dans la voiture à ruminer. Qu'allait-il se passer maintenant ? Si Riley ne s'était pas trompée sur l'identité de l'acheteur, Shirley l'appellerait pour lui dire que Riley refusait l'offre.

Que ferait Hatcher ?

Elle le saurait bientôt.

Elle baissa les yeux vers sa montre. Il était l'heure de retrouver Bill à l'UAC. Elle démarra la voiture et retourna sur la route nationale.

*

En se garant dans le parking de l'UAC, Riley remarqua qu'elle avait reçu un sms pendant qu'elle conduisait. C'était un numéro inconnu, mais Riley savait qui l'avait envoyé.

Elle ouvrit le message qui était très court :

Renonce à ton père et abjure ton nom.

Riley reconnut aussitôt une citation de *Roméo et Juliette*. Cette ligne suivait la plainte désespérée de Juliette : « O Roméo, Roméo ! Pourquoi es-tu Roméo ? »

Elle avait lu la pièce au lycée et elle avait vu des adaptations au cinéma. Elle se souvenait très bien de la scène. Juliette se tenait à son balcon, la nuit. Elle soupirait d'être tombée amoureuse d'un gamin de la famille Montaigu. Juliette était une Capulet et les Montaigu étaient les ennemis jurés de sa famille. C'était pour cette raison qu'elle voulait que Roméo « renonce » à son père et « abjure » son nom.

En quoi cela concernait-il Riley ? Quel était le rapport avec la mort de sa mère ?

Riley poussa un grognement.

Elle aurait dû savoir que Hatcher ne lui donnerait pas des informations claires et précises. Comme à son habitude, il parlait par énigmes.

Et que signifiait cette énigme ? Ses messages les plus cryptiques signifiaient toujours quelque chose.

Elle relut la phrase à voix haute.

« Renonce à ton père et abjure ton nom. »

Une chose était évidente. Hatcher faisait référence au propre père de Riley et à leur relation conflictuelle. De plus, la ligne devait contenir un ordre ou une instruction.

Comment était-elle censée faire ce que disait la citation ?

Son père était mort. Comment pouvait-elle renoncer à lui ou abjurer son nom ?

C'était peut-être ce qu'elle faisait en donnant le chalet à Hatcher.

Mais quel était le rapport avec la mort de sa mère ?

Une fois encore, Riley sentit le poids du bracelet à son poignet. Elle baissa les yeux vers l'inscription gravée sur un maillon.

face8ecaf

C'était également une énigme, qui signifiait : face à face.

Hatcher lui disait à sa manière qu'il était son double — son jumeau dans un miroir qui révélait la facette la plus sombre de sa personnalité.

Mais c'était également autre chose. C'était aussi l'adresse d'un compte de chat vidéo qui avait permis à Riley de communiquer avec Hatcher.

Etait-ce ce qu'elle devait faire ? Le contacter pour en savoir plus ?

Le cœur de Riley se serra.

Bien sûr, Hatcher ne lui dirait rien.

Et peut-être que, cette fois, le message ne voulait rien dire.

Peut-être que Hatcher se moquait d'elle.

Tôt ou tard, il lui donnerait sûrement un indice.

Pendant combien de temps la mènerait-il en bateau ?

Elle n'avait pas le choix. Il fallait qu'elle n'y pense plus pour le moment. Bill l'attendait et ils devaient se mettre au travail.

En sortant de sa voiture et en marchant vers le bâtiment, Riley sentit son téléphone vibrer à nouveau. Cette fois, le message venait de Brent Meredith. Il allait droit au but.

Dans mon bureau. Tout de suite.

CHAPITRE QUINZE

Riley eut une bouffée de panique. Le sms de son chef laissait penser qu'il était en colère. Elle ne voulait pas imaginer les raisons qu'il pouvait avoir de lui en vouloir. Une hypothèse effroyable lui vint à l'esprit. Meredith savait-il qu'elle venait de communiquer avec Hatcher ?

Elle entra dans le bâtiment de l'UAC, sans cesser de se poser des questions. Si Meredith savait qu'elle échangeait des messages avec un dangereux criminel figurant sur la liste des personnes les plus recherchées par le FBI, il avait de bonnes raisons d'être bien plus qu'en colère.

Sa relation particulière avec Hatcher lui avait déjà valu une réprimande. Elle n'avait pas réussi à l'arrêter plus d'une fois et elle savait que son échec n'était pas seulement dû à l'astuce de Hatcher, mais également à ses propres réticences.

Personne à l'UAC, pas même Bill, ne savait que Hatcher l'avait aidée à résoudre sa précédente affaire à Seattle. Et personne ne devait savoir qu'il l'avait contactée aujourd'hui pour lui parler du chalet de son père.

Mais peut-être qu'elle se trompait.

Peut-être que Meredith avait tout découvert.

Peut-être que Meredith savait aussi qu'elle venait juste de lui parler.

Du calme, se dit Riley. *Inutile d'être parano.*

Mais c'était moins de la paranoïa que de la culpabilité.

Elle savait qu'elle avait tort de communiquer avec Hatcher et de se laisser entrainer dans une relation destructrice. Le criminel lui avait dit qu'il voulait travailler avec elle. C'était une lubie qui la laissait perplexe.

Elle avait également tort de cacher ces conversations aux collègues qui lui faisaient confiance.

Peut-être qu'elle méritait d'avoir des ennuis.

Elle s'approcha du bureau de Meredith, le souffle court. A sa grande surprise, des rires retentissaient derrière la porte ouverte.

En jetant un œil à l'intérieur, elle vit Bill et Meredith hilares. Un autre homme était de dos, mais elle reconnut aussitôt sa silhouette trapue.

— Jake ! s'écria-t-elle.

Jake Crivaro se tourna vers elle avec un grand sourire. Ils

s'étreignirent.

Riley ressentit à la fois une bouffée de soulagement et de la culpabilité à l'idée d'échapper une fois de plus aux sanctions.

C'est pour ça que Meredith m'a envoyé un message, comprit-elle.

— Qu'est-ce que tu fais là ? demanda Riley.

— Qu'est-ce que tu crois ? demanda Jake de sa voix rocailleuse. Je vérifie la sécurité. C'est de la camelote. Un psychopathe pourrait tous vous tuer.

Sans cesser de rire, Brent Meredith dit :

— Ce vieux filou a passé la sécurité sans montrer de badge. Il est toujours aussi sournois. Je n'en ai pas cru mes yeux quand il est rentré dans mon bureau.

— Mais je t'ai parlé hier, dit Riley. Tu étais chez toi. Tu es venu en avion de Miami ? Qu'est-ce qui t'amène ?

— A ton avis ? grommela Jake. C'est de ta faute aussi. Il ne fallait pas me parler du tueur aux allumettes. Je n'ai pas dormi de la nuit. J'ai pris un avion tôt ce matin. Si tu le coinces une bonne fois pour toutes, je veux être là pour voir ça.

Riley se tourna vers Meredith.

— Qu'en dites-vous, chef ? demanda-t-elle. On fait sortir ce vieux fou de sa retraite ?

— Avec plaisir, dit Meredith. Il sera consultant sur cette affaire. Mais qu'est-ce que vous faites encore tous ici ? Au boulot, tous les trois.

*

Peu après, Bill conduisait Riley et Jake à Greybull. Jake avait pris le siège avant. Il discutait avec Bill.

Sur la banquette arrière, Riley se reposait contre l'appuie-tête. C'était comme si un poids s'était levé de ses épaules. Elle était contente de travailler à nouveau avec Jake. En outre, elle était soulagée que les événements de la matinée lui aient permis de chasser Shane Hatcher de sa tête.

Bill appréciait visiblement la compagnie et la conversation de Jake. Ils s'étaient rencontrés en janvier, alors qu'ils travaillaient sur une autre affaire en Floride. Ils s'étaient tout de suite bien entendus.

Quand leur conversation dévia sur l'affaire, Riley tendit l'oreille.

— Je veux être sûr de bien comprendre, dit Bill. Le FBI

considérait que les meurtres étaient de nature sexuelle, même si on n'a trouvé aucune trace de sperme.

— C'est bien ça, dit Jake. Il avait l'intention d'avoir un rapport sexuel avec ces femmes. Les fantasmes, ça compte aussi.

Riley ajouta :

— Les femmes l'ont suivi à l'hôtel de leur plein gré. C'est lui qui n'a pas pu aller au bout.

Riley vit qu'ils avaient piqué la curiosité de Bill.

— Il a tué ses conquêtes sous le coup de la colère, dit-il.

— La première, c'est certain, dit Jake. Sans doute la deuxième.

— La troisième, c'est différent, dit Riley. Son corps a été retrouvé tout habillé. Il n'a même pas essayé d'avoir un rapport sexuel avec elle, même si c'était son intention. Et elle n'a pas été étranglée comme les deux autres, mais étouffée sous un coussin.

— A l'époque, ça nous a paru bizarre, dit Jake. On s'est tous dit qu'il passait à l'étape supérieure. On pensait encore que les tueurs en série étaient de plus en plus violents à chaque meurtre.

Il hocha la tête et sourit quand Riley ajouta :

— Une idée reçue que les recherches à l'UAC ont fini par réfuter.

— Il avait peut-être des remords, dit Bill.

— C'est ce que nous pensons, Jake et moi. Nous pensons aussi qu'il doit toujours vivre dans la région.

— Pour quelle raison ? demanda Bill.

Au bout d'un long moment, Jake répondit :

— Disons que c'est une forte intuition.

— Vous êtes connus pour votre intuition, tous les deux, dit Bill. S'il est dans le coin, on le retrouvera.

J'espère bien, pensa Riley en se rappelant sa dernière triste conversation avec Paula Steen.

Il était temps de rendre la justice.

*

En arrivant dans Greybull, Riley regarda Jake balayer du regard la petite ville tranquille.

— Cela faisait longtemps que tu n'étais pas venu, dit-elle.

— Ça n'a pas beaucoup changé depuis le temps, répondit Jake. Je suppose qu'il n'y a pas eu d'autres meurtres irrésolus depuis mon départ. Par quoi on commence ?

— On doit parler à l'ancien shérif, Woody Grinnell, dit Riley.

— Ce bon vieux Woody… Un chic type. Pas très bon policier, malheureusement. Il n'était pas prêt pour une affaire comme celle-ci, mais je l'aimais bien. Qu'est-ce qu'il devient ?

— Il a pris sa retraite il y a longtemps, dit Riley. Maintenant, il tient une brasserie.

Quelques minutes plus tard, ils se garèrent devant son établissement. C'était une brasserie au look rétro, avec un décor en acier inoxydable. Ils se présentèrent à l'hôtesse qui disparut dans la cuisine. Puis un grand homme souriant repoussa les portes battantes en s'essuyant les mains sur son tablier. Riley savait qu'il avait l'âge de Jake, mais Grinnell semblait plus vieux et plus doux.

Il se précipita vers Jake pour lui serrer la main.

— Jake Crivaro en chair et en os. Comment tu vas ?

— Toujours en chair et en os, répondit Jake en riant de bon cœur.

— On m'a appelé pour me dire que j'allais recevoir la visite du FBI, dit Grinnell à Jake. Mais je ne m'attendais pas à te voir. Je croyais que tu avais pris ta retraite en Floride.

— C'est vrai, dit Jake. Mais je m'ennuyais. J'ai décidé de revenir voir ce qui se passait dans cette dynamique métropole de Greybull.

Les deux hommes éclatèrent de rire. Riley et Bill se présentèrent. Grinnell les conduisit vers un box vide. Une serveuse leur porta le café. Grinnell dit :

— Je ne sais pas si vous avez mangé le petit déjeuner, mais tant que je vous tiens, vous allez goûter mes omelettes. Cadeau de la maison, bien sûr.

Le groupe accepta et Grinnell donna la commanda à la serveuse.

— Une pour moi aussi, ajouta-t-il. Dis au cuistot de les faire bien bonnes.

Grinnell se glissa sur la banquette à côté de Jake. Les deux hommes discutèrent quelques minutes pour rattraper le temps perdu, en prenant des nouvelles de leurs enfants devenus adultes. Les omelettes arrivèrent et le groupe commença à manger.

— Qu'est-ce qui amène des agents de Quantico par ici ? C'est très calme, ces dernières années, pour ce que j'en sais.

Riley sentit que Jake hésitait. Enfin, il dit :

— Woody, ces jeunes gens ont rouvert l'affaire du tueur aux allumettes.

Le sourire bienveillant de l'homme disparut. Ce devait être une nouvelle qu'il n'avait pas du tout envie d'entendre.

— Je pensais qu'on laisserait tout ça au passé, dit-il. Après tout, ça fait des années. Il est sûrement parti très loin. Peut-être même qu'il est mort. Il n'a plus jamais tué. C'est rare pour un tueur en série, non ? D'habitude, ils ne s'arrêtent pas avant d'avoir été arrêtés ou d'être morts.

Bill dit :

— En fait, c'est un mythe. Certains tueurs s'arrêtent tout seuls.

Riley ajouta :

— Nous pensons que le tueur aux allumettes était un tueur en série. Et nous pensons qu'il est toujours dans la région. C'est une intuition.

— Une intuition ? répéta Grinnell.

Il avait la voix triste et grave.

— Quelle histoire terrible. Merde, quand on est shérif d'une petite ville, on ne s'attend jamais à ça. Ici, on court après les pêcheurs qui n'ont plus de permis, les braconniers, les automobilistes qui se garent sans nourrir le parcmètre ou les pochtrons qui se bagarrent. Un meurtre avec préméditation, je n'avais pas signé pour ça…

Riley se rappela ce que Jake avait dit sur Grinnell :

« Un chic type. Pas très bon policier, malheureusement. »

Il était maintenant évident que Jake n'avait pas dit cela par méchanceté. Le pauvre homme n'était pas fait pour ça. Il s'était empêtré dans une affaire que même un professionnel endurci comme Jake Crivaro n'avait pas pu résoudre.

Riley prit la parole d'une voix douce.

— M. Grinnell, nous aimerions visiter certains endroits et parler à des témoins. Commençons par le Patom Lounge, là où le tueur a rencontré Tilda Steen.

Grinnell secoua la tête.

— Le bar a fermé il y a des années. C'est devenu un loueur de cassettes, mais il a fait faillite, avec tous ces téléchargements sur Internet. Maintenant, c'est vide. Le type qui tenait le bar est parti, tout comme le barman qui travaillait cette nuit-là.

Riley demanda :

— Et le motel où le meurtre a eu lieu ?

— Rasé au bulldozer. Maintenant, c'est un parking. L'homme qui tenait l'établissement et qui était au comptoir s'appelait Nolden Rich. Il est mort il y a deux ans. Non, il ne reste plus rien de cette affaire à Greybull. Bon débarras, en ce qui me concerne.

Grinnell réfléchit pendant un instant.

— Vous devriez aller à Brinkley. Le pub McLaughlin est toujours là, même si je ne sais pas qui tient l'établissement maintenant. Le Bayord Inn où Melody Yanovich a été assassinée est toujours là aussi.

Le doigt de Grinnell traça une carte invisible sur la table.

— Vous irez aussi à Denison, de l'autre côté de la nationale. Croyez-moi, cette ville a connu des jours meilleurs. Mais rien ne bouge là-bas : personne ne rentre, personne ne sort. Vous trouverez tout ce que vous cherchez. Le motel a fermé, mais le bar où il a rencontré la fille est toujours ouvert.

Il ajouta avec un rire sinistre :

— Qui sait ? Vous croiserez peut-être même le vieux Roger Duffy à Denison.

Jake pouffa.

— Roger Duffy ! Cela fait des années que je n'avais pas pensé à lui !

Riley ne se souvenait pas d'avoir lu ce nom dans les rapports de police.

— Qui est-ce ? demanda-t-elle.

Jake dit :

— Oh, simplement le témoin le moins convaincant de toute l'histoire du maintien de l'ordre public. Il buvait dans le Waveland Tap quand le tueur a rencontré Portia Quinn là-bas. Il nous a tiré un sacré portrait du tueur. D'après lui, c'était une sorte d'extra-terrestre.

Grinnell secoua la tête en souriant.

— D'après ce je sais, il traine toujours au Waveland. Et il est toujours aussi dingue ! Mais inoffensif.

Grinnell réfléchit, avant d'ajouter :

— Eh, vous avez toujours le vieux portrait-robot ?

— Mieux que ça, dit Riley. Nous avons un dessin qui pourrait ressembler à ce qu'il est maintenant.

Elle fit apparaître l'image qu'elle avait choisie sur sa tablette. Grinnell l'examina en secouant la tête.

— Je ne reconnais pas plus ce visage maintenant qu'à l'époque. Mais quelqu'un le reconnaitra peut-être. Envoyez-le-moi. Je l'accrocherai au panneau d'affichage ou je le distribuerai sous forme de flyers.

Riley et ses collègues acquiescèrent. Elle lui envoya l'image immédiatement.

Riley, Jake et Bill terminèrent de manger. Ils remercièrent Grinnell pour les omelettes et pour ses conseils. En quittant la brasserie, Riley se retourna. Grinnell les salua avec le bras, sur le pas de la porte. Il souriait toujours, mais ce n'était plus le sourire chaleureux avec lequel il les avait accueillis.

C'était un sourire triste.

Riley avait lu la même émotion dans les yeux de la fleuriste Gloria Corley, la veille.

En montant dans la voiture avec Jake et Bill, Riley se sentit coupable d'avoir réveillé les souvenirs douloureux et désagréables de Woody Grinnell et de Gloria Corley.

Elle savait qu'elle réveillerait bientôt les mêmes souvenirs chez d'autres personnes.

Etait-ce la bonne chose à faire ?

Seulement si on attrape ce tueur, pensa Riley.

Elle n'avait plus le choix.

CHAPITRE SEIZE

Quand Bill s'engagea dans la ville de Brinkley au volant de la voiture, Riley eut un moment de découragement. Ils étaient là pour enquêter sur une affaire classée, mais Brinkley ne correspondait pas à l'idée que Riley s'en était fait.

Est-ce bien la bonne ville ? se demanda-t-elle.

Il semblait impossible que Melody Yanovich ait été assassinée ici des années plus tôt. Tout était différent de la tranquille petite ville de Greybull. Brinkley bouillonnait d'énergie. Il y avait des centres commerciaux, des immeubles d'appartements et de bureaux. Même les anciens bâtiments paraissaient entièrement rénovés, comme s'ils étaient neufs.

Elle dit à Bill et Jake :

— Je ne vois rien ici qui pourrait avoir vingt-cinq ans.

Jake répondit :

— Ouais, c'est très différent de la dernière fois que je suis venu. Mais c'est une ville avec une université, tu sais. A l'époque, c'était une école pour les jeunes femmes. Maintenant, c'est mixte et beaucoup plus grand. Brinkley a beaucoup changé. La ville pousse dans toutes les directions. Mais ne t'inquiète pas : il y a encore des traces de l'assassinat quelque part. On va les trouver.

Riley espérait qu'il avait raison, mais ce qu'elle voyait autour d'elle n'était pas très encourageant, encore moins le McLaughlin's Pub devant lequel ils se garèrent. L'établissement avait l'air récent, comme tout le reste.

Cependant, c'était bien une boite d'allumettes de ce pub qu'on avait retrouvée sur le corps de Melody Yanovich – une boite d'allumettes ramassée à l'avance en souvenir d'un bon moment, puis abandonnée avec colère et remords.

Riley et ses collègues entrèrent. Tout était brillant et ciré. Les grands miroirs derrière le comptoir étaient simples mais de bon goût.

— Eh bien, ça a drôlement changé, dit Jake. Je reconnais à peine. C'était beaucoup plus petit, mais ils ont agrandi. Maintenant, ils font aussi restaurant. Ça fait chic.

Riley balaya la salle du regard. Les tables commençaient à se remplir pour le déjeuner. Tous les clients et le personnel semblaient étonnamment jeunes. Le McLaughlin's était visiblement devenu un endroit où trainaient les étudiants friqués.

En compagnie de ses collègues, Riley s'approcha du bar et des grands écrans de télévision. Sur certains, on passait du sport. Sur d'autres, des chaines d'info en continu. Un jeune homme de grande taille, portant une chemise blanche et un nœud papillon noir, essuyait des verres. Riley le trouva immédiatement un peu trop propret.

— Qu'est-ce que je vous sers ? dit-il avec un sourire parfait.

Riley et Bill lui montrèrent leurs badges et se présentèrent, puis présentèrent Jake.

— Je m'appelle Terence Oster, dit le barman. Mais tout le monde m'appelle Terry.

Jake lui demanda :

— Le propriétaire travaille toujours ici ? Bill McLaughlin ?

Terry secoua la tête.

— Je ne l'ai jamais rencontré. Personne ici ne l'a rencontré, je crois. Il a vendu son établissement il y a longtemps. Je crois qu'il est mort il y a quelques années.

Riley fit apparaitre le portrait-robot sur sa tablette.

— Vous avez déjà vu cet homme ? demanda-t-elle.

Terry examina le dessin avec attention.

— Non, je suis presque sûr que non.

— Il est recherché pour meurtre, dit-elle.

Comme Terry ouvrait de grands yeux inquiets, Bill ajouta :

— C'est une affaire classée. Mais nous aimerions le retrouver s'il est toujours dans la région.

— Si je vous l'envoie par email, pourriez-vous l'imprimer ? demanda Riley. L'accrocher quelque part pour que les gens puissent le voir ? Peut-être distribuer des copies ?

— Si ça peut aider, dit Terry.

Riley nota son adresse email et lui envoya aussitôt l'image. Alors qu'elle sortait du pub avec ses collègues, la ville lui donna une nouvelle impression d'étrangeté. Ailleurs, elle avait été obligée de remuer de sombres souvenirs chez des personnes qui auraient préféré les oublier. Mais à l'intérieur du McLaughlin's, on se sentait dans un monde où de tels événements n'avaient jamais eu lieu.

Ici comme ailleurs, elle devait endosser le rôle de l'intrus qui soulève la poussière dans la vie des gens.

— On fait chou blanc, dit Riley.

— On va finir par avoir de la chance, répondit Jake. Tu verras.

Riley savait que l'instinct de Jake était meilleur que le sien. Pourtant, elle ne put s'empêcher de douter. Il était peut-être trop optimiste.

Peut-être qu'il s'est rouillé.

En montant dans la voiture, Bill demanda :

— On va où maintenant ?

— Allons voir au motel, dit Riley.

Ils traversèrent la ville en direction du Baylord Inn. Riley fut frappée par le changement de paysage. Le motel se trouvait dans une plaisante région boisée. Il y avait un bâtiment principal de trois étages, qui proposait un hébergement de type Bed-and-breakfast, ainsi que des petits chalets tout autour. Ils se garèrent et montèrent les marches d'un large porche à la barrière et aux colonnes en bois blanc.

Ils trouvèrent un couple âgé à l'accueil. L'homme lisait son journal à table. La femme se tenait derrière le comptoir. Ils levèrent les yeux vers le groupe. Tous deux grassouillets et visiblement de caractère joyeux, ils accueillirent les nouveaux venus avec de larges sourires.

Riley comprit qu'ils étaient mariés et heureux depuis de nombreuses années. Ils devaient avoir des enfants et des petits-enfants, peut-être même des arrière-petits-enfants. Elle ressentit une pointe de jalousie. Qu'est-ce que ce serait de vivre dans le bonheur conjugal si longtemps ? Difficile à imaginer.

— Puis-je vous aider ? demanda la femme.

Riley et Bill sortirent leurs badges et se présentèrent. Les sourires du couple se fanèrent.

— Vous êtes les propriétaires ? demanda Riley.

— C'est bien nous, répondit l'homme avec un charmant accent du Sud. Je suis Ronald Baylord. Voici ma femme, Donna.

Riley avala sa salive pour leur expliquer le motif de leur visite. Elle fut soulagée que Jake intervienne :

— Je ne sais pas si vous vous souvenez de moi, dit-il. Je suis Jake Crivaro. J'étais au FBI il y a quelques années.

Ronald Baylord écarquilla les yeux.

— Oui, je crois que je me rappelle. Vous êtes venu nous voir quand…

Il ne termina pas sa phrase. Riley vit passer une douloureuse épiphanie dans son regard.

— Nous enquêtons sur le meurtre qui a eu lieu ici il y a des années, dit Riley.

Le couple ne souriait plus.

— Oh là là, dit Ronald.

— Nous pensions que c'était derrière nous, dit Donna. La police et vous autres, du FBI... Vous êtes venus tellement de fois pour nous poser plein de questions.

Riley était désolée, mais elle ne pouvait rien faire pour soulager leur douleur et leur embarras. Elle leur montra le portrait-robot sur sa tablette.

— Nous pensons que le suspect ressemble à ça maintenant, dit-elle. Vous pensez l'avoir vu ?

— Non, dit Donna. J'en suis certaine.

— Moi aussi, dit Ronald. Si on avait revu le type qui a pris une chambre cette nuit-là, on l'aurait reconnu. C'est vrai qu'il n'avait rien de spécial. Il est venu tout seul et il a payé cash. Nous n'avons même pas vu la pauvre fille avant qu'ils ne la retrouvent...

Il se tut. Riley dit :

— Je me demande si je pourrais jeter un coup d'œil à la chambre.

— Bien sûr, dit l'homme.

La femme décrocha une clé du comptoir et la tendit à Riley.

— C'est le chalet trois. Vous le trouverez en suivant le chemin.

Riley remercia le couple. Elle sortit de la maison avec ses collègues. En marchant entre les arbres, elle fut à nouveau frappée par la différence qu'il y avait entre ce motel et le reste de Brinkley.

On dirait un endroit figé dans le temps, pensa-t-elle.

Elle fut parcourue d'un frisson familier. Elle ressentait ce frisson quand elle était sur le point de se glisser dans la tête d'un tueur.

Jake avait raison, pensa-t-elle.

Il y avait toujours une trace du crime à Brinkley.

En fait, il y en avait plus qu'une simple trace.

C'était une réalité presque palpable.

CHAPITRE DIX-SEPT

En marchant vers le chalet avec Bill et Jake, Riley eut soudain une impression de déjà-vu.

La veille, au téléphone avec Jake, elle avait essayé de visualiser le meurtre de Melody Yanovich en se glissant dans la peau du tueur. Elle n'avait pu imaginer que des images floues et probablement incorrectes.

Elle allait pouvoir refaire un essai. Ici même, où tout était arrivé.

Comme Jake était là pour l'aider, elle savait déjà qu'elle se ferait une idée bien plus vivante et plus exacte.

Et beaucoup plus terrifiante, pensa-t-elle.

Bill et Jake derrière elle, Riley tourna la clé dans la serrure et poussa la porte. Elle alluma l'interrupteur et s'avança dans la pièce. Jake la suivit de près, tandis que Bill restait sur le pas de la porte.

La chambre était propre et charmante. Il y avait des rideaux élégants à la fenêtre, des meubles qui paraissaient anciens, des estampes japonaises sur les murs et un grand lit en bois.

— Qu'est-ce qu'il a remarqué en premier ? demanda Jake.

— Il a remarqué que la lumière était très forte, répondit Riley.

— Comment il s'est senti ?

Riley ne répondit pas tout de suite.

— Mal à l'aise. Pas en sécurité. Il a peur de la lumière dans des moments comme celui-là. La lumière le révèle. Il sait que c'est idiot, mais il a peur qu'elle puisse voir dans sa tête.

— Peur qu'elle puisse voir ses mauvaises intentions ? Son désir de tuer ? demanda Jake.

Riley avait maintenant les mains froides et moites.

— Non. Il n'a jamais tué personne. Il n'y a jamais pensé. Il a peur qu'elle remarque ses hésitations. Il a l'impression que son corps émet des ondes négatives.

Il y avait une commode à côté de la porte. Sur la commode, il y avait un bloc-notes avec le logo du motel.

— Il prend une feuille de papier, dit-elle en faisant de même. Il la met dans sa poche avec la boite d'allumettes qu'il a ramassée au bar.

— En souvenir ? demanda Jake.

Riley s'interrompit.

Elle se rappela la scène qu'elle avait imaginée, au téléphone avec Jake. Elle avait cru que le tueur avait ramassé la boite d'allumettes et le papier en souvenir.

A présent, son impression était différente.

— En partie, dit-elle. Mais c'est aussi un geste nerveux. Pur ne plus penser à ses hésitations.

Puis Riley se rappela que l'homme n'était pas tout seul dans la pièce.

Il y avait également la fille, Melody Yanovich.

C'était une étudiante en première année à l'université.

Riley dit :

— Il remarque que la fille est nerveuse, mais aussi pressée et enthousiaste. Après tout, c'est la première fois qu'elle vit loin de chez elle. C'est sa première grande aventure. Son enthousiasme le met mal à l'aise. Elle s'attend à quelque chose d'extraordinaire. Il n'est pas sûr d'être à la hauteur.

— Qui fait le premier pas ? demanda Jake.

Pendant un moment, Riley n'en fut pas certaine.

L'homme l'attrape par la taille et l'embrasse ?

Non, pensa-t-elle. *Il tremble et il a peur.*

— Elle fait le premier pas, dit Riley. Elle est tout excitée et pressée que ça commence. Elle se jette à son cou et l'embrasse. C'est un baiser maladroit qui le prend par surprise. Elle recule en gloussant. Est-ce qu'elle se moque de lui ? Il n'en est pas sûr.

Riley essaya de se détendre et de respirer plus lentement, mais elle n'y arrivait plus. Elle était essoufflée. C'était une bonne chose. Cela signifiait qu'elle ne s'était pas seulement glissée dans la tête du tueur. Elle vivait de manière viscérale ses émotions.

— Qu'est-ce qu'elle fait ensuite ? demanda Jake.

Riley s'interrompit à nouveau. Quand elle avait imaginé la scène au téléphone avec Jake, elle avait cru que la fille était entrée dans la salle de bain pour se déshabiller, puis qu'elle en était sortie enveloppée d'une serviette.

Maintenant qu'elle était dans la pièce où s'était jouée la scène, les événements se déroulaient différemment dans sa tête.

Elle se rappela quelque chose qu'elle avait lu dans le rapport de police.

Quand on avait retrouvé les vêtements de la fille enterrés à côté de son corps, il manquait un seul bouton à son chemisier. On avait retrouvé ce bouton au pied du lit.

Riley s'assit sur le lit.

— Elle l'attire vers le lit. Elle lui attrape les mains et les pose sur son corps pour qu'il la déshabille. Il a les mains qui tremblent. Un bouton de son chemisier ne tient qu'à un fil et tombe. Il s'excuse et se penche pour le ramasser, mais elle dit que ce n'est pas grave, ça n'a pas d'importance. Elle se déshabille toute seule et il fait de même.

Riley tira les couvertures du lit. Elle passa la main sur le drap propre du matelas.

— La fille roule sous les couvertures, en gloussant toujours. Il fait de même. Mais les draps lui semblent froids sur sa peau. Lui et la fille s'attrapent et s'enlacent, mais le corps de la fille est froid et ses mains aussi. Tout est…

Riley avala sa salive, en proie à une terreur soudaine.

— Rien ne marche. Il ne… Il ne peut pas. Il s'excuse. Il a honte.

Riley essaya d'imaginer la réaction de la fille devant l'impuissance du tueur.

Est-ce qu'elle lui dit que ce n'est pas grave, qu'elle sait que ça arrive et qu'ils pourraient peut-être attendre quelques minutes avant de réessayer ?

Non, elle est trop jeune et inexpérimentée.

Elle ne sait pas du tout comment réagir.

Elle reste allongée, à le regarder avec des yeux ronds.

Riley dit :

— Il se demande pourquoi elle ne dit rien, pourquoi elle ne fait rien pour l'aider. Elle ne comprend pas que c'est douloureux pour lui ? Elle se fiche de ce qu'il ressent ? Oui, elle s'en fiche. Il est abasourdi par son égoïsme. Tout à coup, il n'a plus froid du tout. Sa colère lui donne chaud. Sans savoir ce qu'il fait, il…

Riley ne put le dire à voix haute.

Mais elle sentit des doigts fermes de l'homme se refermer sur la gorge de la fille.

Elle vit les yeux de la fille s'arrondir et s'écarquiller. Elle entendit les bruits rauques qui sortaient de sa bouche.

Elle sentit sa vie disparaitre sous ses doigts.

— En quelques minutes, c'est terminé, dit Riley. Elle est allongée dans le lit, les yeux grands ouverts. Elle ne respire plus. Il n'arrive pas à y croire. Il veut croire que c'est un cauchemar dont il va se réveiller. Mais l'horrible vérité se referme sur lui comme un brouillard sombre.

Jake hocha la tête et dit :

— Il sait qu'il vient de tuer un être humain.

Riley était étourdie.

Elle respirait par hoquets, presque en larmes.

— Il se dit que non, non, non, ce n'est pas possible. Ce n'est pas lui. Il n'est pas comme ça. Il doit y avoir un moyen d'arranger ça, mais comment ?

Elle ferma les yeux. La scène lui apparut de manière encore plus détaillée. Elle était dans la peau du tueur, assise sur le lit, le regard baissé vers le corps nu.

— Il essaye de la ranimer ? demanda Jake.

Riley ravala sa panique.

— Il pense qu'il devrait essayer, mais il ne sait pas comment. Il se rappelle qu'il faut appuyer sur la poitrine avec les deux mains. Il essaye une ou deux fois.

Riley sentit le sternum de la femme craquer sous les bras tendus du tueur.

— Puis il s'arrête et commence à réfléchir. Qu'est-ce qui se passera si je la ranime ? Et après ? Elle appellera la police. Elle leur dira ce qu'il a fait.

— Il ne peut pas la laisser vivre, dit Jake.

— Non, plus maintenant.

Elle s'interrompit pour rassembler ses pensées, ou plutôt celles du tueur.

— Il doit se débarrasser du corps. Il ne sait pas où, mais ça n'a pas d'importance pour le moment. Il remet maladroitement ses vêtements. Et au moment où il le fait…

Riley plongea la main dans sa propre poche, où se trouvait le papier à lettre de l'hôtel.

— Il se souvient de la boîte d'allumettes et du papier. Il ne ressent plus du tout la même chose en les voyant. Maintenant, ce sont des souvenirs de sa culpabilité et de sa haine de lui-même. Il sait qu'il va les laisser avec le corps. Peut-être que quelqu'un les trouvera. Peut-être que quelqu'un le retrouvera, lui.

Riley s'enfonça dans l'esprit du tueur aussi loin que possible, aussi loin qu'elle l'osait.

Elle ouvrit les yeux et faillit s'évanouir sur le lit.

La main rassurante de Jake se posa sur son épaule.

— Bien joué, dit-il. Maintenant, tu le tiens. Il est à toi. Tu vas finir par l'avoir.

Riley se calma et sortit du chalet avec ses collègues.

— Tu me fais peur, parfois, dit Bill alors qu'ils se dirigeaient vers le bâtiment principal.

Parfois je me fais peur à moi aussi, pensa Riley.

Mais elle savait qu'elle allait devoir en apprendre davantage pour trouver l'assassin.

CHAPITRE DIX-HUIT

L'étape suivante pour Riley, Bill et Jake, c'était la ville de Denison. Riley proposa de conduire. Elle était pleine d'énergie après l'expérience qu'elle avait vécue dans la chambre du Baylord Inn.

Jake a raison, pensa-t-elle. *Je le tiens maintenant.*

Et elle allait le traîner devant la justice.

Ou peut-être pas.

Comment pouvait-elle en être sûre ?

Enquêter sur une affaire classée représentait un défi auquel Riley n'était pas habituée. Heureusement, l'esprit du tueur lui était encore accessible après tant d'années. A moins qu'elle ne se trompe sur toute la ligne. Elle continuerait de chercher pour le savoir.

Ce n'était pas aujourd'hui qu'elle et ses collègues allaient résoudre cette affaire. Il se faisait tard et ils avaient prévu de rentrer à Quantico après leur passage à Denison.

Pendant qu'elle conduisait, Bill et Jake discutaient. Ils parlaient justement d'affaires classées.

Après un blanc dans la conversation, Bill dit à Jake :

— Eh, mon fils aîné, Kevin, a une compète de natation demain. Tu veux venir ?

— Bien sûr ! dit Jake.

C'était étrange d'entendre ses collègues faire des projets pour le week-end. Quand Riley avait-elle pour la dernière fois travaillé sur une affaire qui lui avait laissé le temps de prendre leur week-end ? Il y avait toujours une urgence, un sentiment de menace imminent, la sinistre possibilité de trouver un nouveau corps.

Pas cette fois.

Pas sur cette affaire classée et presque oubliée.

Riley avait du mal à s'y faire.

Interrompant ses pensées, Bill demanda :

— Et toi, Riley ? Tu viens avec nous demain ?

Riley hésita, puis répondit :

— Pas cette fois, merci. Amusez-vous bien.

Elle savait qu'elle aurait la tête ailleurs. Quelque chose d'autre que l'affaire l'empêcherait de faire une pause : Shane Hatcher et sa mystérieuse promesse de trouver l'assassin de sa mère.

Elle se rappela son message cryptique ;

« Renonce à ton père et abjure ton nom. »

Qu'est-ce que ça pouvait bien vouloir dire ?

Et cela avait-il la moindre importance ?

Elle essaya de le chasser de son esprit.

Concentre-toi sur ton travail, se dit-elle.

Après tout, elle avait tout le week-end pour se rendre folle en essayant de résoudre l'énigme de Hatcher.

En approchant de Denison, Riley sentit que la ville serait très différente des précédentes. Denison se situait à cinquante miles de la nationale. Le paysage était beaucoup moins charmant qu'autour de Greybull ou de Brinkley, et bien plus pauvre que la banlieue de Glidden.

Sa première impression se confirma quand elle entra dans la ville. Greybull paraissait figé dans le temps et Brinkley anormalement neuf. Denison semblait seulement triste et abandonné. Tout était usé : les bâtiments, les commerces, les maisons délabrées et à l'état de ruine.

Ils passèrent devant le Cozy Rest Motel où Portia Quinn avait été assassinée. Riley vit que l'établissement était fermé. Elle savait que le propriétaire était mort depuis longtemps. La piste était donc froide.

Etait-elle froide partout à Denison ?

Elle espérait que non.

Ils arrivèrent à leur destination : le Waveland Tap, où le meurtrier avait rencontré sa deuxième victime. En se garant sur le parking, Riley vit que l'établissement était particulièrement délabré. Pendant un instant, elle eut peur qu'il ait fermé comme de nombreux autres commerces. Puis elle vit l'enseigne allumée de l'autre côté de la vitrine mal nettoyée.

Riley, Bill et Jake descendirent de voiture et entrèrent. Ce qui avait été un bar animé, fréquenté par la classe ouvrière, était devenu un bouge sinistre. Il n'y avait que quelques clients assis à table ou au comptoir.

Un barman au visage émacié essuyait mollement son bar avec un chiffon. Il leva les yeux à l'arrivée des nouveaux venus. Riley et Bill montrèrent leurs badges et se présentèrent, ainsi que Jake.

— Le FBI, hein ? dit l'homme d'un ton ennuyé. Ben, je m'appelle Pete Burridge et je suis le propriétaire.

Puis il se tourna vers Jake et dit :

— On ne se serait pas déjà vus ? Oui, vous êtes venu il y a longtemps, pour me parler de la fille qui est morte. Portia Quinn, c'est ça ? Vous avez fini par trouver le type qui a fait ça ?

— Non, dit Jake. C'est pour ça qu'on est là.

Pete Burridge étouffa un rire amer.

— Vous prenez votre temps, dit-il. Je pensais que vous auriez abandonné. Vous n'avez rien de plus frais à vous mettre sous la dent ? Il y a des meurtres tous les jours, à ce qu'il semble.

Son attitude étonna Riley. Pete n'était ni choqué, ni triste ou surpris qu'on l'interroge après si longtemps, contrairement à tous les autres. Pete n'avait tout simplement pas l'air de s'intéresser.

Riley fit apparaitre le portrait-robot sur sa tablette et le lui montra.

— Nous pensons que le tueur ressemble à ça maintenant, dit-elle. Vous pensez l'avoir déjà vu ?

— Non, je suis sûr que non. En fait, vous êtes les premiers étrangers à rentrer dans mon bar depuis un moment.

Alors que Bill posait à Pete les questions de routine, Riley se tourna vers la salle.

Pouvait-elle sentir le tueur ?

Elle se percha sur un tabouret, en s'imaginant à sa place.

Il était assis à côté de Portia Quinn, une fille du coin de vingt-et-un ans qui travaillait dans un magasin de vêtements.

Il essayait le même baratin qui avait si bien fonctionné sur Melody Yanovich à Brinkley.

Elle lui sourit. Un signe encourageant.

A-t-il prévu de la tuer ? se demanda-t-elle.

Non, Riley sentit qu'il regrettait ce qui s'était passé la dernière fois. Ça le hantait. Il espérait que tout se passerait bien cette fois.

Riley baissa les yeux vers un cendrier plein de boites d'allumettes portant le logo du bar.

C'était troublant de les voir ici, après tant d'années.

Comme le tueur l'avait fait cette nuit-là, elle ramassa une boite d'allumettes et la glissa dans sa poche.

Avant qu'elle n'ait eu le temps de se glisser plus profondément dans l'esprit du tueur, elle entendit un homme crier :

— Pete, à qui tu parles ?

— Ça ne te regarde pas, répondit Pete.

Jake plissa les yeux.

— Eh, c'est Roger ? demanda-t-il.

— C'est bien lui.

— Eh ben, dit Jake. Je ne pensais pas le revoir. Je suis surpris qu'il soit toujours sur ses deux pieds.

Le barman étouffa un rire.

— On ne le flingue pas comme ça, le vieux Roger. Même si, à l'entendre, tout le monde a essayé. Surtout le gouvernement.

L'homme cria à nouveau :

— C'est les Feds, c'est ça ? Ce serait pas le vieux Jake je-sais-plus-qui ? Je pensais qu'on le reverrait pas, ce connard du gouvernement. Dis-leur d'aller se faire foutre. Ils m'emmerdent assez comme ça. Pas la peine de se pointer dans mon bar.

— Ignorez-le, dit Pete.

Jake pouffa.

Riley avait un vague souvenir…

Roger… Où ai-je entendu ce nom ?

Puis elle se rappela : l'ex-shérif de Greybull avait parlé d'un témoin nommé Roger Duffy.

Riley marcha vers la table où il était assis.

— Eh, qu'est-ce que tu fais, Riley ? demanda Jake. Je me rappelle de ce type. Il est taré.

Peut-être, pensa Riley.

Mais elle sentait qu'elle devait s'en assurer.

En s'approchant de l'homme, elle vit une bouteille de bière à moitié bue et toute une rangée de verres à shot vides. L'homme semblait vieux et malade, les doigts gonflés par les rhumatismes ou la goutte, ou peut-être les deux.

Riley s'assit devant lui. La puanteur de l'alcool et de la sueur lui souleva l'estomac. En plus d'être alcoolique et fou, Roger ne devait pas beaucoup se laver.

Riley lui montra son badge.

— Je suis l'agent spécial Riley Paige du FBI, dit-elle. Je suppose que vous êtes Roger Duffy.

— Foutez-moi la paix, grogna l'homme.

— Vous avez quelque chose à dire, Roger ? demanda Riley d'un ton aimable.

Roger Duffy gronda :

— A vous de me le dire. Les Feds surveillent ce que je pense depuis des années. Vous savez mieux que moi ce qui me passe par la tête.

— Nous ne pouvons pas lire dans la tête des gens, Roger, dit Riley.

L'homme ricana sombrement et leva son verre de bière.

— Non ? Alors, ça marche de boire de la bière. C'est pour ça que je carbure à l'alcool, pour que vous puissiez pas capter les ondes.

Il pointa le doigt vers sa tête.

— Vous n'avez rien à foutre là-dedans, dit-il. Sortez de là.

Riley examina son visage torturé. Il devait être à la fois paranoïaque et schizophrène. Il avait peut-être des médicaments, mais cela n'arrangeait rien qu'il les prenne avec de l'alcool.

Riley scruta son expression hagarde.

Elle se rappela ce que Jake avait dit sur lui :

« Le témoin le moins convaincant de toute l'histoire du maintien de l'ordre public. »

Jake avait dit également que Roger Duffy avait « tiré un sacré portrait » du tueur.

Maintenant qu'elle était assise en face de lui, Riley se demanda ce qu'il avait vu, ou cru voir. Elle dit :

— Roger, il y a vingt-cinq ans, vous avez vu l'homme qui a tué Portia Quinn.

— Vous ne m'apprenez rien.

— Justement. J'espérais que vous pourriez m'apprendre quelque chose à moi, dit Riley.

Elle fit réapparaitre le portrait-robot du suspect aux cheveux noirs et aux yeux noirs sur sa tablette et le montra à Roger.

— Nous pensons qu'il ressemble à ça maintenant, dit-il.

Roger frémit et détourna le regard.

— Je ne veux pas le voir, dit-il.

— Pourquoi ?

— Déjà, il ne ressemblait pas à ça. Ensuite…

Roger se tut. Mais Riley comprit ce qu'il ne disait pas. L'homme l'avait terrifié.

— Dites-moi ce que vous avez vu, dit Riley.

— Vous le savez déjà, dit Roger sans plus la regarder en face.

En réalité, Riley n'en savait rien. La description de Roger semblait tellement étrange qu'elle n'avait jamais été inscrite dans les rapports de police.

— Dites-moi quand même, insista Riley.

Roger se tourna lentement vers le bar qu'il pointa du doigt.

— Il était assis là où vous étiez. Il discutait avec Portia. Puis il est venu vers moi. Il m'a regardé. Il n'avait pas des yeux humains. De la lumière bleue sortait de son crâne.

Il a l'air fou, en effet, pensa Riley.

Mais elle ne prêta pas attention à son propre scepticisme. Elle dit :

— Les autres témoins disent qu'il avait des yeux sombres

comme ses cheveux. Noisette plus exactement.

— Ouais, eh ben, ils n'ont pas vu comme moi. Il m'a regardé tout droit dans la tête. Je l'ai vu en face. Je sais ce que j'ai vu. Puis il est allé aux toilettes. Je bougeais plus, j'étais paralysé par la trouille. Puis il est ressorti et il m'a regardé de nouveau. Cette fois, il avait les yeux normaux, noisette comme vous dites. Il est retourné au comptoir et il a fait signe à Portia.

Roger se pencha par-dessus la table.

— Ses yeux marron, c'était juste un déguisement. J'ai vu qui il était vraiment. Et je vous le dis tout net : il n'était pas de notre monde.

Il éclata d'un rire cynique.

— Mais pourquoi je vous dis tout ça ? Vous le savez, bien sûr. Non, je ne vous dirai rien de plus.

Il avala une gorgée de bière.

Ce fut alors que Riley entendit Bill l'appeler :

— Allez, Riley. Je crois qu'on a terminé.

Bill et Jake se dirigeaient vers la porte.

Riley hésita. Elle essayait encore de comprendre ce que Roger lui avait dit.

C'était complètement fou.

Mais c'était un récit parfaitement sincère.

Elle sortit sa carte et la fit glisser vers lui.

— Si un détail vous revient, j'aimerais que…

— Non, non, la coupa-t-il avec un geste agacé. J'ai déjà été trop sympa avec vous. Vous n'aurez rien de plus. Si vous voulez autre chose, utilisez vos ondes radio comme vous le faites déjà. Mais je ferai tout ce qui est en mon pouvoir pour brouiller le signal, je vous préviens.

Riley sut qu'il n'y avait plus rien à faire.

Elle se leva et suivit Bill et Jake.

— Chou blanc, dit Bill. Le barman essayait de nous aider, mais il n'a rien. Je pense qu'il est temps de rentrer à Quantico.

En pouffant, Jake dit à Riley :

— Tu as fait connaissance avec le vieux Roger ?

— Ouais, dit Riley.

— Dingue, son histoire, non ?

Riley ne répondit pas. En réalité, elle avait une intuition étrange. Elle n'était pas sûre de comprendre pourquoi, mais son instinct lui disait qu'il y avait une étincelle de vérité dans le récit de Roger Duffy.

CHAPITRE DIX-NEUF

Il faisait noir quand Riley rentra chez elle. Elle fut tout de suite mal à l'aise. Elle aurait presque préféré travailler le week-end. Avec tout ce temps libre, l'énigme de Shane Hatcher allait tourner à l'obsession et elle n'avait toujours pas la moindre idée de ce que signifiait la réplique shakespearienne qu'il lui avait envoyée.

Elle ne pourrait sans doute pas résoudre l'énigme. C'était ça, le pire.

Je ferais mieux de travailler, pensa-t-elle.

Dès qu'elle ouvrit la porte d'entrée, April se précipita vers elle en bondissant. Elle avait les yeux écarquillés, comme paniqués.

— Maman ! Oh là là ! T'es rentrée ! Je pensais que tu rentrerais jamais !

Riley sursauta. Y avait-il eu une catastrophe pendant son absence ?

— Qu'est-ce qui se passe ? demanda-t-elle.

— T'es en retard !

— En retard pour quoi faire ?

April se mit à gesticuler avec impatience.

— Pour le diner !

Pendant quelques secondes, Riley ne comprit pas de quoi sa fille parlait. Elle savait qu'elle était en retard pour le diner, mais elle pensait que Gabriela aurait préparé quelque chose pour les filles. Elle avait eu l'intention de se faire un sandwich. Elle avait hâte de se plonger dans un bain chaud et d'aller se coucher de bonne heure.

Puis une conversation lui revint en mémoire…

« Je passerai te chercher à huit heures, si ça ne te dérange pas. » avait-il dit.

Blaine ! La veille, elle lui avait téléphoné et ils avaient discuté, puis ils avaient décidé de diner ensemble. Pas le diner avec toute la famille dont ils avaient déjà parlé, mais un diner plus intime à deux.

Riley baissa les yeux vers sa montre. Il était sept heures quarante-cinq.

— Oh là là, dit-elle.

— Ne me dis pas que tu avais oublié, dit April avec agitation. Ça fait une demi-heure que je t'envoie des messages.

Riley était fatiguée et elle savait qu'elle n'attendait pas de coup de fil important.

— Je conduisais. Mon téléphone était coupé.

— Alors qu'est-ce que tu vas faire ?

Riley eut un sursaut de panique.

— Je ne serai jamais prête à temps, dit-elle.

— Tu ne peux pas annuler, dit April. Pas à la dernière minute comme ça.

Riley sortit son téléphone. Elle vit la file de messages de plus en plus inquiets qu'April lui avait envoyés. Puis elle envoya un message à Blaine.

Désolée. Je viens de rentrer. Tu me donnes une demi-heure de plus ?

Elle attendit quelques secondes. Puis elle reçut la réponse…

OK

April regardait par-dessus son épaule.

— Il a l'air fâché, dit-elle.

— Il n'a l'air de rien du tout. Il a juste dit OK. Ça va.

April examina sa mère de la tête aux pieds.

— Non, ça ne va pas. Tu fais une de ces têtes… On dirait que tu as passé la journée dehors.

— J'ai passé la journée dehors.

April l'attrapa par la main.

— Allez, dit-elle. On va voir si on peut faire des miracles. On doit faire vite.

Alors qu'April l'entrainait à l'étage, Riley remarqua Jilly assise dans le salon.

— Salut, Jilly, dit Riley. Tu as passé une bonne journée ?

Jilly ne répondit pas. Elle croisa les bras et envoya à Riley un regard torve.

En montant les escaliers, Riley murmura à April.

— Je crois que Jilly n'est pas contente que je sorte avec un homme.

— Ouais, je sais, dit April. J'essaye de lui expliquer que Blaine est super sympa. Mais il y a quelque chose qui l'ennuie. Elle a essayé d'appeler papa plusieurs fois, mais il a pas répondu.

Riley ressentit une pointe de colère.

Quel connard, pensa-t-elle.

Puis elle se rendit compte qu'elle n'avait aucune raison d'être surprise. Ryan faisait ce qu'il avait toujours fait. C'était elle qui avait donné à Jilly de faux espoirs en le ramenant à la maison. April était peut-être déçue, mais elle était habituée aux allers et venues de son père. Jilly, qui recherchait désespérément une figure paternelle, s'était attachée à Ryan.

April fit entrer Riley dans sa chambre.

— Va te doucher, dit-elle. Je vais te trouver un truc à mettre.

Riley s'enferma dans la salle de bain, retira ses vêtements et entra dans la douche. L'eau chaude lui rappela combien elle était engourdie par tous ces trajets en voiture. C'était agréable, mais elle n'avait pas le temps d'en profiter.

Elle sortit de la douche, alluma son sèche-cheveux et se saisit d'un peigne. En se regardant dans le miroir, elle pensa à ce que lui avait dit April.

« On dirait que tu as passé la journée dehors. »

Allait-elle pouvoir arranger ça en une demi-heure ?

Riley sortit de la salle de bain. April avait étalé trois robes sur le lit. Pendant un instant, Riley se demanda quand elle en avait porté une pour la dernière fois. Ce devait être à une sépulture le mois dernier. On ne pourchassait pas les tueurs en robe.

Elle fronça les sourcils devant le choix de sa fille. Tout paraissait un peu trop décolleté ou trop court.

— Je ne sais pas, dit-elle.

— Maman ! T'as pas le temps de discutailler !

Riley ignora April et marcha vers sa penderie. Elle sortit une robe noire très simple avec des manches.

— Et celle-là ? demanda-t-elle.

— Maman, on dirait une robe de vieille dame. C'est ton premier vrai rendez-vous avec lui. Il faut que t'aies l'air sexy.

— Je ne veux pas avoir l'air d'une vamp.

— C'est mieux que d'avoir l'air de pas savoir s'amuser.

Riley fouilla à nouveau dans sa penderie. Elle savait que le restaurant de Blaine était assez chic. Les clients faisaient attention à ce qu'ils portaient. Allait-elle trouver quelque chose qui convenait ?

April la poussa et fouilla de plus belle. Elle finit par trouver une autre robe.

— Celle-là est super, dit April.

— Elle est rouge.

— Rouge sombre. Ce n'est pas tape-à-l'œil.

April tendit la robe à Riley qui l'examina. Ce n'était pas si mal. L'encolure en forme de cœur n'était pas trop décolletée. Et elle savait que les coupes simples lui allaient bien.

— D'accord pour celle-ci, dit-elle à April. Maintenant, file. Hors de ma vue. Je m'occupe du reste.

April regarda sa montre.

— Tu as quinze minutes, dit-elle. Fais gaffe.

— Dehors, j'ai dit !

April quitta la chambre. Riley enfila la robe rouge et les talons hauts. Elle se regarda dans le miroir, surprise par ce qu'elle vit.

Elle se trouva très séduisante.

Pendant une seconde, elle se demanda si elle se sentait bien dans sa peau ou si elle avait l'impression de porter un costume.

Qui aurait pu croire qu'elle était agent du FBI ?

C'est bien moi, cette personne ? se demanda-t-elle.

C'était une version d'elle-même. Une version qu'elle ne laissait pas souvent sortir. Il était peut-être temps de se réapproprier la femme qu'elle voyait dans le miroir.

Elle sortit de la chambre. April l'attendait en bas des marches.

— Dépêche-toi ! dit-elle. Blaine vient de se garer dans l'allée.

April aida Riley à enfiler son plus beau manteau. Alors qu'elle sortait sur le perron, Blaine descendit de sa voiture. En souriant, il fit le tour pour lui ouvrir la portière côté passager.

Elle se demanda depuis combien de temps un homme n'avait plus fait ce geste pour elle.

Un sacré bout de temps, pensa-t-elle.

C'était un sentiment étrange. Elle se demanda si elle allait s'y habituer.

Mais en entrant dans la voiture, le message de Hatcher résonna à nouveau dans sa tête.

« Renonce à ton père et abjure ton nom. »

Riley soupira. Elle ne pouvait pas s'empêcher d'y penser. Allait-elle trouver le temps de profiter de ce rendez-vous ?

CHAPITRE VINGT

En dinant avec Riley, Blaine essayait d'ignorer les images qui lui traversaient l'esprit. Riley avait l'air de passer un bon moment et il était content d'être en sa compagnie.

Mais ses souvenirs le hantaient.

Il avait encore mal aux côtes. Il en avait cassé plusieurs en janvier, en essayant d'empêcher un monstre de tuer la fille de Riley. Un autre terrible souvenir le poursuivait : Riley avait sauvé sa fille de la colère de son ex-femme. Phoebe avait débarqué chez lui saoule et dangereuse, alors que Blaine était sorti. Mais Riley était entrée et avait empêché Phoebe d'attaquer la pauvre Crystal.

Riley semblait attirer le danger comme un aimant, mais elle savait le gérer. Mieux que Blaine. Il n'avait jamais imaginé sortir avec un agent du FBI, surtout une femme aussi forte. Mais il trouvait sa force et sa sincérité excitantes. Bien sûr, elle était également très séduisante, surtout dans cette robe rouge.

Il était content qu'elle passe un bon moment. Elle souriait beaucoup et discutait de choses et d'autres en mangeant son saumon grillé.

Blaine pensa au jour où ils s'étaient plaint ensemble des difficultés d'être parents. Pendant quelques délicieuses secondes, Riley avait pris sa main dans les siennes. C'était un bon souvenir.

Il s'était passé quelque chose. Puis les événements et leurs familles respectives les avaient séparés. Pouvaient-ils retrouver l'étincelle ?

Allaient-ils le savoir dès ce soir ?

Ils en étaient au dessert : un cheesecake à la framboise préparé dans la cuisine du Blaine's Grill. Riley lui parlait de l'affaire classée sur laquelle elle était en train de travailler. Malgré ses souvenirs qui ne cessaient de le distraire, Blaine trouvait fascinant que Riley emploie son intelligence à résoudre des meurtres qui avaient eu lieu un quart de siècle plus tôt.

Elle est brillante. C'était une qualité que Blaine aimait de plus en plus.

— Tu travailles souvent sur des affaires classées ?

— C'est la première fois.

— Comment tu trouves ? Par rapport aux autres affaires ?

Riley prit le temps de réfléchir.

— C'était étrange. Au début, je ne pouvais pas m'empêcher de penser que c'était futile. Tout semblait si vieux. Comme si les preuves avaient dépassé leur date de péremption. Comme si ça n'avait plus d'importance. Mais maintenant…

Blaine remarqua qu'elle frissonnait.

— Maintenant, c'est comme si c'était arrivé hier. Je n'ai plus du tout l'impression de travailler sur une affaire classée. Je ressens la même urgence et la même impatience qu'en travaillant sur un nouveau dossier.

Elle haussa les épaules et ajouta :

— C'est la justice. Mieux vaut tard que jamais.

Blaine réalisa qu'elle lui manquait. Il était agréable de l'avoir pour voisine.

Riley mordit dans son cheesecake et soupira d'aise.

— C'est le meilleur cheesecake que j'aie jamais mangé. Et j'adore les framboises.

Blaine étouffa un rire.

Oui, je sais, voulut-il dire.

Peut-être, plus tard, il lui dirait comment il le savait.

Cela dépendrait de la fin de la soirée.

Quand ils eurent terminé, Riley dit :

— Merci beaucoup, Blaine. J'ai passé une belle soirée.

— Oh, ce n'est pas terminé, dit-il.

Riley lui jeta un regard dubitatif.

Oh non, pensa-t-il. *Elle croit que je lui fais des avances.*

Il avait d'autres projets.

Et maintenant, il était nerveux.

— Tu veux faire une promenade ? demanda-t-il.

Et si elle dit non ?

— J'en serais ravie, dit Riley.

Il l'aida à enfiler son manteau et ils sortirent du restaurant.

C'était une fraîche soirée de mars. Il y avait dans l'air une promesse de printemps. Le restaurant de Blaine se trouvait dans un quartier animé et charmant, très culturel. Quelques stands avaient déjà été installés dans la rue.

Blaine expliqua en passant :

— Demain, il y a un grand marché des arts et de l'artisanat.

— Ah oui, j'ai lu ça, dit Riley. Ça doit être très intéressant.

— Il y aura du monde et de la musique. Viens, je vais te montrer quelque chose.

En entrainant Riley vers un bâtiment, Blaine fut soulagé d'entendre de la musique à l'intérieur. C'était ce qu'il avait prévu.

Tout se passait bien pour le moment.

Il la conduisit à l'intérieur. Une grande salle de bal avait été décorée de fleurs et de plantes pour fêter l'arrivée du printemps. Un groupe répétait pour le lendemain.

Quand le chanteur vit Blaine et Riley, il sourit et hocha la tête.

Blaine lui adressa un clin d'œil.

Puis le groupe se mit à jouer « One More Night » de Phil Collins.

Riley poussa un hoquet de surprise.

— Oh, c'est ma chanson préférée ! dit-elle.

— Je sais, répondit Blaine. J'ai demandé à mon ami Mickey de la jouer ce soir.

Riley le dévisagea avec surprise.

— Tu sais ? Comment ?

— De la même manière que je sais que le cheesecake à la framboise est ton dessert préféré.

Riley resta bouche bée quelques secondes.

Puis elle roula les yeux au ciel.

— Oh non…

Blaine éclata de rire.

Elle a compris, pensa-t-il.

Dans l'après-midi, April avait appelé Blaine pour s'assurer qu'il avait bien toutes les cartes en main avant son rendez-vous avec sa mère. Il avait demandé à April quels étaient le dessert et la chanson préférés de Riley. April avait été ravie de répondre à ces deux questions et à bien d'autres.

Sans cesser de rire, Riley dit :

— Il va falloir que je discute sérieusement avec ma fille.

— Ne sois pas trop dure avec elle, dit Blaine. Elle faisait son boulot.

— Moucharder sur sa mère ?

— Précisément.

Riley le dévisagea longuement. Puis avec une lueur dans le regard, elle dit :

— M'accordez-vous cette danse ?

Blaine sourit et hocha la tête. Il la conduisit sur une terrasse faiblement éclairée. La musique les suivit dehors.

Ils se mirent à danser.

Au bout de quelques minutes, Riley leva son visage vers lui. Leurs lèvres se trouvèrent.

Juste après ce baiser, une expression étrange passa sur le visage de Riley.

Blaine se demanda s'il s'était bien débrouillé.

Il était soudain mal à l'aise.

Puis Riley souffla :

— O Roméo, Roméo ! Pourquoi es-tu Roméo ?

Blaine sourit.

Comme c'est romantique ! pensa-t-il

Puis il se rendit compte que Riley ne le regardait pas. Elle regardait le balcon suspendu au-dessus du jardin. Une jeune femme se tenait là. Elle observait la nuit.

— Bien sûr ! murmura Riley. Pourquoi n'y ai-je pas pensé plus tôt ?

La joie de Blaine se dégonfla comme un ballon.

Leur moment romantique était terminé.

— C'est à propos de ton affaire classée ?

— Non, répondit distraitement Riley sans le regarder. Je veux dire : oui. Une autre affaire classée.

Puis elle se tourna vers lui et dit :

— Oh Blaine, je suis désolée, mais je dois rentrer chez moi immédiatement. J'ai passé une soirée merveilleuse. On recommencera. Promis.

Blaine lui adressa un sourire un peu raide, avant de la reconduire à sa voiture.

Tout en raccompagnant Riley chez elle, Blaine se répéta que le rendez-vous s'était bien passé, comme il l'avait espéré.

Mais il ne put s'empêcher de se demander ce qu'elle avait voulu dire…

« O Roméo, Roméo ! Pourquoi es-tu Roméo ? »

CHAPITRE VINGT ET UN

Au lieu de répondre aux tentatives de Blaine d'engager la conversation, Riley restait concentrée sur la réplique. Elle n'avait rien à dire à Blaine. La ligne shakespearienne tournait dans sa tête.

« Renonce à ton père et abjure ton nom. »

Bien sûr ! pensa-t-elle. Le sens du message aurait dû lui paraitre évident.

Mais elle avait cru que la réplique concernait sa propre relation avec son père et elle s'était laissée distraire par cette idée.

Maintenant, elle savait. Il s'agissait bien d'un nom. Celui qui venait juste après dans ce monologue shakespearien.

Roméo, Roméo, Roméo...

Elle se rappela une autre phrase de Juliette, dans la même scène.

« Qu'y a-t-il dans un nom ? »

Il y avait en réalité beaucoup de choses dans ce nom : Roméo.

Si l'intuition de Riley était la bonne.

Elle savait qu'elle n'était pas très polie, mais elle ne pouvait plus s'en empêcher. Si son intuition était la bonne, elle était sur le point de faire une découverte qui pourrait changer toute son existence. C'était une idée qui lui coupait le souffle.

Quand Blaine se gara devant chez elle, Riley se pencha pour lui donner un baiser rapide et bien peu romantique, si différent de celui qu'ils avaient partagé dans le jardin.

— Oh Blaine, je suis désolée de te laisser tomber comme ça, mais…

Blaine esquissa un faible sourire. Riley savait que le pauvre homme n'avait pas la moindre explication à son brusque changement d'humeur.

Et elle ne pouvait pas lui dire.

Elle ne pouvait le dire à personne. Pas encore, du moins. Peut-être jamais.

— Ce n'est rien, Riley, dit-il.

— On recommencera, je te le promets.

Dès qu'elle prononça les mots, elle se demanda s'ils étaient vrais.

Si sa vie changeait autant qu'elle s'y attendait, y aurait-il de la place pour Blaine ?

Comment le savoir ?

Comment lui faire une telle promesse ?

Elle se dit qu'elle était déraisonnable. Après tout, qu'est-ce que cela signifierait de trainer l'assassin de sa mère devant la justice ?

Tout irait pour le mieux, notamment sa relation avec les autres.

Je vais me racheter auprès de Blaine, se dit-elle.

Mais un doute la tiraillait.

Blaine sourit et lui serra la main. Riley sortit de la voiture et se dirigea à grands pas vers sa maison. Elle monta aussitôt à l'étage et se précipita devant son ordinateur. Elle s'arrêta un instant pour réfléchir.

Son père avait servi dans le 11ème bataillon du 30ème régiment d'infanterie des Marines.

Mais il ne lui avait jamais donné le nom de la compagnie qu'il commandait.

C'était comme s'il était trop superstitieux pour le dire à voix haute.

Riley savait qu'au sein de l'armée, on utilisait le mot « Roméo » pour désigner la lettre R, comme Alpha pour A ou Charlie pour C. Elle savait également que les Marines utilisaient parfois ces mots pour nommer des compagnies.

Elle fit apparaitre le site des US Marines et examina la liste des compagnies dans le 11ème bataillon du 30ème régiment.

Elle poussa un petit hoquet de surprise en tombant sur une compagnie qui portait effectivement le nom de Compagnie Roméo.

Papa a servi en quelle année ?

Il était allé au Vietnam à la fin des années 1960.

Elle fit une recherche et trouva rapidement le tableau de service de la Compagnie Roméo, année 1968. Et c'était bien le nom de son père :

Sweeney, Oliver J. CAPITAINE

C'est ça, pensa Riley. *L'unité que commandait papa.*

Elle avait trouvé la piste que Hatcher voulait qu'elle trouve.

Mais qu'était-elle censée faire maintenant ?

Il y avait plus de deux cents noms dans cette liste.

L'un de ces noms était-il celui de l'assassin de sa mère ?

On avait toujours raconté à Riley que c'était un type qui était entré dans le magasin de bonbons pour dévaliser la caisse et tous les clients. Un vol banal qui était devenu un meurtre. La possibilité que le meurtre soit lié à son père ne lui était jamais venue à l'esprit. Au moment où c'était arrivé, il était à l'étranger.

Mais c'était exactement ce que Hatcher suggérait avec son indice cryptique.

Comment allait-elle retrouver le tueur parmi tous ces noms ?

Combien de ces hommes étaient encore en vie ?

Riley composa le numéro de la base militaire des Marines à Quantico. On la mit en relation avec un homme du département des informations. Riley expliqua qu'elle était un agent de l'UAC, sans préciser qu'elle ne travaillait pas officiellement sur une affaire les concernant.

Elle dit :

— J'ai besoin d'informations sur les hommes qui servaient dans la Compagnie Roméo, onzième bataillon, trentième régiment de Marines, à la fin des années 1960. J'ai sous les yeux un tableau de service de l'année 1968, mais j'ai besoin d'en savoir plus. Ce type d'information est accessible ?

— Bien sûr, répondit l'homme. Mais pas en ce moment. Vous devez rappeler demain, entre huit heures et cinq heures. Vous expliquerez ce que vous avez besoin de savoir à un assistant de l'administration. Nous serons ravis de vous aider.

Découragée, Riley le remercia et raccrocha.

Elle resta longuement assise devant son ordinateur.

Elle ne pouvait absolument rien faire pour le moment.

Comment allait-elle réussir à dormir ?

Je peux toujours essayer, pensa-t-elle.

Elle se déshabilla et se glissa dans son lit.

*

Il faisait noir. Il n'y avait qu'un spot de lumière devant Riley.

Quelqu'un s'avança.

C'était Blaine.

Il s'approcha d'elle avec un sourire charmant. Sans savoir pourquoi, Riley le repoussa brutalement.

Puis Bill s'avança à son tour dans le rai de lumière. Elle le repoussa également.

Derrière Bill vint Brent Meredith. Elle le repoussa...

Puis Ryan...

Puis Gabriela...

Puis Jilly...

Et même April...

Elle repoussa toutes les personnes dans le monde qu'elle aimait.

Elle ne savait pas pourquoi. Elle avait simplement l'impression très désagréable qu'ils se trouvaient tous sur son chemin.

Enfin, elle se retrouva face à la silhouette d'un homme. Elle ne voyait pas son visage, mais elle savait qui c'était.

C'était l'assassin de sa mère.

Elle l'avait retrouvé.

Et maintenant, elle était seule avec lui.

Elle l'entendit ricaner de satisfaction.

Il pense qu'il a gagné, *pensa Riley.* Il pense qu'il m'a battue.

Ave terreur, elle se demanda...

Et s'il avait raison ?

Riley se réveilla et se redressa dans son lit. Elle transpirait et tremblait de tout son corps.

C'était juste un cauchemar, comprit-elle. Mais ce cauchemar ne ressemblait à aucun autre.

Et pour une raison étrange, il était à la fois unique et terrifiant.

Qu'est-ce que cela signifiait ?

Sans savoir pourquoi, Riley avait peur de connaitre la réponse à cette question. Elle n'avait même pas envie d'y penser.

Ça ne signifie rien, décida-t-elle. *Rien du tout.*

Riley se rallongea et se rendormit. Elle passa une nuit agitée, mais d'un sommeil sans rêves.

*

Riley se réveilla tôt le lendemain matin. Trop tôt pour rappeler la base militaire des Marines.

En sortant de lit et en s'habillant, elle réfléchit…

Pas de coup de fil. Pas aujourd'hui.

Pour une raison ou pour une autre, elle n'était pas sûre d'obtenir les informations dont elle avait besoin en parlant au téléphone. Et puis, elle avait besoin de faire quelque chose, de sortir de cette maison et d'aller parler à quelqu'un de vive voix.

Riley descendit les escaliers. Gabriela était déjà en train de préparer quelque chose de très élaboré pour le repas du soir.

— *Buenos días, Señora Riley !* dit-elle avec un grand sourire. Je ne vous ai pas entendue rentrer la nuit dernière.

— Les filles sont levées ?

— Non. Elles se demandaient si vous vouliez faire quelque chose aujourd'hui. Je n'ai pas su quoi leur dire.

Le cœur de Riley se serra. Bien sûr, c'était samedi.

Obnubilée par l'énigme, elle n'avait pas pensé que les filles espéraient peut-être faire quelque chose en famille aujourd'hui. Elle allait devoir trouver le moyen de se racheter.

— Gabriela, je dois partir faire quelques courses, dit-elle. Je vais juste prendre un bout de pain et m'en aller.

— Quand est-ce que vous rentrez ?

Riley avala sa salive.

— Je ne sais pas, dit-elle. Ça va peut-être prendre du temps.

Gabriela lui adressa un long regard pénétrant qui la fit frissonner. Elle attrapa un bout de pain sur la table et quitta la cuisine. Elle mangea rapidement en chemin vers la voiture. En démarrant, elle se sentit soudain mystérieusement triste.

Riley savait que la base militaire des Marines n'était pas loin.

Pourtant, elle avait l'impression de partir très loin de chez elle.

CHAPITRE VINGT-DEUX

En s'approchant de Quantico, Riley espéra qu'elle ne s'était pas déplacée pour rien. Ce n'était pas une visite de courtoisie. En fait, elle avait le ventre noué par l'angoisse.

Elle passa la sécurité. Au lieu de prendre la route habituelle en direction du parking de l'UAC, elle se dirigea vers le bâtiment principal de la base militaire qui occupait une grande partie du terrain.

Elle passa devant la statue qui symbolisait la fierté et l'honneur. C'était une réplique plus petite du Iwo Jima Memorial, le monument militaire américain situé dans le cimetière national d'Arlington : la statue de six Marines plantant un drapeau.

Ce n'était pas une image qui la rendait fière.

Elle avait hérité de son enfance des mauvais souvenirs de l'armée.

Elle n'était pas souvent entrée dans cette base, alors qu'elle travaillait juste à côté. La FBI Academy et l'UAC étaient même locataires du terrain militaire. Mais elle y serait allée uniquement pour le travail.

Elle passa un nouveau portail de sécurité et déclina le motif de sa venue. On la dirigea vers le bureau de Dudley Carter, un assistant du service d'administration. A la vue de toutes ces personnes en uniforme dans le couloir, elle eut le ventre noué. Elle se souvenait très bien de voir son père dans la même tenue.

En entrant dans le modeste bureau de Carter, elle fut soulagée de constater que le jeune homme était un civil ou, du moins, qu'il ne portait pas d'uniforme. Il n'y avait rien de militaire dans son attitude ou son accoutrement. C'était un type maigre avec des lunettes aux verres épais.

Elle sortit son badge et se présenta, puis elle lui expliqua pourquoi elle était venue.

— Je suppose qu'il s'agit d'une affaire du FBI, dit-il.

Riley répondit, la gorge serrée :

— Oui.

Combien de mensonges allait-elle devoir dire à cet homme ?

— J'ai besoin d'informations concernant les hommes qui ont servi dans la Compagnie Roméo sous les ordres du capitaine Oliver Sweeney, à la fin des années 1960. C'était une unité du onzième bataillon, trentième régiment de Marines.

Carte lui adressa un regard sceptique.

— C'est facile de trouver ça en ligne, dit-il.

— Je sais, mais j'ai besoin d'affiner ma recherche. J'ai besoin d'une liste des hommes qui sont encore en vie et où ils se trouvent.

Carter dévisagea Riley un long moment, ce qui la mit mal à l'aise.

Allait-il lui demander de quelle affaire il s'agissait ?

Allait-il lui demander le nom de son supérieur à l'UAC ?

Et si c'était le cas, qu'allait-elle lui répondre ?

Du calme, se dit-elle. *Ce n'est pas comme si tu demandais des informations classées secret-défense.*

Enfin, Carter se tourna vers son ordinateur et dit :

— Donnez-moi les années qui vous intéressent.

Riley lui donna les années de service de son père dans la Compagnie Roméo.

Carter tapota sur son clavier. Il dit :

— J'ai deux cent quarante-trois hommes en vie et leurs coordonnées dans mon registre, mais il s'agit uniquement de ceux dont on a gardé la trace. Il doit y en avoir d'autres avec lesquels nous avons perdu le contact. Et certains noms de la liste sont peut-être décédés depuis la dernière mise à jour.

Riley sentit une pointe de désespoir.

Comment allait-elle trier ces noms ?

Si elle avait accès aux ressources de l'UAC, ce serait différent.

Mais elle était toute seule.

— Combien vivent en Virginie ? demanda-t-elle.

Carter pianota de plus belle.

— J'en vois vingt-cinq, dit-il.

Ça devrait aller, pensa Riley.

Elle demanda à Carter d'imprimer la liste de noms et les coordonnées. Puis elle sortit du bâtiment.

Elle respira mieux à l'air libre, loin des hommes en uniforme et de la rigidité militaire. Mais son angoisse ne l'avait pas quittée. Elle monta dans sa voiture et s'installa derrière le volant pour examiner la liste.

Elle avait vingt-cinq noms et vingt-cinq adresses.

Ces informations avaient-elles la moindre utilité ?

Comment pouvait-elle le savoir ?

Celui qui avait tué sa mère devait être encore en vie. Si ce n'était pas le cas, pourquoi Hatcher lui aurait-il donné cet indice ?

Mais s'agissait-il d'un des noms sur la liste ?

C'était peut-être un nom dans la liste de deux cent quarante-trois parmi lesquels Carter avait fait un tri, ou peut-être pas.

Au hasard, elle avait demandé les noms des hommes qui vivaient en Virginie.

Ce n'était même pas une intuition.

Son instinct ne lui disait rien du tout.

Elle ferma les yeux et essaye de réfléchir.

Un homme qui avait servi dans les Marines sous les ordres de son père avait peut-être – seulement peut-être – assassiné sa mère.

Elle avait encore du mal à croire que ça puisse être vrai.

Toute sa vie, elle avait cru que le tueur n'était qu'un voleur armé d'un pistolet.

Elle avait cru son meurtre futile et stupide.

Elle commençait à comprendre…

C'était une affaire personnelle.

C'était du moins ce que lui soufflait Hatcher. Le tueur devait avoir une dent contre sa famille – probablement contre son père.

Elle poussa un grognement.

Quelqu'un qui détestait papa, pensa-t-elle. *Cela fait du monde !*

Nul doute que son père avait inspiré à ses hommes une forme d'hostilité, voire de haine. Il se faisait des ennemis plus vite qu'aucune autre personne de sa connaissance.

Ses propres filles étaient devenues ses ennemies.

Elle regarda la feuille de papier dans sa main.

C'était tout ce que c'était. Une feuille de papier. Des noms imprimés et des coordonnées qui étaient peut-être inutiles.

Des visages, pensa-t-elle. *J'ai besoin de voir leurs visages.*

Il devait y avoir des gens qui détestaient son père.

Petit à petit, une idée lui vint. Il y avait peut-être un moyen de retrouver des gens comme ça.

Son père s'était fait virer de quelque part. Il lui en avait parlé.

Elle sortit sa tablette et chercha l'endroit qu'elle avait en tête. Le nœud d'angoisse dans son ventre ne fit que croître.

Des gens qui détestaient mon père, pensa-t-elle avec un frisson.

Il n'y avait qu'un seul homme qui avait détesté son père plus qu'aucune autre personne sur cette planète.

Et c'était son père lui-même.

CHAPITRE VINGT-TROIS

Dès le début de l'après-midi, Riley avait pris la voiture en direction des Appalaches. Son appréhension montait à chaque mile parcouru. A mesure qu'elle s'enfonçait dans les montagnes, elle avait l'impression de plonger dans les tréfonds de son passé.

Elle se rappelait que son père avait beaucoup fréquenté un poste de l'organisation officielle des vétérans de l'armée américaine à Milladore, une petite ville non loin de son chalet. Pendant une des rares visites de Riley, il s'était plaint d'avoir été mis à la porte et banni de l'association.

— *Pourquoi ?* avait demandé Riley.

— *A ton avis ?*

On aurait pu le mettre à la porte pour des milliers d'excellentes raisons. Riley n'était pas à court d'idées. Mais ça lui avait fait de la peine. Elle savait que l'association des vétérans comptait beaucoup pour lui.

Après tout, il y avait mérité sa place.

Pour rejoindre la VFW, il fallait avoir reçu une décoration pour services rendus dans un pays étranger. Son père avait reçu de nombreuses décorations, notamment une *Combat Action Ribbon* et une *Expeditionary Medal*. Il les avait fièrement affichées sur le mur de son chalet. Elles étaient toujours là – et elles allaient probablement y rester maintenant que Riley n'avait plus l'intention de vendre le terrain. Riley ne les décrocherait sans doute pas et elle ne pensait pas que Shane Hatcher le ferait.

Elle ne savait toujours pas pourquoi son père avait été mis à la porte de ce poste de l'association des vétérans. Mais elle en apprendrait peut-être un peu plus sur ses ennemis là-bas. Elle y trouverait même peut-être un nid.

Elle s'engagea dans la ville de Milladore. Elle ressemblait beaucoup à Denison – une petite ville usée qui avait connu des jours meilleurs. Des commerces avaient fermés et de nombreuses maisons semblaient inhabitées.

Quand elle se gara devant le poste de la VFW, le bâtiment lui rappela le Waveland Pub – si décrépit qu'on se demandait si c'était encore ouvert. Mais il y avait quelques vieilles voitures et des motos garées dans le parking envahi par les mauvaises herbes. De plus, Riley vit des hommes grisonnants entrer et sortir par la porte principale.

En descendant de sa voiture, elle entendit une vieille chanson de country sortir du bâtiment.

Elle se demanda soudain…

Vont-ils seulement me laisser entrer ?

Elle aurait peut-être dû penser à ça avant.

Riley n'avait pas fait l'armée, après tout.

Un grand type aux joues gonflées par le tabac qu'il était en train de mâcher se tenait juste à l'entrée. Etant donné sa carrure, ce devait être un videur.

— Bonjour, ma petite dame, première fois que je vous vois ici, dit-il. Vous cherchez un peu d'action ?

Riley était sur le point de sortir son badge quand un autre homme l'interpella de l'intérieur :

— Laisse-la passer, Chester. Elle me plait bien.

C'est une manière comme une autre de rentrer, pensa Riley.

C'était peut-être sa chance. Tout se passerait mieux si elle n'avait pas à révéler qu'elle était agent du FBI. Pour le moment, elle laisserait tous ces hommes se demander ce qu'elle fichait là.

En entrant, elle put constater que le bâtiment était aussi décrépit à l'intérieur qu'à l'extérieur. Il y avait quelques hommes. Certains jouaient au billard, d'autres étaient assis autour de tables de restaurant. Quelques-uns étaient au bar.

D'un seul coup d'œil, Riley vit qu'il n'y avait pas un seul homme jeune, encore moins de femme de n'importe quel âge. Ce n'étaient pas des vétérans de l'Afghanistan ou de l'Iraq. Après tout, Milladore n'était pas une ville où de jeunes hommes pouvaient avoir envie de s'installer. Nombres de ces anciens soldats avaient dû faire le Vietnam, peut-être la guerre de Corée, voire la Seconde Guerre Mondiale.

Un homme assis au bar lui fit signe d'approcher avec un sourire libidineux et édenté. Ce devait être l'homme qui lui avait permis d'entrer.

— Assieds-toi là, poupée, dit-il en tapotant le tabouret à côté de lui.

Riley s'empêcha de lui répondre qu'elle n'était pas sa poupée et qu'il pouvait aller se faire voir.

Ce n'est pas le moment, pensa-t-elle.

Elle s'assit sur le tabouret à côté de lui.

Avec un regard lubrique, l'homme lui demanda :

— Qu'est-ce que tu veux boire, chérie ? Je t'invite.

Riley faillit refuser, mais il valait mieux faire en sorte que tout le monde soit content de la voir.

Et puis, pensa-t-elle, *je ne suis pas en service.*

Elle dit :

— Je vais boire un bourbon, double, sans glace.

Le barman pouffa et l'homme qui invitait Riley eut l'air interloqué. Ils s'attendaient sans doute à ce qu'elle commande quelque chose de plus féminin. Maintenant, le type semblait un peu intimidé.

Le barman lui servit son verre de bourbon. Elle but une gorgée. Elle avait l'intention de boire lentement, peut-être même de ne pas finir son verre. Ce n'était qu'un accessoire qui lui permettait de passer inaperçue.

Le barman demanda :

— Vous venez d'où ?

— Fredericksburg, dit Riley.

Le barman étouffa un rire surpris.

— Et qu'est-ce qui vous amène dans ce trou paumé ?

— Je suis un peu curieuse, dit Riley. Est-ce que l'un de vous se rappelle d'un officier à la retraite qui fréquentait l'établissement ? Il s'appelait Oliver Sweeney.

Le barman étouffa un rire sombre.

— Ouais, je parie que tout le monde ici se rappelle de ce vieux timbré, Psycho Sweeney. On l'a foutu dehors il y a quelques années. Comment il va ?

— Il est mort, dit Riley.

Le barman étouffa à nouveau un rire et secoua la tête.

— Ah ouais ? Merde, j'ai le cœur brisé d'entendre ça. C'était qui pour vous ?

Riley était sur le point de répondre de façon très vague, quand l'homme assis à côté d'elle éclata d'un rire sec.

— Putain de merde ! dit-il. C'est la gamine de Psycho Sweeney, non ?

Riley n'était pas contente d'avoir été identifiée, mais il était inutile de nier.

— Comment vous le savez ? demanda-t-elle.

Sans cesser de rire, l'homme dit :

— Tu t'es regardée dans le miroir ? C'est marqué sur ta tête, gamine. Tu lui ressembles.

Riley rougit — peut-être d'embarras ou de colère. L'homme avait raison. Parfois, quand elle se regardait dans un miroir, c'était son père qu'elle voyait.

Et elle détestait ça.

— Pourquoi a-t-il été banni ? demanda-t-elle.

Le barman secoua la tête.

— On savait plus le gérer, dit-il. Après un ou deux verres, on ne pouvait même pas le regarder sans prendre un gnon.

L'homme assis au comptoir ajouta :

— A votre avis, comment j'ai perdu mes dents ? On a tous pris une trempe un jour ou l'autre. Et on ne savait même pas pourquoi.

Le barman plissa les yeux.

— Pourquoi vous êtes là ? demanda-t-il. Qu'est-ce que vous voulez ?

Riley hésita.

Puis elle comprit qu'il valait mieux dire la vérité.

— Je cherche l'homme qui a tué ma mère.

Elle remarqua que l'homme assis à côté d'elle changeait d'expression. Soudain, il ne la déshabillait plus du regard. Il semblait plein de compassion.

— Gamine, c'est de l'histoire ancienne, dit-il. Ça fait combien de temps que la pauvre Karen s'est fait tirer dessus dans un magasin de bonbons ?

— Trente-quatre ans, répondit Riley.

— Oliver ne s'en est jamais remis, dit l'homme. C'est en partie ce qui l'a rendu si méchant. Mais tu crois vraiment que tu vas trouver son assassin dans ce trou paumé ?

Le barman ajouta :

— Je comprends le raisonnement. Tout le monde ici avait des raisons de le détester. Mais personne n'aurait fait du mal à Karen, c'est sûr.

Riley commençait à croire que le barman disait vrai.

Etait-elle venue pour rien ?

Avant qu'elle n'ait eu le temps d'y réfléchir, une voix tonna derrière elle :

— T'es la gamine d'Oliver Sweeney ?

Riley se retourna vers l'armoire à glace qui l'apostrophait. Il était saoul et il la fixait d'un regard méprisant.

En tapotant son nez busqué, il dit :

— Tu vois ce nez ? C'est Oliver qui me l'a cassé. Et ça fait des années que j'attends de prendre ma revanche.

Il serra le poing. Riley comprit qu'il allait la frapper dans le ventre. Heureusement, tout l'alcool qu'il avait consommé le rendait particulièrement lent. Riley évita son coup de poing facilement.

Quand il fut emporté par son élan, elle se jeta en avant pour le cueillir au milieu du ventre. Ils roulèrent sur le sol.

Riley atterrit à califourchon sur son agresseur. Avant qu'il n'ait eu le temps de bouger, elle leva le poing, prête à le frapper si c'était nécessaire. Elle vit à l'expression sonnée de l'homme qu'il ne ferait aucune résistance.

Mais quatre autres vétérans s'approchaient d'un air menaçant.

Ça ne va pas être facile, pensa-t-elle.

Pendant quelques secondes, elle pensa sortir son arme.

Puis elle entendit la voix du barman derrière le bar.

— Reculez, les mecs.

En se retournant, elle vit qu'il avait sorti un fusil et qu'il le pointait vers le groupe.

L'homme assis au comptoir éclata d'un rire joyeux.

— Putain, les chiens font pas des chats. Tu ressembles à ton père, encore plus que je le pensais.

Son fusil sur l'épaule, le barman adressa à Riley un sourire admiratif.

— J'aime bien votre genre. Mais il va falloir que je vous demande de sortir, vous comprenez. Rien de personnel.

Riley hésita.

Devait-elle sortir son badge et leur montrer qu'elle était agent du FBI ? Mais elle ne voyait pas ce que ça pouvait lui apporter.

Et puis, le barman avait raison. Si l'un des hommes qui fréquentait l'établissement avait assassiné sa mère, papa l'aurait tué depuis des années.

Elle se redressa et s'éloigna en silence.

Quand elle passa la porte, elle entendit la voix d'un homme.

— Miss…

Elle se retourna. C'était le videur qu'elle avait rencontré en arrivant. Il avait l'air soudain beaucoup plus aimable. Il dit :

— Votre papa n'a pas toujours été si méchant. Il avait même un bon fond. Et il a fait honneur à son pays. Entre le Vietnam et la mort de Karen, il n'a pas eu la vie facile. C'est pour ça qu'il était comme ça.

Riley était tellement touchée qu'elle ne sut que dire.

Le videur sourit.

— Vous n'êtes pas une civile, vous non plus, hein ?

Riley sourit à son tour en sortant son badge.

— Je suis l'agent spécial Riley Paige, du FBI, dit-elle.

— Je ne suis pas surpris, dit le videur. La pomme n'est pas

tombée loin de l'arbre. C'est une visite officielle ?

— Non, dit Riley. C'est personnel. Je veux retrouver l'assassin de ma mère.

L'homme détourna les yeux, comme s'il réfléchissait.

— Miss, je ne vais pas vous dire comment faire votre travail, mais je crois que vous ne vous y prenez pas de la bonne façon.

— Comment ça ?

— Si vous cherchez quelqu'un qui détestait votre papa, il va falloir faire un sacré tri. Vous devriez peut-être chercher quelqu'un qu'il détestait, lui. Il n'était pas toujours aimable, mais il ne détestait pas grand monde. Il n'aimait pas l'espèce humaine en général, mais…

Le videur se tut.

— Je sais qu'il y a un homme qu'il détestait vraiment.

— Qui ?

— Byron Chaney. Ils ont fait le Vietnam ensemble. Byron a été blessé et il a obtenu une libération honorable. Ils sont restés bons amis pendant des années, et puis il s'est passé quelque chose. Je n'ai jamais su quoi. Mais votre papa le haïssait profondément. Et ça fait des années que Byron ne vient plus ici.

Riley en eut le souffle coupé.

— Où puis-je trouver cet homme ? demanda-t-elle.

— Je n'en sais rien. Byron n'a pas eu la vie facile, lui non plus. Tout est parti de travers et lui aussi. Aux dernières nouvelles, il travaillait au nord d'ici, à Forsyth, la station de ski. Il est peut-être toujours là-bas.

Riley était presque trop excitée pour lui répondre :

— Merci, dit-elle. Merci beaucoup.

L'homme hocha la tête en souriant.

Riley marcha vers sa voiture avec un nouvel espoir.

CHAPITRE VINGT-QUATRE

Le cœur battant d'excitation, Riley s'assit dans sa voiture au milieu du parking envahi par les mauvaises herbes. D'une main tremblante, elle feuilleta la longue liste des hommes encore en vie qui avaient servi sous les ordres de son père.

Le nom y figurait :

Chaney, Byron SGT

Après toutes ces années, avait-elle retrouvé l'assassin de sa mère ?

Elle pensa à ce que lui avait dit le videur :

« Votre papa n'a pas toujours été si méchant. Il avait même un bon fond. »

Riley n'était pas certaine de reconnaitre son père dans cette description. Elle avait abandonné l'idée de lui trouver des qualités.

L'avait-elle mal jugé ?

Elle n'avait jamais pensé à l'homme qu'il était avant la guerre, ou avant la mort de sa femme.

Aurait-elle dû se montrer plus compréhensive ?

Peut-être, pensa-t-elle.

Mais tout ce qu'il lui avait permis de juger, c'était le comportement qu'il avait eu pendant son enfance. Il s'était montré cruel envers elle, envers sa sœur, envers tous ceux qu'elle avait jamais vus en sa compagnie.

Comment aurait-elle pu comprendre ce qui l'avait rendu ainsi ?

Le videur avait également dit :

« Il n'était pas toujours aimable, mais il ne détestait pas grand monde. »

En y réfléchissant, Riley réalisa qu'il avait raison.

Son père maudissait le monde entier et l'espèce humaine en général.

Mais combien de fois l'avait-elle entendu maudire une personne en particulier ?

Rarement, sinon jamais.

S'il détestait vraiment cet homme nommé Byron Chaney, cela devait signifier beaucoup.

Riley avait entendu parler de la station de ski de Forsyth. Elle savait que ça se trouvait au nord. Elle vérifia les coordonnées GPS.

Alors qu'elle s'apprêtait à démarrer, son téléphone vibra.

Elle ressentit une pointe de culpabilité quand elle vit que c'était un sms d'April.

Elle revit passer dans la mémoire le long regard que Gabriela lui avait adressé ce matin, quand Riley lui avait dit qu'elle partait sans prendre le temps de passer un moment avec ses filles.

Le message d'April disait…

Où t'es ?

Riley tapa rapidement.

Je suis à Milladore.

La réponse d'April suivit…

Tu travailles ?

Riley soupira. Elle se sentait de plus en plus coupable. Elle répondit de manière évasive…

Je dois voir des gens aujourd'hui.

Au bout de quelques secondes, April répondit :

Tu seras là pour diner ?

La gorge de Riley se serra.

C'était à elle de décider.

Elle pouvait retourner à la maison et passer l'après-midi avec Jilly et April.

Elle pouvait oublier Byron Chaney, du moins pour l'instant.

Après tout, où était l'urgence ? S'il était mêlé à toute cette histoire, cela s'était passé des années plus tôt.

Elle le verrait une autre fois.

Elle voulut répondre : *Oui, je serai là.*

Mais ses doigts refusaient de bouger.

Si Byron Chaney avait vraiment assassiné sa mère, elle ne voulait pas attendre une journée de plus pour le traîner en justice.

Elle ne savait pas quelle serait la sentence et qui l'appliquerait, mais cela ne pouvait pas attendre.

Elle tapa…

Je ne pense pas. A plus tard.

Elle fixa son téléphone du regard pendant une minute entière.

April ne répondit pas.

Les yeux de Riley se mouillèrent de larmes et elle ravala un sanglot.

Elle essaya de rationaliser sa décision. Il y aurait d'autres samedis. Et puis, April serait un jour contente d'apprendre que Riley avait retrouvé l'assassin de sa grand-mère. Mais cela n'avait pas de sens. April n'avait jamais connu sa grand-mère. Pourquoi serait-elle contente ?

Riley savait qu'elle ne pouvait pas échapper à la réalité.

Ses motivations étaient égoïstes.

Mais elle ne voulait pas faire autrement.

Elle démarra la voiture, en suivant les instructions du GPS.

*

Pendant une heure et demie, Riley roula vers le nord en suivant la nationale qui traversait la vallée Shenandoah. La station de ski se trouvait sur les pentes des Appalaches, non loin de la frontière avec l'état de Virginie-Occidentale.

En arrivant sur les lieux, elle constata que c'était une station qui se servait de neige artificielle. Elle passa devant un terrain de golf vide. On devait également proposer d'autres activités aux touristes.

Ce n'était visiblement pas la bonne saison.

Si c'était le cas, Byron Chaney travaillait-il encore là ?

Elle espéra soudain qu'elle n'était pas venue pour rien.

Elle entra dans le spacieux lobby du bâtiment principal. Une femme d'âge mûr au visage doux se tenait derrière le comptoir de l'accueil. Riley tira son badge et se présenta. Elle dit :

— Je cherche un ancien Marine, un vétéran qui travaille peut-être ici. Il s'appelle Byron Chaney.

La femme eut l'air un peu inquiet.

— Il a des ennuis ? demanda-t-elle.

Riley ne sut que dire. Elle répondit :

— J'ai besoin de lui poser des questions sur une affaire.

La femme parut interloquée.

— Vous êtes sûre que c'est la bonne personne ? demanda-t-elle.

— Il est là ?

— Oui, il est là. Byron vit ici. C'est notre homme à tout faire : il nettoie, il répare, il travaille sur les pistes, ce genre de chose. Mais ça fait des années qu'il n'est pas parti. Je ne comprends pas en quoi il pourrait vous aider.

Riley commençait à comprendre que la femme voulait protéger Byron Chaney. Elle se demanda pourquoi elle se sentait responsable de lui.

— C'est une affaire classée, dit Riley.

La femme ne dit rien pendant un long moment. Elle semblait

réticente.

Enfin, elle pointa du doigt l'extérieur.

— Vous le trouverez certainement dans sa chambre. C'est là-bas, dans le bâtiment de la maintenance, une petite porte à côté de la pièce où on stocke notre équipement.

Riley la remercia et marcha vers le bâtiment de la maintenance. En faisant le tour, elle tomba sur d'immenses portes de garage. Il y avait une porte plus petite à côté, avec un écriteau sur lequel était écrit : « RESERVE AU PERSONNEL ».

Elle frappa à la porte.

Pas de réponse. Elle frappa à nouveau.

Une voix rauque lui répondit :

— C'est qui ? Qu'est-ce que vous voulez ?

Un frisson parcourut l'échine de Riley.

Elle pensa à l'homme dans le magasin de bonbons…

« Donne-moi ton fric. »

Etait-ce la même voix, usée par les années ?

Elle ne le savait pas encore.

CHAPITRE VINGT-CINQ

Riley était tellement stressée qu'elle en était tout étourdie. L'assassin de sa mère se trouvait-il juste derrière cette porte ?

— C'est qui ? appela encore la voix.

Riley hésita.

Devait-elle se présenter ?

Devait-elle s'annoncer en tant qu'agent du FBI ?

Enfin, elle répondit :

— Je veux juste vous parler.

— Lisez le panneau : c'est réservé au personnel.

Ne sachant que dire, Riley répondit simplement :

— S'il vous plait.

Un silence passa.

— Entrez, dit l'homme.

La porte s'ouvrit sur un espace de stockage. Il y avait des machines et des équipements de toutes sortes : des outils de jardinages, des tondeuses à gazon, des cartons empilés sur des palettes. Au début, elle ne vit personne.

— Par ici, dit la voix.

Riley se tourna et vit une porte ouverte qui débouchait sur une petite chambre.

L'homme était assis sur son lit, en jeans et en chemise de flanelle. Il semblait assez âgé, mais il devait être plus jeune qu'il n'en avait l'air. Il était corpulent et musclé, mais il paraissait étonnamment frêle. Il avait la même coupe de cheveux rasée que son père avait toujours portée. Son visage ridé était un peu gris.

La chambre était mal éclairée. Il n'y avait pas de fenêtres. Tout était bien ordonné et spartiate. Il y avait quelques livres sur une étagère entre deux presse-livres. Un maigre tapis déposé sur le sol servait de descente de lit.

Riley remarqua immédiatement l'absence de photos.

L'homme regardait fixement une vieille télé en noir et blanc, perchée sur un banc à l'extrémité du lit. C'était un match de football, sans le son.

— Qu'est-ce que vous voulez ? demanda l'homme sans regarder Riley.

Il avait la voix rauque. Riley fit un pas à l'intérieur.

— Vous êtes Byron Chaney ?

— Qui le demande ?

Riley comprit qu'il n'allait pas lui parler à moins d'avoir une bonne raison. Elle sortit son badge.

— Je suis l'agent spécial Riley Paige du FBI, dit-elle.

L'homme tourna la tête vers elle. Il avait un regard mort et des yeux enfoncés dans leurs orbites. Il ne montra qu'un peu de surprise et d'inquiétude.

Riley fit un deuxième pas en direction du lit.

— Vous vous trompez de mec, dit-il.

— Vous ne savez même pas pourquoi je suis là, dit Riley.

— Peu importe. Vous vous trompez de mec. C'est derrière moi, tout ça.

Tout ça ? se demanda Riley.

Que voulait-il dire ?

Elle croisa les bras pour s'empêcher de trembler. Elle avait les mains moites. Plus les minutes passaient, plus Riley sentait que c'était l'homme qui avait tué sa mère.

L'homme dit :

— Ecoutez, je file droit depuis des années. J'ai travaillé dur pour reprendre ma vie en main. Tous ces gens de Forsyth, ils me traitent bien, ils prennent soin de moi. Ce que vous voyez dans cette chambre, c'est tout ce que j'ai. Je vous demande juste de ne pas me prendre ça.

Riley ne répondit pas pendant un long moment. Puis elle demanda :

— Vous avez servi dans les Marines ? Compagnie Roméo, onzième bataillon, trentième régiment ?

Byron Chaney hocha la tête en silence.

— Vous avez servi sous les ordres du capitaine Oliver Sweeney ?

Une expression étrange et chagrinée passa sur le visage de Byron.

— C'était mon commandant. C'était mon…

Il détourna les yeux. Riley sentit qu'il s'était retenu au dernier moment de prononcer le mot « ami ». Pour une raison ou pour une autre, il n'avait pas pu terminer sa phrase.

Elle se demanda pourquoi.

Puis il dit à voix basse :

— Attendez une seconde.

Il tourna à nouveau la tête vers elle.

— Riley ? Vous avez dit que vous vous appeliez Riley ?

Riley hocha la tête.

Un sourire passa sur le visage de l'homme.

— Oh, j'aurais dû te reconnaitre tout de suite. Mais tu ne te souviens pas de moi. Non, bien sûr que non, tu étais trop petite. Tu m'appelais ton oncle.

Soudain, des souvenirs dégringolèrent dans la mémoire de Riley.

Elle était petite, très petite. Elle jouait avec un homme qui éclatait d'un rire joyeux et contagieux.

Il l'emmenait au cirque. Sa mère était là. Et sa sœur.

Riley poussa un hoquet de surprise.

— Oncle By, dit-elle.

Les souvenirs étaient forts, mais ils étaient difficiles à croire. L'homme qui paraissait maintenant si usé avait été si jeune, si charmant… Il était passé dans leurs vies en coup de vent… Elle était très petite… Elle n'avait pas pensé à lui depuis des années.

Son sourire s'élargit.

Oui, elle reconnaissait dans ce sourire l'homme qu'il avait été.

— Un agent du FBI ! dit-il avec un soupir émerveillé. Oh, ton papa doit être très fier.

Le ventre de Riley se noua.

— Byron, papa est mort. Il avait un cancer.

Tout le visage de Byron s'affaissa sous l'effet du choc.

— Quand ? demanda-t-il.

— En novembre dernier.

Il baissa la tête.

— J'espère qu'il est enfin en paix, dit-il.

Riley eut soudain l'impression que le monde tournait autour d'elle.

Rien dans sa vie ne paraissait plus réel.

Etait-il possible que cet homme ait tué sa mère ?

Maintenant, elle n'arrivait plus à y croire.

Pourtant, elle sentait qu'il gardait un sombre secret.

Elle reprit la parole d'une voix lente :

— Byron, je ne suis pas là en tant qu'agent du FBI. Ce n'est pas une visite officielle. C'est personnel.

Byron la dévisagea avec curiosité. Riley dit :

— Je veux retrouver l'homme qui a tué ma mère.

Byron sursauta comme sous l'effet d'un choc électrique. Ses yeux se mouillèrent de larmes.

— Oh merde, merde, merde, dit-il.

Il avait soudain la voix lourde. Il se sentait coupable.

— C'est vous ? demanda Riley d'une voix tremblante. C'est vous qui lui avez tiré dessus ?

Byron bafouilla entre les sanglots :

— C'était… Je peux pas… Je ne sais pas…

Riley ne pouvait plus respirer.

Elle comprit qu'elle était sur le point d'apprendre quelque chose qu'elle aurait préféré ignorer.

Elle allait devoir vivre avec cette information jusqu'à la fin de sa vie.

Elle voulut se lever et s'enfuir. Mais elle était paralysée.

— Dites-moi.

Byron s'essuya le nez sur sa manche. Il essaya de se calmer.

— Riley, ton père était un type bien. Mais c'était un homme très dur. Il ne pouvait pas s'en empêcher. C'est le Vietnam qui a fait de lui ce qu'il était. C'était lui qui donnait les ordres. Et il y avait des ordres terribles à donner. Il lui est arrivé de choisir ceux qui allaient vivre et ceux qui allaient mourir, même parmi ses propres hommes. Les soldats le détestaient, sauf moi. J'étais le seul à comprendre. J'étais son seul véritable ami.

Byron grogna.

— Comme j'étais blessé à la jambe, ils m'ont filé une libération honorable et je suis rentré à la maison. Quand ton papa est rentré lui aussi, on est restés très proche. J'ai rencontré Karen et ta grande sœur et toi aussi. Je faisais partie de la famille. Mais…

Il se tut.

— S'il vous plait, essayez de me le dire.

Byron se racla bruyamment la gorge.

— Je voyais bien ce que la guerre lui avait fait. Il buvait beaucoup à l'époque. Et je voyais comment il traitait ta sœur. Il la battait pour rien. Il maltraitait ta mère aussi. Ça me brisait le cœur.

Byron secoua la tête.

— Puis Oliver a été rappelé par l'armée. Le Liban, cette fois. Et quand il est parti… Eh bien, ta mère et moi, on s'est rendus compte qu'on était tombés amoureux l'un de l'autre, sans faire attention. On a eu une aventure.

Riley resta bouche bée.

Elle n'avait jamais imaginé une chose pareille dans ses rêves les plus fous.

Byron poursuivit :

— Je voulais arranger les choses. Je voulais qu'elle quitte Oliver. Je voulais l'épouser. J'aimais Oliver comme un frère, mais il la maltraitait. Je pensais qu'elle serait plus heureuse avec moi. Et ta sœur, Wendy. C'était une petite rebelle, mais je savais me débrouiller avec elle. Je voulais être un bon père pour vous deux.

Il se tut.

— Karen y a réfléchi. Je pense même qu'elle y a beaucoup pensé. Mais à la fin… Elle n'a pas pu. Elle ne voulait pas l'abandonner. Et c'est comme ça que les choses se sont terminées entre nous. Et puis…

Il ravala un sanglot.

— Je n'arrête pas de penser… que c'est de ma faute si elle est morte.

Riley frémit.

— Que voulez-vous dire ?

— Il a su pour Karen et moi, alors qu'il était à l'étranger. Je ne sais pas comment. Un de ses potes en ville a dû lui écrire. Ce n'est pas lui qui a tiré. Il n'était même pas en Amérique. Mais je me suis toujours demandé… Et si c'était lui qui avait tout arrangé ?

A cet instant, Riley ressentit quelque chose qui allait au-delà de l'horreur. De sombres ténèbres remontèrent dans sa poitrine. Elle comprit qu'elle allait s'évanouir.

Elle lutta pour rester consciente. Il fallait qu'elle entende cette histoire. Byron dit :

— Quand il est rentré du Liban, je me suis dit qu'il allait me tuer, moi aussi. En fait, j'espérais à moitié qu'il le ferait. Mais il s'est contenté de me repousser. On n'a plus jamais parlé. C'était pire que tout. Tout est parti de travers après ça. Je me suis mis à boire, à me battre avec tout le monde, à voler. J'ai fait de la prison. C'est derrière moi, tout ça. Maintenant, je suis là.

Il se tut, le regard perdu dans le vide, peut-être dans ses souvenirs.

Sous les yeux de Riley, son visage changeait.

C'était comme si les années se retiraient une à une, comme si cet homme ravagé et usé redevenait le jeune vétéran charmant qu'il était autrefois. L'homme dont sa mère était tombée amoureuse.

L'homme que maman aurait pu épouser, réalisa-t-elle.

A quoi aurait pu ressembler sa vie si c'était arrivé ?

Wendy ne serait peut-être pas partie.

Et Wendy et Riley l'aurait peut-être appelé « papa ».

Ça défiait son imagination.

Ce fut alors que quelqu'un l'appela de l'extérieur. Riley reconnut la voix de la femme qui l'avait accueillie dans le lobby.

— Byron, on a un problème de plomberie. Tu peux venir ?

Byron répondit :

— Oui, j'arrive tout de suite.

Il se leva et se dirigea vers la porte.

Soudain, c'était comme si Riley n'était plus là.

— Byron…, dit-elle.

Il secoua la tête.

— Oubliez ça, dit-il sans la regarder. Oubliez tout ce que j'ai dit.

Riley lui tendit sa carte de visite.

— Prenez ça, dit-elle. Appelez-moi si vous vous rappelez de quoi que ce soit.

Il prit la carte sans un mot. Puis il sortit de la chambre et s'éloigna.

Riley resta assise sur le tabouret pendant une minute entière, en état de choc. Quand elle put rassembler ses pensées, elle se leva et marcha vers sa voiture.

En démarrant, elle pensa à ce que lui avait dit Byron :

« Oubliez tout ce que j'ai dit. »

Si seulement c'était possible. Mais ça n'arriverait jamais.

CHAPITRE VINGT-SIX

La nuit tomba alors que Riley conduisait en direction de Fredericksburg. C'était une nuit étoilée et éclairée par une lune brillante. Pourtant, Riley avait l'impression de traverser un des moments les plus noirs de son existence.

Elle se cramponnait au volant pour se calmer.

La maison, pensait-elle. *Je dois rentrer à la maison.*

Mais elle avait la sensation terrifiante et étrange qu'elle n'avait plus de maison. C'était comme si toute sa vie était un mensonge.

Des images et des souvenirs d'enfance ne cessaient de lui traverser l'esprit.

Etaient-ils seulement réels ?

Elle faillit perdre le contrôle de son véhicule et se planter dans un fossé. Elle ne pouvait pas continuer comme ça.

Et puis, elle se rendit compte soudain qu'elle avait faim Elle n'avait pas mangé depuis le petit déjeuner, et seulement un bout de pain.

Je dois m'arrêter quelque part, pensa-t-elle. *Je dois retrouver la maitrise de mes nerfs.*

Riley prit une sortie vers une aire d'autoroute. Elle sortit de la voiture et marcha d'un pas chancelant vers le bâtiment. Elle s'assit dans le premier box. Elle commanda un sandwich et un café, ignorant la bière dont elle avait vraiment envie.

En attendant, elle essaya de réfléchir à ce qui s'était passé.

Mais elle n'arrivait toujours pas à y croire.

Comment cette fuite en avant désespérée à la recherche de l'assassin de sa mère avait-elle commencée ?

Elle se rappela le message de Hatcher :

« Renonce à ton père et abjure ton nom. »

C'était ainsi que tout avait commencé. Maintenant qu'elle avait rassemblé les pièces du puzzle, il était évident que Hatcher avait toujours su où son indice la conduirait : dans un océan de doutes et d'incertitudes.

Elle frémit.

Mais pourquoi ? se demanda-t-elle.

Pourquoi l'avait-il envoyée dans ce purgatoire qui la faisait douter de tout son univers ?

Il devait avoir ses raisons.

Après tout, Shane Hatcher se prenait pour son mentor. Il

voulait la former en tant que détective, mais aussi en tant qu'être humain.

Il y avait une leçon à tirer de cette histoire.

La commande de Riley arriva. Elle but une gorgée de café et mordilla son sandwich, sans cesser de réfléchir.

Hatcher avait peut-être voulu lui faire comprendre que toutes les énigmes n'avaient pas nécessairement de réponse. Si c'était le cas, c'était une leçon qu'elle retiendrait.

Et une leçon qui la plongeait dans le désespoir.

Elle secoua la tête. Il fallait qu'elle se remette de son émotion. Comme elle était incapable de le faire toute seule, elle devait trouver quelqu'un à qui parler. Mais qui ?

Il était hors de question d'en parler aux filles. April avait bien assez de choses à gérer et Jilly n'était pas prête à plonger dans l'histoire de sa nouvelle famille. Bien sûr, ce n'était pas une bonne idée d'en discuter avec Ryan et Riley ne connaissait pas Blaine suffisamment. C'était un fardeau trop lourd pour les épaules de Gabriela. Et comment pouvait-elle en parler à Bill, alors qu'elle travaillait sur une affaire avec lui et n'était pas censée faire autre chose ?

Une personne lui vint à l'esprit.

Elle connaissait un psychiatre de Washington nommé Mike Nevins depuis des années. L'UAC faisait parfois appel à lui. Riley le trouvait toujours de bon conseil. C'était un ami proche. Il l'avait aidée à surmonter son stress post-traumatique.

Elle sortit son téléphone et composa le numéro de son bureau. Puis elle se rappela que Mike Nevins n'était pas dans son bureau à cette heure-ci, un samedi soir. Il devait être chez lui.

Elle avait son numéro d'urgence. Mais était-ce une urgence ?

Riley évalua son anxiété.

Elle tremblait de tout son corps et elle était au bord des larmes.

Elle ne pensait sincèrement pas qu'elle pouvait passer la nuit sans l'aide de quelqu'un.

C'est une urgence, décida-t-elle.

Elle composa le numéro. La voix plaisante et douce de Mike répondit :

— Riley ? Que se passe-t-il ?

Riley lutta contre ses propres larmes.

— Mike, ça ne va pas du tout. Il s'est passé quelque chose et je n'arrive plus à gérer mes émotions. On peut en discuter ?

— Avec plaisir. Tu ne préfères pas parler de vive voix ?

Riley ne répondit pas pendant de longues secondes.

— Où es-tu ? demanda Mike.

— Je… Je suis sur la route. Une aire de repos.

— Tu pourrais être dans mon bureau dans combien de temps ?

Riley eut du mal à répondre. Elle ne se rappelait même plus exactement où elle se trouvait.

Enfin, elle dit :

— Peut-être dans une heure et demie.

— Tu penses que tu peux conduire ?

Pendant un instant, Riley n'en fut pas certaine. Mais la voix de Mike l'avait déjà calmée.

— Je pense, dit-elle.

— Très bien. Je te retrouve dans mon bureau. Je t'attendrai.

Ils raccrochèrent. Riley abandonna son café et son sandwich, retourna dans sa voiture et redémarra.

*

Il était tard quand Riley arriva devant le bureau de Mike. Elle se gara et jeta un coup d'œil à son téléphone. Elle relut son échange de sms avec April.

April lui avait demandé…

Tu seras là pour diner ?

Et Riley avait rapidement répondu…

Je ne pense pas. A plus tard.

Ce dernier message était parti depuis de longues heures. April n'avait pas répondu. Etait-elle en colère, déçue, amère ?

Peut-être les trois, pensa Riley.

Et pourquoi ne le serait-elle pas ?

Riley avait passé la journée loin de la maison. Son travail la poussait souvent à partir. Et même quand elle était à la maison, elle n'y était pas réellement – pas dans sa tête.

April devait dormir, tout comme Jilly et Gabriela.

Quand elle rentrerait, la maison serait très silencieuse. Personne ne viendrait la saluer, lui donner un câlin ou lui demander si elle avait passé une bonne journée.

Elle serait toute seule.

Riley ne pouvait s'empêcher de penser qu'elle le méritait.

L'immeuble de bureaux était fermé, mais il y avait un bouton pour les rendez-vous qui avaient lieu en dehors des horaires habituels. Dès qu'elle le poussa, la porte s'ouvrit en bourdonnant.

Elle entra. Mika l'attendait à l'entrée de son bureau. Elle fut étonnée de le trouver aussi élégant et chic que d'habitude. Il portait une chemise hors de prix et une veste.

Riley ne put s'empêcher de sourire.

A le voir, on avait du mal à croire qu'il était tard et que l'immeuble était fermé depuis longtemps. Il était aussi fringant qu'en milieu de journée.

Ils s'installèrent dans son bureau confortable et faiblement éclairé.

— Dis-moi ce qui se passe, dit-il d'un air inquiet.

La gorge de Riley était tellement serrée qu'elle lui faisait mal. Elle avala sa salive.

— J'essaye de résoudre le meurtre de ma mère, dit-elle.

Mike écarquilla les yeux. Ils avaient souvent discuté de la mort de sa mère.

— Difficile de ne pas trouver une piste plus froide que celle-là, dit-il.

— Je sais, Mike. Tu comprends, j'ai reçu un tuyau d'une source très particulière et…

Mika la coupa :

— Riley, attends une seconde.

Riley se tut, en se demandant ce qui se passait. Mike dit :

— Tu sais que je suis très attaché aux règles de confidentialité. Mais attention à ce que tu vas me dire. Si tu as enfreint la loi, ou si tu pourrais l'enfreindre, je dois intervenir. Il n'y a plus de confidentialité. Tu as bien compris ?

Mike la dévisageait avec intensité. Ce regard disait à Riley tout ce qu'elle avait besoin de savoir.

Il avait deviné que c'était Shane Hatcher qui lui avait donné l'information. Il n'avait eu aucun mal à le faire. Après tout, c'était Mike lui-même qui lui avait conseillé de s'adresser à Hatcher, quand celui-ci était toujours prisonnier à Sing Sing. Mike avait dit à Riley que son expertise pouvait s'avérer utile.

Bien sûr, tout était différent maintenant que Hatcher était en cavale. Sa relation avec lui était illégale. Si Riley sous-entendait qu'elle était en contact avec lui, Mike n'aurait pas d'autre choix que de contacter ses supérieurs, probablement Brent Meredith.

— Je comprends, dit Riley.

— Bien, dit Mike. Dis-moi ce que tu peux.

Riley lutta contre ses propres larmes.

— J'ai appris quelque chose de terrible, Mike. Ma mère avait un amant peu avant sa mort. J'ai retrouvé l'homme. Je lui ai parlé. Il s'appelle Byron. Il m'a tout dit. Il m'a dit qu'il voulait qu'elle quitte papa et qu'elle l'épouse, mais elle ne voulait pas.

— Ce doit être un choc terrible, dit Mike.

Riley retint son souffle et dit :

— Je crois que papa… a peut-être fait quelque chose d'atroce.

Mike haussa les sourcils.

— Tu penses qu'il aurait pu la tuer ?

— Non, il était à l'étranger, mais il a su qu'elle avait un amant, et Byron pense que… Et maintenant, je me dis que…

Elle se tut. Mike dit :

— Prends ton temps pour rassembler tes souvenirs. Quand tu étais petite, tu savais peut-être qu'il se passait quelque chose, mais tu ne comprenais pas quoi. Il y a quelque chose qui remonte ? Ferme les yeux. Détends-toi. S'il y a quelque chose, ça va revenir. Quand tu trouveras, dis-le-moi.

Riley ferma les yeux et inspira profondément.

Elle se rappela une scène qui l'avait toujours laissée perplexe.

CHAPITRE VINGT-SEPT

Riley ne comprenait pas pourquoi la scène dont elle se rappelait l'avait hantée si longtemps. Cela n'avait pas de sens. Il ne s'était rien passé. C'était juste une conversation qui avait souvent tourné en boucle dans sa tête.

Assise dans le bureau de Mike Nevins, les yeux fermés, cette scène lui revenait en mémoire. Elle ne savait toujours pas ce qu'elle signifiait.

Mike dit :

— Dis-moi ce dont tu te rappelles.

Les yeux toujours fermés, Riley décrivit son souvenir.

— Je devais avoir cinq ans. Je suis entrée dans la cuisine. Maman et ma sœur, Wendy, étaient en train de discuter. Wendy avait environ quinze ans. Maman pleurait. Wendy lui répétait : « Maman, s'il te plait, fais-le ». Elle pleurait aussi. « Tu seras tellement plus heureuse. Je serai tellement plus heureuse. Et Riley aussi. On sera tous plus heureux. » Mais maman pleurait. « Je ne peux pas, disait-elle. J'en ai parlé à l'aumônier. Il m'a tout expliqué. Je ne peux pas. »

C'était tout. Pourquoi cette scène était-elle restée gravée dans sa mémoire.

Soudain, c'était comme si la lumière s'était faite dans la tête de Riley. Elle ouvrit les yeux et les leva vers Mike. Il dit :

— Maintenant, tu comprends ce qui se passait, non ?

Riley hocha la tête.

— Elles parlaient de Byron. Maman a dit à Wendy que Byron voulait qu'elle divorce de mon père et qu'elle l'épouse. Wendy voulait qu'elle le fasse. Elle la suppliait de le faire. Mais ma mère ne pouvait pas. A cause de ce que lui avait dit un aumônier.

D'une voix très douce, Mike dit :

— C'était une autre époque, Riley. Les femmes ne quittaient pas leurs maris. Et si elle en a parlé à un aumônier militaire, il a dû lui dire qu'elle ne pouvait pas le quitter. Il lui a peut-être dit que c'était une question de vie ou de mort. Son mari était au front à l'étranger. Recevoir une telle nouvelle aurait pu le tuer. C'est arrivé souvent. On retrouvait ce genre de lettres sur les corps.

Une vague de tristesse traversa Riley. Pour sa mère, pour sa sœur et pour elle-même.

— Wendy s'est enfuie peu après, dit Riley. Je crois que maman s'en voulait. Elle répétait que tout était de sa faute, même ce qui n'allait pas chez papa, la manière dont il maltraitait tout le monde. Elle a ignoré la seule chance qu'elle avait d'être heureuse, mais elle s'en voulait. Elle s'en est voulu jusqu'à sa mort.

Riley sanglotait à présent. Elle ouvrit les yeux. Mike lui tendit un mouchoir.

— Elle aurait pu être heureuse, dit Riley. Quand je pense à ce qui aurait pu se passer…

Elle avait du mal à l'imaginer, encore moins à la décrire avec des mots – la vie qu'elle aurait vécue si sa mère avait divorcé de son père et épousé Byron.

Il y avait autre chose dont elle voulait discuter avec Mike.

— J'ai fait un cauchemar, la nuit dernière. Je repoussais tous les gens que j'aime. Je les poussais sur le côté parce qu'ils se tenaient sur mon chemin. A la fin, il ne restait plus que lui, l'homme qui a tué ma mère.

— A ton avis, que signifie ton rêve ? demanda Mike.

Riley se tut. Elle s'était refusé d'y penser jusqu'à cet instant.

— Ça signifie qu'il y aura peut-être un prix à payer si je poursuis mes recherches. Je vais peut-être finir seule…

Elle se tut. Mike formula exactement ce qu'elle pensait :

— Seule avec les démons de ton passé.

Riley hocha la tête.

— Riley, s'il y a bien une chose que j'ai appris au cours de ma carrière, c'est que le passé est passé. Il est absent. On doit vivre dans le présent. C'est effrayant pour chacun d'entre nous. C'est peut-être la chose la plus difficile à faire, plus difficile encore que de faire la paix avec son passé. Pense à ta mère, écrasée par sa culpabilité et son fardeau. Tu dois apprendre de son exemple. Tu ne veux pas finir comme elle.

Tout ce que Mike était en train de dire avait du sens.

Bien sûr, c'était pour cette raison que Riley était venue lui demander de l'aide.

Elle s'essuya les yeux et prit une grande inspiration. Tout son corps se détendit.

— Qu'est-ce que tu vas faire maintenant ? demanda Mike.

Riley haussa les épaules.

— Je crois qu'il n'y a rien de plus que je puisse faire pour trouver l'assassin de mon père. Je vais devoir vivre avec l'idée que mon père était peut-être mêlé à toute cette histoire. Je ne saurai jamais la vérité.

— Qu'est-ce que tu fais demain ? Tu n'es pas censée travailler sur l'affaire du tueur aux allumettes ?

— Non, j'y retourne lundi.

— Dans ce cas, passe du temps avec tes enfants demain.

Cela semblait tellement simple.

Y arriverait-elle ?

Qu'est-ce qui pouvait l'en empêcher ?

— Merci, Mike, dit-elle. Merci beaucoup.

Mike lui adressa un sourire chaleureux.

— Je suis toujours content de t'aider. Maintenant, rentre à la maison. Il est l'heure d'aller dormir pour toi et moi.

*

Quand Riley se réveilla le lendemain matin, il faisait grand jour. En regardant son réveil, elle vit qu'il était bientôt dix heures.

La journée de la veille l'avait tellement épuisée qu'elle avait dormi plus longtemps que d'habitude.

Elle faillit bondir du lit pour se préparer à partir au travail.

Puis elle se rappela que c'était dimanche – un dimanche bien différent de tous les autres dimanches de sa vie. Elle ne travaillait pas sur une affaire urgente. Elle n'avait rien à faire.

C'était un sentiment étrange. Elle se demanda si elle allait s'y habituer. Elle avait dormi d'un sommeil profond, sans faire de cauchemar. Elle ferma les yeux et se remit à somnoler. Elle fut à nouveau réveillée par une délicieuse odeur.

Du bacon, pensa-t-elle *Et du café.*

Elle entendit quelqu'un frapper à la porte, puis la voix d'April :

— Maman, tu vas rester couchée toute la journée ?

Riley se redressa. April entra en souriant, avec un plateau dans les mains. Elle marchait lentement pour ne rien renverser.

Puis Jilly apparut à son tour, en souriant.

— Salut, maman, dit-elle.

Riley avait le cœur serré par la gratitude.

— Merci beaucoup ! dit-elle aux filles.

— Oh, c'est pas nous qu'il faut remercier, dit Jilly. C'est Gabriela qui a cuisiné.

— Mais c'était l'idée de Jilly, ajouta April.

Riley en croyait à peine ses yeux et ses oreilles. C'était une délicate attention de la part de toutes les trois : Gabriela, April et Jilly. Elle se rappela combien elle s'était sentie triste, seule et coupable la veille – si loin de chez elle.

C'était comme si sa petite famille savait qu'elle avait besoin d'un remontant.

Riley redressa son oreiller derrière elle et se mit à manger. Les filles s'assirent au bord du lit.

— Alors, demanda Riley, qu'est-ce que vous voulez faire aujourd'hui ?

April écarquilla les yeux.

— Tu veux dire que tu prends ta journée ? demanda-t-elle.

— Pourquoi pas ? Des suggestions ?

April et Jilly échangèrent un regard.

— Il y a une foire en ville, dit April. Et si on y allait ?

Riley pensa à son rendez-vous avec Blaine et aux stands que des équipes commençaient à installer dans la rue.

— Je croyais que c'était hier, dit-elle.

— Ça a ouvert hier, dit April. Ça continue aujourd'hui.

— C'est une excellente idée, dit Riley. Allons-y dès que tout le monde aura mangé.

April et Jilly éclatèrent de rire. April dit :

— Tout le monde a mangé sauf toi.

— Va falloir nous rattraper ! s'exclama Jilly.

Les filles filèrent dans le couloir. Riley se dépêcha d'engloutir son petit déjeuner.

*

Peu après, Riley et Gabriela déambulaient tranquillement entre les stands des artisans, pendant que les filles farfouillaient.

— Regardez les *bolsos* ! s'exclama soudain Gabriela.

Riley suivit du regard la direction de son doigt tendu vers un stand de sacs colorés. Elle comprit immédiatement ce qui avait attiré l'attention de Gabriela. Ils étaient tressés comme au Guatemala.

— Voulez-vous que je vous en offre un ? demanda Riley.

— Oh, j'en ai déjà un, répondit la bonne.

— Il se fait vieux.

Comme Gabriela hésitait, Riley fit signe à la femme qui tenait le stand pour réclamer le sac et paya. Gabriela sourit de toutes ses dents et la remercia deux ou trois fois. Les filles surgirent en courant.

— Ecoutez ! De la musique ! dit April.

Gabriela et Riley suivirent les filles dans la grande salle de bal où Riley et Blaine avaient dansé. Le groupe jouait de la musique. La salle était encore mieux décorée et très animée.

Ce fut alors que le chanteur du groupe reconnut Riley. Il lui sourit et lui adressa un signe, arrêtant immédiatement la chanson pour jouer « One More Night ».

Riley rougit.

— Qu'est-ce qui se passe ? demanda April. C'est qui, ce type ?

— Juste un ami de Blaine, répondit Riley.

April la fixa d'un regard espiègle, essayant visiblement de deviner ce qui faisait rougir sa mère. Jilly l'interrompit avant qu'elle n'ait eu le temps de poser des questions gênantes.

— Eh, quelqu'un a faim ? Moi oui.

Riley étouffa un rire. Non, elle n'avait pas faim. Elle avait mangé son petit déjeuner beaucoup plus tard que les autres, après tout. Mais elle se joignit au groupe.

En marchant tranquillement pour trouver un endroit pour manger, elles passèrent devant le restaurant de Blaine. Ça bouillonnait d'animation. Blaine avait même sorti des tables sur la terrasse. Riley fut presque embarrassée de se retrouver là.

Elle constata avec soulagement qu'il n'y avait pas de table libre.

Riley vit la fille de Blaine, Crystal, en train de marcher entre les tables. Elle était visiblement venue aider son père. Elle les remarqua à l'entrée.

— April ! s'exclama-t-elle.

Crystal courut à l'extérieur et les deux filles s'étreignirent comme des amies qui ne se sont pas vues depuis longtemps.

— Qu'est-ce que tu fais là ? demanda Crystal.

— Je me promène.

— Oh là là, il faut absolument que vous veniez manger ici ! Sinon, je serai vexée !

Sans attendre de réponse, Crystal fit signe à un groupe de serveurs. Comme par magie, on installa une table supplémentaire. Les clients qui attendaient en file indienne les regardèrent passer avec des regards noirs de jalousie.

Riley, Gabriela et les filles s'assirent.

— Je reviens tout de suite ! dit Crystal.

Elle se précipita dans le restaurant. Aussitôt, un serveur vint prendre leur commande. On les traitait comme des VIP. Etait-ce parce qu'April était l'amie de Crystal ? se demanda Riley. *Ou bien est-ce pour moi ?*

— Vous avez choisi ?

Gabriela examinait le menu d'un air indécis et les filles se disputaient dans la bonne humeur à propos de ce qu'elles voulaient manger.

Riley se rappela le délicieux cheesecake à la framboise qu'elle avait mangé vendredi.

— Quelque chose de sucré. Faites-nous la surprise.

Riley remarqua Blaine qui prenait la commande d'une autre table. Elle ressentit une pointe de tristesse et d'embarras en pensant à la manière dont leur rendez-vous s'était terminé. Elle se demanda s'il voudrait encore lui parler.

Ce fut alors que Crystal s'approcha de lui et lui glissa quelque chose à l'oreille. Blaine regarda dans leur direction et adressa un grand sourire et un signe de la main à Riley.

Il va peut-être me donner une deuxième chance, pensa-t-elle.

Puis autre chose attira l'attention de Riley. Un homme de l'âge de son père était assis à table avec sa famille : son épouse, ses enfants adultes et ses petits-enfants. Ils riaient et passaient un bon moment.

Pendant un instant, elle reconnut Byron Chaney en lui – du moins ce que Byron serait devenu si sa vie avait été différente. Il y avait une femme à sa table, sans doute sa fille, qui ressemblait un peu à Riley. Elle taquinait son père en souriant.

Riley ressentit une pointe de tristesse. La vie qu'elle aurait pu avoir. A quelques mètres d'elle.

C'était une vie qui semblait parfaite. Il n'y avait pas d'erreurs, ni de regrets, ni d'échecs.

Riley balaya la salle du regard. Soudain, elle ne se sentait plus du tout à sa place parmi ces gens heureux.

C'était une sensation qu'elle ne connaissait que trop bien.

Demain, elle retournerait dans son univers et elle ferait ce qu'elle était censée faire : chasser les monstres et les trainer devant la justice.

C'était une pensée triste et sombre, mais Riley parvint à sourire quand Crystal leur apporta un dessert.

Malgré son sourire, dans sa tête, elle était déjà retournée au travail.

Allaient-ils enfin retrouver la piste du tueur aux allumettes ?

CHAPITRE VINGT-HUIT

Riley arriva à l'UAC le lendemain matin tôt et pressée de se remettre au travail. En chemin vers son bureau, elle croisa Bill et Jake dans le couloir.

— On a une piste, dit Bill avec un grand sourire.

— Qu'est-ce que tu veux dire ? demanda Riley.

Jake dit :

— Woody Grinnell m'a appelé ce matin. Il a distribué des flyers du portrait-robot. Ça a peut-être marché. Un type qui est venu ce matin dans son restaurant lui a dit qu'il avait peut-être vu le tueur.

La tête de Riley bouillonna d'excitation.

— Il a reconnu le visage ? demanda-t-elle.

— Pas exactement, dit Jake. On dirait qu'il a vu le tueur le soir du meurtre.

Riley ressentit une pointe de déception :

— Ça fait si longtemps ? demanda-t-elle. Il a dû en parler à la police à l'époque.

— Apparemment non, dit Jake. Woody nous conseille de lui parler. Je lui ai dit qu'on se donnait rendez-vous dans son restau à Greybull dès que possible.

— Alors allons-y.

Les trois agents sortirent du bâtiment et se dirigèrent vers le véhicule de fonction qu'ils avaient utilisé la dernière fois. Comme Riley conduisait, Jake et Bill lui racontèrent leur week-end. Ils avaient passé beaucoup de temps ensemble, à commencer par la compétition de natation du fils de Bill le samedi. Puis, dimanche soir, ils avaient regardé un match de basket dans un bar.

Pendant qu'ils se remémoraient en détail les actions décisives de la rencontre, Riley se félicita de les avoir présentés l'un à l'autre. Elle était très attachée à eux et elle savait qu'ils avaient beaucoup de choses en commun.

Enfin, Bill demanda :

— Et toi, Riley ? Tu as passé un bon week-end ?

Riley avala sa salive.

— Oh, comme ci, comme ça, dit-elle.

A son grand soulagement, Bill et Jake reprirent leur conversation sans lui demander de détails. Mais des souvenirs de son week-end lui revinrent en mémoire.

Elle n'avait toujours pas digéré le récit de Byron Chaney – ni son aveu désespéré.

« Je n'arrête pas de penser... que c'est de ma faute si elle est morte. »

Riley frémit. Si seulement elle n'avait pas succombé à l'offre tentatrice de Hatcher... Qu'est-ce que ça lui avait apporté ?

Plus elle y pensait, plus elle était certaine qu'elle ne pourrait jamais vraiment résoudre le mystère de la mort de sa mère.

C'était tellement futile. Heureusement, Riley avait une affaire à résoudre pour se changer les idées.

Peut-être qu'on tient une piste, pensa-t-elle.

*

Une heure et demie plus tard, Riley se gara devant le restaurant de Woody Grinnell.

Woody les accueillit à l'entrée.

— Timing impeccable ! dit-il. Tony vient de terminer sa tournée et il est arrivé il y a quelques minutes.

Woody les conduisit vers un large box à l'écart des autres clients. Un homme au physique très banal portant un uniforme de facteur était assis sur la banquette. Il devait avoir une trentaine d'années.

Woody invita le groupe à s'asseoir, puis commanda des cafés pour tout le monde.

— Je vous présente Tony Veach, dit Woody à Riley et ses collègues. C'est le type dont je vous ai parlé. Il est venu ce matin me dire qu'il avait vu quelque chose la nuit du meurtre. Dis-leur ce que tu m'as dit, Tony.

Tony semblait un peu gêné.

— Je ne sais pas si je vais pouvoir vous aider, dit-il. C'était il y a longtemps. En fait, je n'y avais pas pensé depuis des années. Mais quand j'ai vu ce flyer hier et j'ai des souvenirs qui sont revenus. J'en ai fait des cauchemars...

Il se tut. Riley dit :

— Essayez juste de vous rappeler le mieux possible.

Tony but une gorgée de café.

— Je devais avoir environ sept ans, dit-il. Mes parents n'étaient pas très stricts et je passais beaucoup de temps dehors. J'aimais beaucoup aller dans les bois, la nuit, quand il faisait clair.

Tony eut l'air pensif.

— Une nuit, alors que je me promenais, et j'ai appris plus tard que je me trouvais à l'endroit où Tilda Steen avait été enterrée… J'ai entendu quelque chose. Ça m'a fait peur. Je me suis planqué derrière un arbre. J'ai jeté un petit coup d'œil et…

Tony fit la grimace.

— Ecoutez, je n'étais qu'un gosse. Je suis adulte maintenant et je ne crois plus à ces choses-là. Mais, à l'époque, j'étais certain d'avoir vu un fantôme.

Riley sursauta. Elle remarqua que Bill et Jake échangeaient des regards sceptiques. Tony poursuivit.

— Je suis rentré chez moi en courant. Je n'ai rien dit à personne au début. Puis, quelques jours plus tard, ils ont trouvé le corps de Tilda dans les bois. Alors j'ai dit à mon père que j'avais vu un fantôme cette nuit-là, la nuit où c'était arrivé. Il ne m'a pas cru, évidemment. Il m'a dit que les fantômes n'existaient pas et que je devais oublier cette histoire.

Tony haussa les épaules avec embarras.

— Et c'est ce que j'ai fait. Jusqu'à aujourd'hui.

Riley prépara mentalement des questions à poser à Tony pour décomposer son souvenir et comprendre ce qu'il avait vu – s'il avait bien vu quelque chose.

Puis elle eut une autre idée. Elle dit :

— Allons voir. Allons-y tout de suite.

— Où ça ? demanda Woody.

— Là où le corps de Tilda a été retrouvé.

Woody fronça les sourcils d'un air sceptique.

— Il n'y a rien à voir. Plus maintenant.

— Allons-y quand même.

Bill et Jake eurent l'air surpris, mais Riley insista et le groupe quitta le restaurant. Woody et Tony montèrent dans une voiture séparée. Les agents les suivirent dans leur véhicule de fonction.

— Je ne suis pas sûr que ce soit une bonne idée, dit Jake.

— Moi non plus, dit Bill. Il me rappelle un peu trop le timbré de Denison. Celui qui raconte que le tueur est un extraterrestre. Ce type n'a pas l'air fou, mais c'était un gamin à l'époque. Les gamins ont beaucoup d'imagination.

Jake dit :

— Il n'a peut-être rien vu du tout. Peut-être qu'il n'était pas là, cette nuit-là. C'est peut-être sa mémoire qui lui joue des tours. On sait bien que ça arrive.

Riley démarra la voiture sans faire de commentaire.

Elle savait ce que pensaient Jake et Bill, mais son instinct lui disait autre chose.

Elle avait maintenant parlé à deux témoins qui étaient certains d'avoir vu quelque chose de bizarre. L'un disait que le tueur était un extraterrestre. L'autre avait cru voir un fantôme. C'était une étrange coïncidence, si c'en était bien une.

L'intuition de Riley lui soufflait que ça n'était pas une coïncidence.

Son cœur lui descendit dans les talons quand ils arrivèrent à destination et que les deux voitures se garèrent sur le bas-côté. On avait rasé les bois pour construire un lotissement pour construire un lotissement. Des machines travaillaient bruyamment.

Riley se rappela ce que Woody lui avait dit :

« Il n'y a rien à voir. Plus maintenant. »

Elle comprenait maintenant ce qu'il avait voulu dire. Avait-elle la moindre chance de trouver des indices sur ce qui s'était passé vingt-cinq ans plus tôt ?

Tout le monde descendit de sa voiture. Ils suivirent Tony à l'orée des bois. Il pointa son doigt vers les arbres.

— J'ai vu ce que j'ai vu juste là.

— Conduisez-nous à l'endroit précis, dit Riley.

En marchant parmi les arbres, Riley comprit que ce bosquet ne tiendrait pas très longtemps. D'un jour à l'autre, il passerait sous les bulldozers. Si l'affaire était restée classée quelques mois de plus, ce qu'ils avaient peut-être encore une chance de découvrir ici aurait disparu.

Si cela n'a pas déjà disparu..., pensa Riley.

Tony se tourna de tous côtés. Puis il marcha vers un grand chêne.

— Je pense que c'est l'arbre derrière lequel je me suis caché, dit-il. Je ne risque pas d'oublier. Vous voyez ce nœud ? On dirait un visage. Il est plus gros qu'à l'époque.

Riley s'approcha. Il y avait effectivement une excroissance qui sortait du tronc.

Tony ajouta en pointant le doigt :

— Je l'ai vu arriver d'ici.

— Dites-nous précisément ce que vous avez vu, dit Riley.

Tony plissa les yeux pour se rappeler.

— La première chose que j'ai vue… C'est n'importe quoi, mais j'ai cru voir une tête qui flottait dans les airs. Et des mains ouvertes, dont je voyais tous les doigts. Le visage et les mains étaient très claires, presque lumineuses. Sa bouche bougeait. Je crois qu'il se parlait à lui-même, mais je ne pouvais pas l'entendre à cause des criquets. Puis j'ai vu qu'il avait bien un corps, mais il était si sombre qu'il se confondait avec les arbres en arrière-plan. Ce sont ses yeux qui m'ont flanqué la frousse. Ils étaient d'un bleu très clair. Ils n'avaient pas l'air naturel.

Riley pensa à ce que Roger Duffy lui avait dit sur les yeux du suspect :

« Il n'avait pas des yeux humains. De la lumière bleue sortait de son crâne. »

A se demander si Duffy était aussi fou qu'il en avait l'air.

— Et ses cheveux ? demanda Riley.

Tony eut l'air interloqué.

— Je… Je n'ai pas fait attention.

Le souvenir devait être encore là. Il suffisait de le pousser.

— Est-ce qu'ils semblaient briller, comme son visage et ses mains ?

Tony pencha la tête d'un air pensif.

— Non, dit-il. Il avait les cheveux sombres, comme le reste de son corps. Ils se confondaient avec les bois.

Une image se forma dans la tête de Riley. L'image d'une sorte de masque et de mains gantées de blanc en train de flotter dans le bois. Il n'était pas étonnant que le pauvre gamin ait eu peur. Il n'était pas étonnant que son père lui ait dit qu'il racontait n'importe quoi.

— Vous êtes sûr qu'il ne portait rien ? demanda-t-elle.

— Non, il avait les mains vides.

Riley réfléchit, puis elle demanda :

— Et après, que s'est-il passé ?

En pointant du doigt, Tony dit :

— Il est parti par là. J'étais pétrifié. Quand il a disparu, j'ai retrouvé mes jambes. J'ai couru vers la route. C'est à ce moment qu'une voiture est passée en roulant à toute vitesse. C'était peut-être lui, mais je n'ai pas bien vu le chauffeur.

Bill et Jake écoutaient avec intérêt.

— C'était quel modèle de voiture ? demanda Bill.

Tony secoua la tête.

— Je n'ai pas remarqué. Ce que j'ai remarqué… Et ça aussi, je l'ai dit à mon père, qui m'a répondu que c'était mon imagination.

— Qu'est-ce que c'était ? demanda Riley.

Tony étouffa un rire gêné.

— J'avais peut-être trop regardé Godzilla. J'ai cru que le toit de la voiture était déchiré, comme si un monstre préhistorique lui avait donné un coup de griffe.

Riley se demanda s'il avait imaginé ce dernier détail. Après avoir vu quelque chose qui lui avait fait penser à un fantôme, son imagination s'était peut-être emballée. Mais elle devait prendre ce détail en considération.

Riley demanda à Woody :

— Où le corps était-il enterré ?

Woody pointa du doigt.

— Juste là, à quelques mètres. Je vous emmène.

— Non, dit Riley. Je vais y aller moi-même.

Wood eut l'air interloqué.

— Elle sait ce qu'elle fait, dit Jake.

Woody haussa les épaules. Tony demanda :

— Je peux faire autre chose pour vous aider ?

— Je ne pense pas, dit Riley.

Tony se dandina d'un pied sur l'autre.

— Dans ce cas, il faut que je fasse ma tournée de l'après-midi.

— Et c'est bientôt le coup de feu dans mon restaurant, ajouta Woody.

— Allez-y, dit Riley. Vous nous avez beaucoup aidés.

Woody et Tony se dirigèrent vers leur voiture.

Riley, Bill et Jake échangèrent un regard.

— Tu as besoin de moi ? demanda Jake.

Riley savait qu'il pouvait la guider comme il l'avait fait dans la chambre du Baylord Inn. Mais cette fois, elle avait besoin de quelque chose de différent.

— Je vais me débrouiller toute seule, dit Riley.

Jake hocha la tête.

— Bill et moi, on t'attend dans la voiture.

Quelques minutes plus tard, Riley se retrouva seule dans le bosquet.

Elle prit de longues inspirations pour se préparer à entrer dans un sombre et terrible endroit – l'esprit du tueur.

CHAPITRE VINGT-NEUF

Riley se retourna lentement. Dans un environnement comme celui-ci, pourrait-elle se glisser dans l'esprit du tueur ?

Elle se trouvait parmi les arbres, mais c'était la lumière du jour qui brillait entre les branches. On entendait le grondement des machines sur le chantier tout proche.

Pouvait-elle oublier la lumière et le bruit ? Pouvait-elle imaginer cet endroit la nuit, éclairé par la lune ?

Commençons par le commencement, pensa-t-elle.

Elle sortit sa tablette et fit apparaître le dossier. Elle trouva des photos de la scène de crime prises vingt-cinq ans plus tôt. Elle avait besoin de savoir exactement où elle se trouvait.

Elle se mit en marche dans la direction que Tony lui avait indiquée. Elle n'eut aucun mal à retrouver l'endroit. A l'exception d'une souche renversée, les arbres étaient disposés de la même façon que sur la photo.

Elle fit défiler les images, qui montraient le corps de Tilda fraîchement découvert, sous des angles différents. Contrairement aux deux autres victimes, elle avait été enterrée tout habillée. Elle renvoyait une image grotesque sur les photos, maculée de terre et déjà en décomposition.

En examinant la scène, Riley se rendit compte qu'il y avait une chose qui n'avait pas changé. Aujourd'hui, comme vingt-cinq ans plus tôt, on apercevait l'autoroute depuis l'endroit où elle se trouvait. Le tueur avait enterré la fille près de la route. Si près qu'un cycliste avait senti une odeur bizarre en passant à vélo, quelques jours plus tard.

Le meurtrier savait sûrement qu'on finirait par trouver le corps, comme on avait trouvé les deux autres.

Elle rangea sa tablette. Elle n'en avait plus besoin.

Malgré les distractions, elle se glissa facilement dans son esprit.

C'était comme si la nuit était tombée en quelques minutes. Le bruit des machines laissa place aux chants des criquets.

Riley poussa un hoquet. Elle était dans sa tête. Elle voyait la scène par ses yeux.

Tilda gisait à ses pieds, dans la tombe peu profonde qu'il venait de creuser.

Elle avait l'air endormi.

A quoi pensait-il ?

Elle est si petite et si légère, pensa Riley.

Il aurait pu l'emporter plus loin dans les bois.

Mais il voulait que quelqu'un la trouve.

Si quelqu'un la trouvait, on le retrouverait aussi et on l'arrêterait.

Riley sentit ses bras se remettre au travail pour recouvrir le corps, une pelletée de terre après l'autre.

Pas trop de terre, pensa Riley.

Il ne voulait pas recouvrir le corps entièrement.

Il ne prit pas la peine d'utiliser toute la terre qu'il avait retournée en creusant la tombe.

Au lieu de ça, il jeta des cailloux, des pierres, des brindilles, des feuilles mortes et de la mousse. Juste assez pour qu'on ne puisse plus la voir.

C'était fait.

Il ne ressentait aucun soulagement, seulement du mépris envers lui-même.

Il en était malade. Toute cette histoire lui laissait un goût très amer dans la bouche. Si seulement il pouvait remonter le temps, juste quelques heures, quand Tilda était encore en vie…

En fait, il aurait voulu remonter plusieurs mois, avant qu'il ne tue les deux autres filles.

Elles n'avaient pas mérité de mourir. Pas pour son échec au lit.

Mais il fallait qu'il trouve le moyen de vivre avec ce qu'il avait fait.

« Je suis un homme méchant dans un monde où règne la méchanceté. » l'imagina penser Riley.

Ce qui était fait était fait.

C'était le moment de s'en aller.

Il saisit sa pelle dans une main et fit demi-tour pour retourner dans sa voiture…

Attends une seconde, pensa Riley.

Quelque chose n'allait pas.

Elle se rappela la manière dont Tony avait décrit ces mains presque phosphorescentes.

« Des mains ouvertes, dont je voyais tous les doigts. »

Il revenait vers sa voiture quand Tony l'avait vu.

Mais il ne portait pas de pelle. Tony était certain que l'homme ne portait rien.

Riley se glissa à nouveau dans l'esprit du tueur au moment où il terminait de recouvrir le corps.

Elle sentit son corps trembler de rage et de dégoût.

Il baissa les yeux vers sa pelle.

« Plus jamais. » murmura-t-il.

Riley devina une tension dans ses épaules et dans son bras au moment où il jetait la pelle, puis un sentiment de soulagement.

Elle ouvrit grand les yeux.

La pelle !

Se rappelant la sensation au moment où il l'avait jetée, elle revint sur ses pas. Elle s'arrêta devant la souche renversée qu'elle avait remarquée en arrivant. Elle tomba à genoux et gratta avec ses mains la terre humide qui se trouvait en-dessous.

Ses doigts heurtèrent quelque chose de dur. Elle tira et poussa jusqu'à déloger ce qu'elle avait trouvé.

C'était une tête de pelle. Le métal était tellement rouillé qu'elle était presque percée, et le manche était dans un tel état de décomposition qu'il tomba en morceaux entre ses doigts. La pelle était coincée là depuis que l'arbre était tombé.

Un profond désespoir envahit Riley.

La pelle aurait pu servir de pièce à conviction, si elle avait été trouvée à temps.

Dans son état, elle ne servait plus à rien.

Mais une idée germa dans la tête de Riley.

Il a jeté la pelle, pensa-t-elle.

Il avait voulu se débarrasser de tout ce qui pouvait lui faire penser aux meurtres.

Elle retourna vers la voiture. Bill et Jake l'attendaient.

Elle pensait savoir où mener les recherches.

CHAPITRE TRENTE

En sortant des bois, Riley vit que Bill et Jake l'attendaient debout à côté de la voiture et la regardaient avec curiosité.

— Tu as quelque chose ? demanda Jake.

Riley lui montra la tête de pelle.

— Le tueur l'a jetée après avoir enseveli le corps, dit-elle. Il y a beaucoup de feuilles mortes et de mousse dans le coin. La pelle devait déjà être invisible quand le corps a été retrouvé quelques jours plus tard. Les flics ont dû passer à côté.

Jake secoua la tête.

— Merde, dit-il. Je voulais passer la scène de crime au peigne fin avec mes hommes. Mais on m'a retiré l'affaire avant que j'en aie eu le temps. Et comme je l'ai déjà dit, Woody est un chic type, mais ce n'est pas un très bon flic.

— Où est-ce que ça nous emmène ? demanda Bill.

— A la voiture, dit Riley. On pourra peut-être la retrouver.

Jake poussa un grognement de désapprobation.

— Aucune chance, dit-il. Tony ne se rappelait même pas du modèle.

Riley dit :

— Oui, mais tu te rappelles ce qu'il a dit ?

— Il a dit que c'était comme si un monstre avait arraché le toit, répondit Bill.

Riley hocha la tête.

— Je sais que ça parait dingue, mais il y a peut-être quelque chose. D'autres éléments du récit de Tony commencent à prendre sens.

Ce fut alors que Jake éclata d'un petit rire amusé.

— Bordel, dit-il. Je crois que j'ai trouvé. Vous vous rappelez qu'on faisait des voitures avec des toits en vinyle dans les années 1970 et 1980 ? Ça faisait longtemps que ce n'était plus en vogue au moment des meurtres, mais on voyait encore rouler des voitures comme ça.

Bill dit :

— Ouais, je me rappelle. C'était de la camelote, ces toits en vinyle. Ils s'abîmaient très vite. Il suffisait qu'il ne fasse pas très beau.

Jake ajouta :

— Et tu te rappelles à quoi les voitures ressemblaient quand le toit était endommagé ?

Bill hocha la tête.

— Le vinyle partait par bandes… Comme s'il avait été arraché par des griffes, dit-il. Une voiture comme celle-ci doit être facilement identifiable. Le tueur a dû vouloir s'en débarrasser.

Riley ajouta :

— Il voulait se débarrasser de tout ce qui lui rappelait les meurtres.

Jake se gratta le menton d'un air pensif.

— Ça réduit les recherches, dit-il. On parle d'une voiture qui était déjà vieille en 1992 et d'un modèle qui faisait des toits en vinyle. On peut faire bosser nos techniciens de l'UAC. Ils pourront éplucher les ventes de particulier qui ont eu lieu dans la région juste après le dernier meurtre. Si le tueur n'a pas tout simplement abandonné sa voiture…

Mais Riley avait une autre piste. Depuis qu'elle s'était glissée dans la tête du tueur dans le petit bois, elle avait une intuition. Elle avait senti son intense révulsion quand il avait jeté la pelle.

— Je ne pense pas qu'il aurait abandonné la voiture, dit-elle. En fait, je ne pense pas qu'il l'aurait vendue non plus. Il voulait que ce soit terminé. L'existence même de cette voiture le rendait malade. Il voulait qu'elle disparaisse. Qu'elle disparaisse pour de bon.

Jake écarquilla les yeux.

— Il voulait la détruire.

Bill sortit son téléphone.

— On doit savoir s'il y a des casses dans la région, dit-il.

Riley et Jake le regardèrent chercher.

— Je crois que j'ai trouvé un bon endroit pour démarrer, dit enfin Bill. La déchèterie Codner est tout près de Greybull. La pub dit qu'ils existent depuis 1960.

Riley claqua des doigts.

— Bingo, dit-elle. Allons-y immédiatement.

*

La route n'était pas longue de Greybull jusqu'à la déchèterie. En sortant de la voiture avec ses collègues, Riley s'étonna de l'apparence du lieu. Comme elle n'avait encore jamais visité de déchèterie, elle s'attendait à une allégorie du chaos.

Mais tout était bien ordonné dans un vaste espace aéré. Le sol était en terre battue, mais il était propre. D'un côté, il y avait un bâtiment métallique et plusieurs rangées de voitures dans divers états de dégradation. Tout au bout, on apercevait de grandes étagères avec des pièces détachées. De l'autre côté se dressait un grand mur métallique.

Un homme d'âge mûr portant des jeans et un casque de sécurité descendit de la cabine d'une sorte de grue.

— Qu'est-ce que je peux faire pour vous ?

Riley et Bill sortirent leurs badges. Ils se présentèrent, ainsi que Jake.

— Je suppose que vous voulez parler à la propriétaire, dit l'homme en pointant du doigt le bâtiment principal. Vous la trouverez dans son bureau.

En entrant dans le bâtiment administratif, Riley, Bill et Jake furent accueillis par une femme vêtue d'un bleu de travail et de grosses chaussures. D'une carrure solide, la femme avait la peau abîmée par le soleil et elle fumait une cigarette.

— Qu'est-ce que vous voulez ? demanda-t-elle.

Riley et ses collègues se présentèrent à nouveau.

La femme plissa les yeux.

— Le FBI ? demanda-t-elle. Ça a l'air sérieux. Il faut que j'appelle mon avocat ?

Comme elle parlait sans retirer la cigarette de sa bouche, Riley devina qu'elle devait les enchainer du matin jusqu'au soir.

— Non, dit Riley. Nous enquêtons sur une affaire classée. Nous voulons juste de l'aide.

La femme haussa les épaules.

— Un meurtre ? Ce n'est pas ici que vous allez trouver des cadavres. Mais vous pouvez vérifier. J'ai peut-être oublié un corps ou deux…

Elle éclata d'un rire rauque et tendit sa main à Riley.

— Au fait, je m'appelle Audrey Codner. Ça fait longtemps que je suis là.

Riley lui serra la main.

— Vous allez peut-être pouvoir nous aider, dit-elle. Nous cherchons un suspect et nous pensons qu'il s'est peut-être débarrassé de sa voiture ici il y a vingt-cinq ans.

La femme fit rouler sa cigarette entre ses lèvres.

— Ça fait un bout de temps. Avant qu'on ait ce truc-là, dit-elle en tapotant un vieil ordinateur. Moi, je n'ai toujours pas compris comment ce truc marchait. A l'époque, c'était mon mari Caleb qui tenait les comptes, mais sur des registres en papier. Il a clamsé en

1998. J'espère qu'il a trouvé le chemin du paradis, ce vieux grincheux.

Malgré ses mots un peu durs, il y avait beaucoup d'affection dans la voix d'Audrey.

— Venez, je vais vous montrer.

Elle conduisit Riley et ses compagnons dans une pièce dont les étagères étaient lourdes de boîtes en carton.

Elle dit :

— Si la voiture est venue ici, il doit y avoir une trace quelque part.

La quantité de dossiers était intimidante.

— Qu'est-ce que vous gardez ? demanda-t-elle. Des numéros d'immatriculation ?

— Non, le propriétaire doit renvoyer son numéro et sa plaque au DMV. Mais on doit s'assurer que le type est bien propriétaire de la voiture avant de la prendre. Ça veut dire qu'on garde le titre de propriété. Parfois, on garde une copie de la carte d'immatriculation à la place. Et une copie du permis de conduire du propriétaire.

C'est une bonne nouvelle, pensa Riley.

Elle échangea un regard avec Bill et Jake et vit qu'ils pensaient la même chose.

La femme monta sur un escabeau.

— Quelle année vous cherchez ? demanda-t-elle.

— Quatre-vingt-douze, dit Bill.

La femme tira une boîte en carton et la fit descendre sur la table.

— J'ai trois boîtes de cette année-là, dit-elle. Vous pouvez commencer par celle-ci. Dites-m'en plus sur la voiture que vous cherchez.

Riley dit :

— Nous ne connaissons pas le modèle, ni la marque, mais nous pensons qu'elle avait un toit en vinyle très endommagé. Nous pensons que le suspect voulait la détruire.

Audrey tira sur sa cigarette.

— Ouais, ça me rappelle quelque chose. J'étais partie voir mes vieux, mais Caleb était resté là. Quand je suis rentrée, il m'a parlé d'un type qui avait déposé une voiture. Elle était en bon état, à part le toit en vinyle qui était très abîmé. Caleb m'a dit que le type était très bizarre et qu'il lui avait flanqué la frousse. Un truc à propos de ses yeux. Il ne m'a jamais dit quoi exactement.

Le cœur de Riley battit plus vite dans sa poitrine.

On est sur la bonne piste, pensa-t-elle.

Audrey eut l'air pensif, puis elle ajouta :

— Ouais, Caleb n'a pas compris. C'était un très bon véhicule. Il avait juste besoin de quelques réparations. Mais le type voulait absolument s'en débarrasser. Il ne voulait même pas d'argent. Et il ne voulait surtout pas que Caleb la revende, entière ou en morceaux. Il voulait qu'elle soit démolie. Il a beaucoup insisté pour regarder. Caleb trouvait ça stupide. Il n'a pas compris.

Riley en avait le souffle coupé.

— Votre mari ne vous a pas donné son nom ? demanda-t-elle.

— Non, désolée, dit Audrey.

— Et le modèle de la voiture ? demanda Bill.

Audrey se grata la tête.

— Rien, à part qu'elle était vieille, mais en bon état. Et le toit en vinyle.

Jake demanda :

— Qu'est-ce qui arrive aux voitures, une fois qu'elles sont passées à la casse ?

Audrey étouffa un petit rire.

— Vous avez vu la montagne de métal en arrivant ? Voilà ce qui leur arrive. On vend la tôle. Même s'il reste une voiture là-dedans, bonne chance pour la trouver.

Audrey tapota la boîte.

— Faites comme chez vous.

En pointant du doigt les étagères, elle ajouta :

— Si vous avez besoin des autres boîtes, elles sont ici. Dites-moi si je peux vous aider.

Comme Audrey retournait dans son bureau, Jake retira le couvercle de la boîte en carton et se mit à farfouiller dans les papiers.

Il ne cacha pas sa déception.

— Quel bazar, dit-il. Feu Caleb Codner n'était pas un génie de la compatibilité.

Bill et Riley jetèrent un œil dans la boîte. Riley comprit tout de suite le problème.

La boîte était pleine de dossiers de l'année 1992, mais dans le désordre et non pas par date. C'était comme si Caleb s'était contenté de fourrer les dossiers dans la boîte à mesure que ça lui tombait sous la main.

Bill dit :

— On va devoir descendre les deux autres boîtes.

Riley et Jake descendirent des deux autres boîtes de l'année 1992. Sur son téléphone, Jake chercha les marques de voiture qui avaient fait des toits en vinyle à cette époque.

— Il y a de nombreuses possibilités : Consul, Capri, ThunderBird, Cortina, Volvo…

Bill commença à sortir les dossiers de la première boîte.

— Sors-nous une liste, Jake, dit-il. Ça va prendre du temps.

Quelques minutes plus tard, la table était recouverte de documents. Riley avait déjà du mal à se concentrer. Que cherchaient-ils exactement, à part une marque de voiture qui avait fait des toits en vinyle ? La recherche paraissait trop vague. Ils pouvaient trop facilement passer à côté de ce qu'ils cherchaient. Bill et Jake devaient ressentir la même chose.

*

Après ce qui parut un très long moment, Jake poussa un cri d'excitation et souleva un dossier de sa pile.

— Je pense que je le tiens, dit-il.

Riley et Bill s'approchèrent.

Le dossier portait la mention : « PAS DE REVENTE ».

Jake montra à ses collègues les papiers que contenait le dossier.

— C'était une Ford Granada de 1982, c'est-à-dire un modèle avec un toit en vinyle. Les instructions étaient de la détruire immédiatement.

Jake poussa un papier jauni vers Bill et Riley.

— Voilà une copie de la carte d'immatriculation et du permis de conduire.

L'image était passée et ce ne devait pas être une très bonne photocopie. La carte d'immatriculation semblait particulièrement chiffonnée. Caleb avait dû la déplier avant d'en faire une copie. Le visage sur le permis de conduire était particulièrement flou. S'agissait-il du personnage spectral décrit par Roger Duffy et Tony Veach ? Peut-être, mais Riley ne pouvait pas en être sûre.

Bill grommela :

— Caleb n'était pas très regardant.

— Je ne lui reproche rien, répondit Jake. Caleb n'a pas payé pour avoir la voiture et il n'allait pas la revendre. Pourquoi s'embêter ? Il ne pouvait pas savoir qu'il avait affaire à un meurtrier.

Riley examina le permis avec attention.

— Le nom est flou. Pas moyen de le lire, dit-elle. Même chose pour les chiffres.

Jake agita un morceau de papier.

— Ceci va peut-être nous aider, dit-il.

C'était le reçu. Et il était parfaitement lisible.

Le cœur de Riley battit plus vite dans sa poitrine.

L'homme s'appelait Reed J. Tillerman. Il habitait au 345 Bolingbroke Road, à Greybull.

— Vous pensez que c'est son vrai nom ? demanda Jake.

Riley ne répondit pas. Elle avait des doutes. Quoique flou, le nom sur le permis de conduire ne semblait pas si long.

Bill fit une recherche sur son téléphone.

— C'est une vraie adresse, en tout cas, dit-il. Ce n'est pas en ville, c'est dans la campagne, pas loin d'ici.

Ils retournèrent remercier Audrey Codner dans son bureau.

— Je vous en prie, dit Audrey. Au fait, qu'est-ce qu'il a fait, votre suspect ?

— Il a tué trois femmes, dit Riley.

Audrey secoua la tête en grommelant :

— Ah ouais. Le tueur aux allumettes. Je me rappelle bien de la pauvre gamine de Greybull. J'espère que vous l'attraperez, ce connard. Revenez si je peux faire quoi que ce soit.

Riley et ses collègues sortirent du bâtiment et reprirent leur voiture. Riley s'installa au volant. Malgré son excitation, une voix ne cessait de tourner dans sa tête en disant :

« Donne-moi ton fric. »

C'était la voix du tueur de sa mère. Une voix étonnamment claire, comme si elle l'avait entendue la veille.

Riley réprima un soupir.

Elle avait du travail à faire. Elle ne pouvait pas se laisser distraire – surtout par une énigme qu'elle ne résoudrait peut-être jamais.

Résoudre l'affaire du tueur aux allumettes lui permettait peut-être de tourner la page.

Riley n'osait l'espérer.

CHAPITRE TRENTE ET UN

Riley fronça les sourcils en arrivant à l'adresse qu'ils cherchaient. Ça ne ressemblait pas au repaire d'un tueur en série. Un panneau devant la propriété disait …

Ferme Familiale des Shaffer
Tours de poney
Bébés animaux
Produits organiques

Riley arrêta sa voiture dans un grand parking, devant une jolie ferme de trois étages. Tout était si charmant et pittoresque que Riley avait du mal à croire que c'était bien réel. C'était le printemps en Virginie. Le paysage était incroyablement vert et frais. On avait l'impression d'entrer dans un autre monde ou peut-être une autre époque, où tout était plus simple.

Quand elle descendit de la voiture, un chevreau se précipita vers elle en bondissant. Elle retira vivement sa main quand l'animal essaya de lui mordiller les doigts.

Une voix d'enfant l'interpella :

— Lucky ne vous fera pas de mal. Elle regarde juste si vous avez à manger.

Le garçon devait avoir huit ou neuf ans. Il était entouré d'autres chevreaux.

Une femme sortit de la maison. Elle semblait un peu plus jeune que Riley. Son teint halé lui donnait bonne mine.

Elle dit :

— Fritz, ramène les chèvres dans la grange.

Le garçon appela le chevreau qui s'appelait Lucky et les autres le suivirent.

La femme sourit aux nouveaux venus.

— Bienvenue à la ferme Shaffer, dit-elle. Je m'appelle Sheila Shaffer. Vous arrivez juste à temps pour manger des fraises toutes fraîches.

Riley et ses collègues se présentèrent.

A la vue de leurs badges, Sheila Shaffer écarquilla les yeux de surprise.

Riley dit :

— Nous cherchons un homme qui aurait vécu là il y a vingt-cinq ans. Il s'appellerait Reed J. Tillerman.

La femme eut l'air interloqué.

— Vous devez vous trompez, dit-elle. La famille Shaffer vit là depuis des générations. Je n'ai jamais entendu ce nom.

Riley fit apparaître le vieux portrait-robot sur sa tablette et le montra à Sheila.

— Non, je ne le reconnais pas, dit Sheila. Désolée.

Riley, Bill et Jake s'entreregardèrent. L'adresse sur le reçu était-elle fausse, et le nom aussi ?

Nous n'aurions pas dû nous faire de faux espoirs, pensa Riley.

Avant qu'ils n'aient eu le temps de poser d'autres questions, un homme passa en tenant un poney Shetland par la bride. Il devait avoir l'âge de Sheila et il avait le même air de bonne santé. Comme Sheila et le petit garçon, il avait des cheveux roux et des taches de rousseur.

— Quelqu'un veut faire un tour de poney ? demanda-t-il. Je me suis dit que j'allais demander avant de ramener Jimbo dans son box.

La femme dit à Riley et ses collègues :

— C'est Frank Shaffer, mon mari. Il a vécu là plus longtemps que moi. Toute sa vie, en fait.

Puis elle dit à Frank :

— Chéri, ces gens sont du FBI. Ils disent qu'ils cherchent quelqu'un qui a vécu là il y a vingt-cinq ans.

En se tournant à nouveau vers Riley, Sheila demanda :

— Quel nom avez-vous dit ?

Riley montra le portrait-robot à Frank. Il se faisait peut-être appeler Reed J. Tillerman.

— J'étais qu'un gamin à l'époque, dit Frank. Je ne me rappelle pas du nom Tillerman, mais ce prénom… Reed…

Il se tut. Puis il reprit :

— Papa aurait peut-être pu vous répondre, mais il est mort il y a quelques années. Allons demander à ma tante Maddie. C'est la sœur de mon père. C'est la seule qui puisse peut-être vous répondre.

Riley, Bill et Jake suivirent Frank et Sheila dans un enclos à poules. Une femme âgée vêtue d'une robe de coton leur jetait du grain, à la grande surprise de Riley.

Il y en a encore qui font ça à la main ?

Frank dit :

— Tante Maddie, ces gens du FBI cherchent quelqu'un qui s'appelle Reed J. Tillerman. Il aurait vécu ici il y a vingt-cinq ans.

Sans cesser de nourrir les poules, la femme pouffa :

— Vingt-cinq ans, ça fait un moment, dit-elle. S'il est passé par ici, ça fait longtemps qu'il est parti.

Frank dit :

— Mais je crois me souvenir de ce prénom, Reed. Papa ne louait pas notre cottage à un étranger ?

La femme cessa son activité et se tourna vers lui.

— Oh, dit-elle, cela fait bien longtemps que je n'avais pas pensé à lui. Mon frère Luther ne l'aimait pas beaucoup.

Elle pointa du doigt le pâturage.

— C'est là-bas qu'habitait la famille avant. Juste une petite maison. Personne n'y vit plus depuis des années. Luther s'est dit que c'était une bonne idée de la louer. Mais il ne l'a louée qu'une fois. Oui, je crois bien qu'il s'appelait Reed Quelque-chose.

— Ouais, je m'en rappelle maintenant, dit Frank. Papa ne l'aimait pas.

Maddie secoua la tête.

— Non, il ne l'aimait pas beaucoup. C'était un type étrange. Il restait tout seul. Je crois que je ne l'ai vu que de loin et seulement le soir, quand il faisait noir. Tu l'as vu de près, toi, Frank ?

Frank haussa les épaules.

— Si oui, je ne m'en rappelle pas, dit-il.

— Il y avait quelque chose à propos de ce type qui faisait peur à Luther, dit Maddie. Luther ne nous a jamais vraiment dit ce que c'était, mais il n'aimait pas son regard. Une nuit, Reed Je-ne-sais-quoi est parti sans dire un mot et on ne l'a jamais revu. « Bon débarras », a dit Luther. Il n'a jamais loué la maison à personne d'autre.

Riley ressentit une pointe d'excitation. Elle demanda :

— Vous savez si votre frère a noté cela dans un registre ? Un reçu ou une facture, peut-être ?

— Oh, j'en doute, dit Maddie. Il voulait oublier qu'il l'avait louée. Et s'il a noté ça quelque part, je ne saurais même pas où chercher.

— Vous pourriez me montrer la maison ? demanda Riley.

— Certainement, dit Maddie.

La femme conduisit le groupe de l'autre côté du pâturage. Le petit cottage apparut derrière une colline. Il était dans un terrible état de délabrement et recouvert de vignes grimpantes. Des vaches étaient couchées devant l'entrée.

Frank expliqua :

— On utilise la maison pour stocker la nourriture des bêtes.

Mais ça devient trop dangereux. On voudrait la raser pour faire construire une bonne grange.

Ce n'était pas très prometteur et le tueur n'avait sans doute rien laissé à l'intérieur. Pourtant, la maison intriguait Riley.

— Je peux jeter un œil à l'intérieur ? demanda-t-elle.

Frank dit :

— Oui, mais faites attention où vous posez les pieds. Le sol est en mauvais état et ça risque de s'effondrer si on ne le détruit pas rapidement.

Frank aida Riley à contourner les vaches et lui fit monter un escalier aux marches usées. Une porte pendait sur ses gonds. Frank la poussa et invita Riley à entrer.

La luminosité était faible, mais Riley vit que le salon était rempli de bottes de foin. Il n'y avait plus de mobilier.

Frank expliqua :

— On élève des vaches à lait dans nos pâturages. En hiver, on aime bien avoir du foin de bonne qualité. C'est ce qu'on stocke ici.

Il montra à Riley une porte donnant sur une autre pièce. Elle était pleine de blocs de sel et de boîtes de conserve.

— Ces boîtes contiennent du grain, dit-il. Quand on en donne aux vaches, elles produisent plus de lait.

Riley se tourna de tous côtés. Puis elle remarqua deux portes qui donnaient sur une cuisine et une salle de bain. Les deux pièces ne contenaient plus aucun meuble.

— Pas grand-chose à voir, dit Frank.

C'était vrai. Pourtant, Riley devinait quelque chose dans l'air. Il n'était pas difficile d'imaginer cette maison meublée de façon désuète.

— Vous pouvez me laisser seule un moment, s'il vous plait ? demanda Riley.

Frank inclina la tête d'un air hésitant.

— Ce n'est pas très sûr ici, dit-il.

Riley faillit tapoter son arme pour lui dire qu'elle n'était pas en danger, mais elle se rappela que ce n'était pas du tout ce qu'il voulait dire.

— Je vais me débrouiller, dit Riley.

Frank hocha la tête.

— Ok, mais faites bien attention.

Frank sortit. Riley l'entendit parler au reste du groupe.

Son impression était plus forte à présent. Elle sentait la présence du tueur. Riley prit de longues inspirations et laissa le spectre du meurtrier grandir en elle.

C'était une présence familière à présent. Riley l'avait déjà sentie dans la chambre du motel de Brinkley et, quelques heures plus tôt, dans le petit bois où elle avait découvert la pelle. Une fois encore, elle sentit qu'il était terrifié et qu'il avait honte.

C'était la dernière fois qu'il avait mis les pieds dans cette maison. Il faisait noir. Il venait de tuer et d'enterrer Tilda Steen. Il était revenu là en voiture. Il avait encore de la terre sous les ongles.

Riley suivit ses pas dans la salle de bain.

Il était facile d'imaginer le lavabo et les carreaux de porcelaine.

Retraçant ses gestes, elle fit mine de se laver les mains. Elle regarda la terre disparaître dans le lavabo.

Mais ça n'avait pas suffi.

Il ne se sentait pas propre.

Même un long bain chaud ne lui suffirait pas.

Riley entendit ses pensées résonner dans sa tête.

« Je n'arriverai jamais à m'en débarrasser. »

Jeter la pelle ne lui avait pas suffi. Il devait se débarrasser de tout.

Il devait même se débarrasser de lui-même – du moins, de l'homme qu'il était depuis qu'il était venu vivre ici, quelques semaines plus tôt.

Il vivait dans cette maison depuis le début – depuis qu'il avait tué l'étudiante de Brinkley, puis l'autre fille de Denison et maintenant Tilda Steen de Greybull.

Riley l'entendit penser :

« Je dois partir de cette maison. »

Il s'était mis en tête cette idée triste et pathétique qu'après s'être débarrassé de tout, il serait différent à l'intérieur.

Elle devina son désespoir alors qu'il rassemblait ses affaires dans la maison. Il en avait si peu que ça tiendrait dans une petite valise.

Elle suivit ses pas vers la porte.

Puis elle fit un pas dehors, dans la lumière de l'après-midi.

Elle devinait encore derrière elle l'horreur de cette terrible nuit. L'ombre dont Reed ne pourrait jamais vraiment se débarrasser.

Il s'imaginait que c'était le début d'une nouvelle vie. Une vie meilleure.

Mais Riley savait au fond d'elle…

Il n'est jamais devenu un homme bon.

Peut-être qu'il n'avait jamais tué personne depuis ce jour.

Peut-être qu'il n'avait plus jamais commis le moindre crime.

Mais dans son cœur, il était toujours l'homme qui avait assassiné trois femmes.

Ce n'était pas un homme bon.

Même s'il l'avait voulu très fort, il n'avait jamais appris à être cette personne compatissante, juste et aimable.

Et il était grand temps de le traîner devant la justice.

Une voix interrompit les pensées de Riley.

— Reed ! Je me rappelle maintenant !

Ramenée brutalement au moment présent, Riley sursauta. Elle se tenait sur le porche branlant de la maisonnette. Un groupe de gens l'attendait en bas des marches, pas seulement Bill et Jake, mais également les Shaffer : Sheila, Frank et Maddie. Maddie semblait excitée :

— Il s'appelait Reed, mais ce n'était pas son prénom. C'était son nom de famille.

— Quel était son prénom ? demanda Riley, le souffle court.

Maddie hocha la tête.

— James. Je suis sûre que c'est ce que m'a dit Luther. Il s'appelait James Reed.

Riley vit ses collègues ouvrir de grands yeux. Elle partageait leur excitation, mais elle prit garde de ne pas se faire de faux espoirs.

Elle dit à Maddie :

— S'il vous plait, essayez de vous rappeler, madame. Votre frère vous a-t-il dit autre chose que nous devrions savoir ?

La femme secoua la tête.

— Pas grand-chose, à part qu'il ne l'aimait pas. Il ne l'aimait tellement pas qu'il ne parlait pas de lui.

Riley lui tendit sa carte.

— S'il vous plait, vous tous, si quoi que ce soit vous revient, contactez-moi immédiatement.

Riley et ses collègues remercièrent la famille pour son aide. Puis ils retournèrent sur le parking, en discutant :

— Vous pensez que c'est son vrai nom ? demanda Bill.

— Je ne sais pas, dit Riley. Pour ce qu'on en sait, c'est peut-être un nom qu'il a inventé et il s'appelle vraiment Reed J. Tillerman. Mais je sais à qui on va demander de l'aide.

Elle sortit son téléphone et contacta Sam Flores, le technicien de l'UAC. Elle mit le haut-parleur pour que Bill et Jake puissent entendre la conversation.

— Sam, j'ai besoin d'un coup de main, dit-elle. On est à Greybull. On travaille sur l'affaire du tueur aux allumettes.

— Oh ouais, dit Sam. J'ai déjà vieilli un portrait-robot, je sais. Comment ça marche ?

— Ça dépend, dit Bill.

— Vous allez peut-être pouvoir nous aider, dit Jake.

— Dites-moi.

Riley réfléchit quelques secondes.

— Nous avons deux noms de suspect : Reed J. Tillerman et James Reed. Il y en peut-être un vrai et un faux. Qu'est-ce que vous pouvez me dire ?

Riley entendit Sam pianoter sur son clavier.

Enfin, il dit :

— J'ai de bonnes et de mauvaises nouvelles. Je vais d'abord vous donner la bonne. On peut éliminer Reed J. Tillerman. On dirait un nom très banal, mais je ne trouve de Reed Tillerman nulle part, vivant ou mort.

— D'accord, dit Riley. Et la mauvaise nouvelle ?

— Il y a plusieurs centaines de James Reed dans le pays.

Riley, Bill et Jake échangèrent un regard.

— Vous pouvez réduire la zone de recherche ? demanda Jake.

— Qu'est-ce qu'il vous faut ?

Riley et ses collègues réfléchirent quelques secondes. Enfin, Riley dit :

— Autour des trois villes où les meurtres ont eu lieu, c'est possible ? Brinkley, Denison et Greybull ?

— Je peux m'en occuper, dit Sam. Mais ça risque de prendre un moment. Pour demain, ça va ?

Riley résista au réflexe de lui dire que c'était urgent.

Après tout, c'était très urgent d'habitude.

Mais pas cette fois. C'était une affaire classée.

En soupirant, Riley dit :

— Pour demain, ça ira. Merci.

Elle raccrocha. Les trois agents échangèrent un regard.

— Alors qu'est-ce qu'on fait ? demanda Jake.

Bill haussa les épaules.

— On ne fera rien de plus aujourd'hui. Autant rentrer à Quantico. Je conduis, cette fois.

Riley était soulagée de lui laisser le volant. Elle monta sur la banquette arrière, pendant que Bill et Jake s'asseyaient à l'avant.

Alors que la voiture démarrait, le téléphone de Riley vibra.

Comme elle ne connaissait pas le numéro, elle laissa sonner. La personne qui l'appelait laissa un message. En l'écoutant, Riley reconnut une voix un peu chevrotante :

— C'est Byron Chaney. J'ai quelque chose à vous dire.

CHAPITRE TRENTE-DEUX

La main de Riley trembla sur son téléphone. Elle en croyait à peine ses oreilles. Elle était pourtant certaine qu'elle n'entendrait plus jamais parler de Byron Chaney.

Elle écouta à nouveau le message.

C'est lui, pensa-t-elle. *C'est vraiment lui.*

Elle eut le réflexe de le rappeler aussitôt, mais elle arrêta son geste.

Jake et Bill étaient assis devant elle. Bill conduisait et Jake occupait le siège passager. Ni l'un, ni l'autre ne savait qu'elle recherchait l'assassin de sa mère. Elle ne pouvait pas leur dire. Quel que soit ce que Byron avait à lui dire, Riley n'allait pas lui parler en leur présence.

Elle devait attendre.

Ils étaient en route vers Quantico, mais Riley n'était pas sûre de pouvoir supporter le suspense aussi longtemps.

A son grand soulagement, Bill annonça qu'il fallait s'arrêter pour prendre de l'essence.

Dès qu'il se gara dans la station d'essence, Riley leur dit qu'elle avait besoin d'aller aux toilettes. Elle sortit de la voiture et se précipita dans la supérette, puis elle s'enferma dans la salle de bain.

Avant de tirer son téléphone, elle se regarda longuement dans le miroir.

Est-ce vraiment moi ? se demanda-t-elle.

Etait-elle vraiment en train de se cacher de ses amis pour passer un coup de fil ?

Quand était-elle devenue si secrète, si méfiante ?

En ravalant sa honte, elle composa le numéro de Byron.

Quand sa voix rauque et fatiguée lui répondit, elle dit :

— C'est moi. Pourquoi m'avez-vous appelée ?

Pendant un instant, Riley se demanda si Byron l'avait vraiment appelée pour lui donner une nouvelle information.

Ou bien voulait-il seulement lui témoigner une fois encore sa sympathie et se complaire dans son sentiment de culpabilité ? C'était bien la dernière chose que Riley voulait entendre.

Elle s'obligea à rester calme et à l'écouter. Byron dit :

— Votre papa et moi, on avait un copain au Vietnam. Un type qui s'appelait Floyd Britson. Il était sergent à l'époque. Floyd m'a donné un coup de fil il y a quelques années. Sans raison, juste pour rattraper le temps perdu. Cela faisait longtemps que je n'avais pas entendu sa voix. On a parlé de votre papa, que c'était un type bien, mais qu'il était très dur et qu'il se faisait facilement des ennemis.

Byron se tut un instant.

— Dites-moi, l'encouragea Riley.

— Il m'a dit que votre papa s'était battu avec un autre Marine. Un homme que je n'ai jamais connu personnellement. Bien sûr, votre papa se battait souvent. Mais Floyd m'a dit que cette bagarre avait été terrible. Votre papa ne s'est pas contenté de lui faire mordre la poussière. Il l'a humilié devant tous ses camarades. Il l'a ridiculisé. Il l'a mis plus bas que terre. Ce type ne s'en est jamais remis. Après ça, il racontait à tout le monde qu'il allait se venger d'une manière ou d'une autre.

Byron se tut à nouveau. Puis il reprit :

— Quand Floyd m'a dit ça, je n'ai pas fait le rapprochement. Ni même après. Mais maintenant, plus j'y pense…

Byron se tut. Le cœur de Riley battait la chamade.

— Comment s'appelle cet homme ? demanda Riley. L'homme avec lequel mon père s'est battu ?

— Je ne sais pas. Je ne suis même pas sûr que Floyd me l'ait dit. S'il me l'a dit, je ne m'en rappelle pas. Ce n'est pas faute de me creuser les méninges, mais je ne me souviens pas d'autre chose. Je pense qu'il n'a rien dit de plus que ce que je viens de vous dire. Il ne m'a même pas dit où et quand ça s'était passé.

La voix de Riley tremblait quand elle répondit.

— Je dois contacter Floyd Britson. Vous savez où je peux le trouver ?

— J'espère qu'il est encore en vie, dit Byron. Il n'avait pas l'air bien quand je lui ai parlé la dernière fois. On venait juste de le mettre en maison de retraite et ça ne lui plaisait pas. C'était dans une petite ville appelée Innis.

Riley reconnut immédiatement le nom. Innis n'était qu'à une cinquantaine de miles de Quantico.

— Vous connaissez le nom de la maison de retraite ?

— Non, désolé.

Riley ne savait plus quelle question poser.

— Merci, Byron, dit-elle. Ça signifie beaucoup pour moi.

Riley raccrocha et sortit de la salle de bain.

Puis elle chercha sur son téléphone la liste des vétérans de la Compagnie Roméo qui vivaient toujours en Virginie.

Et le nom était là :

Britson, Floyd T SGT

Et si Byron avait raison, elle le retrouverait dans une maison de retraite à Innis.

C'était une petite ville. Il devait être facile de localiser une maison de retraite. Elle fit une recherche sur son téléphone. Il n'y en avait qu'une à Innis : Eldon Gardens Assisted Living.

Bien sûr, elle voulut y aller aussitôt.

Mais c'était impossible.

Elle se recomposa et sortit du magasin. Bill avait terminé de faire le plein, probablement depuis quelques minutes. Elle espéra que ses collègues ne lui demanderaient pas pourquoi elle avait mis tant de temps.

En rentrant dans la voiture, elle fut soulagée de constater que Bill et Jake discutaient. Ils ne semblaient pas avoir remarqué son absence.

Bill démarra la voiture et ils repartirent vers Quantico.

*

En sortant du véhicule sur le parking de l'UAC, Jake interpella Riley qui partait vers sa propre voiture.

— Eh, Riley, Bill et moi, on va boire un verre. Tu viens avec nous ?

Riley fit la grimace. Bill et Jake passaient beaucoup de temps ensemble. Ils devaient penser qu'elle les évitait.

Elle se contenta de secouer la tête.

Elle lut la déception de Jake sur son visage.

Il dit :

— Allez, Riley. Ce n'est pas comme si j'étais là pour rester.

Riley sursauta.

Jake avait raison. Après l'avoir perdu de vue si longtemps, Riley avait envie de passer plus de temps avec son mentor.

Mais elle ne pouvait pas. Pas maintenant.

Avec embarras, Riley chercha une excuse.

Puis Bill dit :

— Laisse-la tranquille, Jake. Elle veut juste passer du temps avec ses gosses. Elle a le sens des priorités.

Comme à son habitude, Bill la présentait sous son meilleur jour.

Et il avait tort.

Mais elle ne le contredit pas et Jake suivit Bill vers sa voiture.

Riley marcha vers sa propre voiture en regardant sa montre. Si elle rentrait à la maison, elle arriverait à temps pour le diner. Elle hésita. Elle pouvait parler à Floyd Britson une autre fois.

Mais quand ? se demanda-t-elle.

Elle ne savait pas combien de temps elle passerait encore sur l'affaire du tueur aux allumettes.

Elle avait également l'étrange sentiment que cette visite ne pouvait attendre.

Elle rentra dans sa voiture, sortit son téléphone et tapa un bref message à April.

Stp dis à Gabriela que je serai en retard pour le diner.

Elle envoya le message et fixa longtemps son téléphone du regard. Elle ajouta :

Pas trop en retard j'espère.

Puis elle tapa…

Je suis désolée.

Elle démarra la voiture et sortit du parking.

CHAPITRE TRENTE-TROIS

Quand Riley entra dans la ville d'Innis, elle était en proie à un troublant et puissant sentiment d'attente et d'espérance.

Qu'apprendrait-elle de Floyd Britson ?

Et cela lui permettrait-il d'être en paix avec elle-même ?

Ou était-il préférable de ne pas savoir ?

Innis était une petite ville charmante qui gardait les vestiges d'une histoire riche et d'un passé colonial. Le bâtiment de la maison de retraite paraissait étonnamment moderne au milieu des vieilles bâtisses. Elle n'était pas comme Riley l'avait imaginée. En fait, elle ressemblait plutôt à un hôtel.

Riley se gara et entra dans un spacieux lobby décoré de plantes vertes et d'arrangements floraux.

Elle s'approcha de la réceptionniste et dit :

— J'aimerais parler à un de vos résidents. Il s'appelle Floyd Britson.

La femme lui adressa un regard étonné.

— Je ne crois pas que vous fassiez partie de la famille, dit-elle.

Riley se demanda comment elle pouvait en être si sûre.

Elle se demanda également quoi répondre.

Devait-elle bluffer et prétendre qu'elle était un parent éloigné ?

Riley ravala un soupir de désespoir. D'une manière ou d'une autre, elle allait devoir tromper la réceptionniste.

Ça devenait une habitude.

Elle sortit son badge et le montra à la femme.

— Je suis l'agent spécial Riley Paige. Je travaille sur une affaire. J'aimerais parler à Floyd Britson. Je pense qu'il pourrait m'aider dans mes recherches.

La femme prit maintenant l'air sincèrement interloqué.

— M. Britson ? Vous êtes sûre ?

Riley hocha la tête.

— Je ne vois pas comment il pourrait vous aider, mais…

Elle se tut, puis reprit :

— Eh bien, puisque c'est une demande officielle, je vous emmène le voir.

Comme la femme la guidait à l'intérieur du bâtiment, le trouble de Riley ne fit que croître.

Ce n'était pas désagréable, loin de là. Tout était même extrêmement agréable, immaculé et ordonné, dans de jolis tons pastel. Les résidents qu'elle croisa semblaient heureux. Ils discutaient à voix basse.

Alors qu'est-ce qui la dérangeait ?

Elle comprit rapidement ce que c'était. Elle serait très malheureuse ici. Tant de soin et d'ordre, ce serait un cauchemar pour elle. Elle en perdrait la tête si elle était obligée de vivre dans un endroit comme celui-ci.

Elle pensa à Byron Chaney dans sa petite chambre.

Au moins, sa vie lui appartenait encore, le peu qu'il en restait.

Riley espérait presque finir ses jours comme lui plutôt que dans un tel endroit.

La femme conduisit Riley dans une grande chambre confortable et bien éclairée qui aurait eu sa place dans un hôtel.

Un homme âgé était assis dans un lit d'hôpital et une femme de l'âge de Riley lui tenait compagnie. Ils étaient tous deux afro-américains. Heureusement que Riley n'avait pas essayé de se faire passer pour un membre de la famille.

L'homme fixait le vide. La femme lui lisait la Bible à voix basse.

— Excusez-moi, Mme Stafford, dit la réceptionniste à la femme qui lisait. Voilà l'agent spécial Riley Paige du FBI. Elle aimerait discuter avec votre père.

Puis la réceptionniste dit à Riley :

— Je vous présente Floyd Britson et sa fille, Elaine Stafford.

Puis elle quitta la chambre.

— Je ne comprends pas, dit Elaine en posant sa Bible.

— Je sais, dit Riley. Mais si je pouvais parler à votre père…

Elaine secoua la tête.

— Vous pouvez toujours essayer, dit-elle. Mais papa souffre de la maladie d'Alzheimer. Il y a peu de chance qu'il vous dise ce que vous voulez savoir.

Riley fut traversée d'un frisson de surprise quand Elaine lui proposa sa chaise.

Elle s'assit et Elaine commença à parler patiemment avec son père :

— Papa, cette femme est agent du FBI. Je ne sais pas de quoi elle veut te parler, mais je suis sûre que c'est important. Tu veux bien l'écouter ? Tu veux bien essayer de l'aider ?

L'homme hocha la tête comme s'il comprenait vaguement.

— M. Britson, vous étiez sergent chez les Marines il y a des années, n'est-ce pas ?

— C'est vrai, répondit Floyd avec ce qui ressemblait à un soupçon de fierté.

— Et vous avez servi sous les ordres du capitaine Oliver Sweeney dans la Compagnie Roméo ?

Floyd étouffa un rire.

D'une voix étonnamment distante, il dit :

— *Ollie the Ox. Ollie Ollie Oxen Free…*

La mémoire défaillante de Floyd avait dû déterrer un vieux souvenir – un surnom et une blague usée jusqu'à la corde.

— Je suis sa fille, dit Riley.

Floyd sourit et tourna son regard vers elle.

— La petite Riley ! Mince, qu'est-ce que tu as grandi !

Il se souvient de moi, pensa Riley.

Elle chercha dans sa mémoire des souvenirs de Floyd, mais ils avaient disparu depuis longtemps, si elle en avait eu un jour.

Elle demanda :

— Vous vous rappelez quand ma mère a été tuée ? L'épouse de papa… du capitaine Sweeney.

Floyd eut soudain l'air inquiet et bouleversé.

— Karen ? Tuée ? Mais quand est-ce arrivé ?

Puis une triste résignation se peignit sur son visage.

— Ah ouais. La fusillade. Il y a quelque temps. Une femme charmante. C'est terrible.

Riley commençait à être rassurée. Floyd n'avait plus la notion du temps et de la chronologie des événements, mais des bribes de souvenirs remontaient à la surface.

— Vous savez qui aurait pu faire ça ? La tuer ?

Floyd secoua la tête.

— Aucune idée. Aucune idée.

Riley réfléchit. Quel était le meilleur moyen d'aider cet homme à retrouver la vérité ?

— M. Britson…

— S'il te plait, appelle-moi Floyd.

— Floyd, vous aviez un ami chez les Marines qui s'appelait Byron Chaney. Vous lui avez téléphoné il y a deux ans.

Floyd étouffa un rire.

— Oui, c'est peut-être vrai. Ma mémoire n'est plus ce qu'elle était. Il parait même que ça ne va pas s'améliorer.

— Vous vous rappelez de Byron Chaney ? demanda Riley.

— Bien sûr que je me rappelle du vieux By.

Riley prit une grande inspiration. Elle dit :

— Quand vous lui avez parlé au téléphone, vous lui avez dit que le capitaine Sweeney s'était battu.

Floyd étouffa à nouveau un rire.

— Ce vieux Ollie. Il se battait souvent. Il en ratait pas une.

— Cette fois, c'était différent, dit Riley. Il a humilié quelqu'un.

Floyd plissa les yeux.

— Si tu le dis.

Riley ravala un soupir. Elle sentait que l'attention que Floyd lui échappait.

— Vous en avez parlé à Byron, dit-elle. Vous avez dit que cet homme avait juré de se venger de mon père… du capitaine Sweeney.

— C'est peut-être vrai, dit Floyd d'un ton encore plus vague que la dernière fois.

— Vous vous souvenez du nom de cet homme ?

Floyd ne répondit pas pendant un long moment. Riley pensa même qu'il avait oublié qu'il était en train de lui parler.

Il se mit à fredonner un air. Un hymne, Riley en était presque sûre.

Je l'ai vraiment perdu, cette fois, pensa-t-elle.

Ce fut alors qu'il sembla revenir à la question de Riley.

— Non, je ne sais plus, dit-il.

Le cœur de Riley se serra.

— S'il vous plait, essayez de vous rappeler.

Floyd fronça les sourcils, visiblement très concentré.

— Luster, dit-il enfin.

Riley fut parcourue d'un frisson d'excitation.

— C'est son nom ? demanda-t-elle.

Floyd ne répondit pas pendant un long moment, puis il répéta :

— Luster.

— C'est son nom ? répéta Riley.

Mais la tête de Floyd tomba vers l'avant. Son regard était voilé.

Riley voulait absolument en entendre davantage. Elle se retint de ne pas le secouer pour le sortir de sa transe.

Elaine toucha l'épaule de Riley. Elle dit :

— Madame, je suis désolée, mais c'est trop pour lui. Laissez-le tranquille.

Riley fixa Floyd du regard pendant un long moment.

Puis elle tendit sa carte à Elaine.

— J'ai vraiment besoin de ce nom, dit-elle. S'il vous plait, contactez-moi s'il se souvient de quelque chose.

En prenant la carte, Elaine dit :

— Je le ferai, madame. Mais dans une heure, je doute qu'il se souvienne de vous avoir parlé. Je suis vraiment désolée.

Riley sut qu'il n'y avait rien de plus à dire. Elle remercia Elaine et quitta le bâtiment. Elle monta dans sa voiture et retourna chez elle.

*

Plus tard dans la nuit, quand les filles et Gabriela furent allées se coucher, Riley s'enferma dans son bureau pour réfléchir à ce qu'elle avait appris – si elle avait bien appris quelque chose.

Elle fit apparaître la liste des vingt-cinq vétérans sur son ordinateur.

Elle savait déjà que le nom de Byron Chaney y figurait, ainsi que celui de Floyd Britson.

Mais en balayant la liste du regard, elle ne trouva aucun vétéran nommé Luster.

Elle fronça les sourcils. Avait-il bien entendu ?

Oui, elle était certaine que c'était le nom que lui avait donné Floyd. Elle l'avait entendu le dire deux fois.

Ce fut alors qu'elle se rappela ce que Byron lui avait dit au téléphone.

« Il m'a dit que votre papa s'était battu avec un autre Marine. »

Puis Byron avait ajouté :

« Un homme que je n'ai jamais connu personnellement. »

Riley poussa un grognement.

Il y avait un problème évident.

Le Marine nommé Luster n'avait jamais servi dans la Compagnie Roméo.

Comment Riley était-elle censée le retrouver ?

Devait-elle passer en revue tous les Marines vivant en Virginie qui avaient servi pendant ces années-là pour essayer d'en trouver un qui portait ce nom ?

C'était peut-être envisageable, mais ça paraissait une tâche impossible en cet instant. Bien sûr, il était également possible que Luster ne soit qu'un surnom.

Mais pourquoi se donnait-elle tant de mal ? S'il y avait une personne dans ce monde qui connaissait déjà la vérité, elle savait qui c'était.

C'était Shane Hatcher.

Elle baissa à nouveau les yeux vers le bracelet à son poignet qui portait l'inscription suivante….

face8face

Il était grand temps que Hatcher cesse ses petits jeux.

Il était grand temps qu'elle exige de connaitre la vérité.

Elle alluma son ordinateur et lança son logiciel de vidéo chat. Elle tapa les caractères et laissa sonner une minute entière.

Personne ne répondit.

Le sang de Riley bouillonnait de rage. Elle se retint de jeter son ordinateur contre un mur.

Espèce de connard, pensa-t-elle.

Pourquoi avait-elle conclu ce pacte avec le diable ?

Où était-il en ce moment ? Que faisait-il ?

Il est sûrement dans le chalet de papa, pensa-t-elle. *Il se moque de moi.*

Elle ravala sa colère, descendit au rez-de-chaussée et se servit un verre.

Demain serait un autre jour – et elle retournerait travailler sur l'affaire du tueur aux allumettes. Elle espérait qu'ils trouveraient enfin une piste.

Elle n'était pas sûre de pouvoir encaisser un échec de plus.

CHAPITRE TRENTE-QUATRE

Tôt le lendemain matin, Riley mangeait le petit déjeuner avec sa famille quand son téléphone sonna. Elle se sentait encore coupable d'avoir raté le diner et ils mangeaient dans un silence gêné.

Son cœur battit plus vite dans sa poitrine quand elle vit que c'était Bill qui l'appelait. Abandonnant April, Jilly et Gabriela à table, Riley répondit au téléphone.

— J'espère que tu as du nouveau, dit-elle.

— C'est possible, dit Bill. Je suis arrivé tôt à l'UAC. Tu te rappelles de ce verre dans les pièces à conviction ?

— Oui, celui que le tueur a touché.

— Sam et son équipe ont trouvé de l'ADN. Ils en ont trouvé aussi sur le cornet en plastique du cimetière, celui dans lequel les fleurs étaient emballées. Ça correspond.

Riley fut parcourue d'un frisson d'excitation. Le tueur avait fleuri la tombe de Tilda Steen. Il était toujours en vie et il vivait probablement encore dans la région.

Elle pensa alors à ce que Jake lui avait dit. Son partenaire incompétent avait effacé les empreintes digitales sur le verre.

— Des empreintes sur le pot en plastique ? demanda Riley.

— L'équipe de Sam en a trouvé de bonnes. Mais ni l'ADN, ni les empreintes ne figurent dans les fiches du FBI.

Riley fit défiler dans sa tête les différentes possibilités.

— Ce n'est pas forcément un problème, dit-elle. Pas si on peut localiser le suspect. Si ses empreintes et son ADN correspondent, on aura notre tueur. Sam a une liste de noms ?

Bill étouffa un rire.

— Il y a une autre bonne nouvelle, dit-il. Sam a fait une recherche sur James Reed et son contraire, Reed James. Il y a beaucoup de gens qui portent ce nom, mais seulement trois dont l'âge correspond au profil et qui vivent dans la région. L'un est mort, donc ce n'est pas lui. Et on peut facilement éliminer un des deux autres.

— Pourquoi ? demanda Riley.

— Je t'envoie des photos des trois hommes.

Riley attendit qu'un email tombe dans sa boîte, avec des photos en pièces jointes. Il s'agissait de permis de conduire. Riley comprit immédiatement ce que Bill avait boulu dire. Un des trois hommes était afro-américain. Aussi étranges qu'aient été parfois les descriptions des témoins, tous s'accordaient sur un point.

Il avait le teint très clair.

La troisième photo montrait un homme pâle aux cheveux noirs et aux yeux sombres.

Ressemblait-il au portrait-robot que Sam leur avait vieilli ?

Pas exactement, mais quelques similitudes retenaient son attention.

Elle demanda :

— Où vit le James Reed qui a la peau la plus claire ?

— A Brinkley, dans la ville étudiante où Melody Yanovich a été tuée.

Riley ressentit une pointe d'adrénaline.

— J'arrive à l'UAC dès que possible, dit-elle.

— Pas la peine, répondit Bill. Jake et moi, on passe te chercher. Puis on ira directement à Brinkley.

— D'accord, dit Riley. Donne-moi juste quelques minutes pour me préparer.

Riley retourna dans la cuisine embrasser Jilly et April sur le front.

— Je dois y aller, dit-elle avec excitation.

— C'est aujourd'hui que tu attrapes le méchant ? demanda April en souriant.

— Peut-être, répondit Riley. Seulement peut-être.

Elle se précipita dans sa chambre pour s'habiller.

*

Les trois agents arrivèrent à Brinkley d'excellente humeur. Aucun d'entre eux n'avait eu l'audace de dire qu'ils avaient trouvé l'homme qu'ils cherchaient, mais Riley savait qu'ils étaient tous pressés de vérifier.

Comme Bill conduisait, Riley sortit sa tablette et chercha des informations sur le James Reed de Brinkley.

Elle lut :

— James Mill Reed est professeur d'anglais à l'université de Brinkley.

— Il enseigne depuis combien de temps ? demanda Jake.

Riley balaya un article du regard.

— Depuis vingt-huit ans, dit-elle.

— Eh ben…, dit Bill. Il a commencé trois ans avant les

meurtres. C'était peut-être un des professeurs de Melody Yanovich.

Riley ne répondit pas. Elle tourna cette possibilité dans sa tête.

Elle savait que l'université Brinkley était autrefois une école de femmes.

Quel genre de prédateur James Reed était-il à l'époque ?

Les meurtres de ces trois femmes étaient-ils ses seuls crimes ?

Elle balaya toute l'information qu'elle trouva sur lui. On ne parlait nulle part d'accusations de harcèlement sexuel. En fait, James Reed avait même reçu de nombreuses récompenses au cours de sa carrière.

Mais Riley savait que ces prix ne faisaient pas de lui un innocent. Cela signifiait seulement qu'il était rusé, cruel et manipulateur.

Quand Bill entra dans la petite ville étudiante, elle s'obligea à modérer son enthousiaste.

*

Bill se gara devant la maison de James Reed. C'était un joli pavillon de briques non loin du campus. Riley songea que c'était la maison idéale pour un professeur d'université estimé par ses pairs.

Ils furent accueillis à l'entrée par une femme mince et élégante, au sourire charmant. Elle devait avoir une cinquantaine d'années.

— Puis-je vous aider ? demanda-t-elle.

Riley et Bill sortirent leurs badges et se présentèrent, ainsi que Jake.

— C'est bien la résidence de James Mill Reed ? demanda Riley.

La femme ne parut pas comprendre.

— Oui, dit-elle lentement. Je suis son épouse, Shanna.

— Votre mari est à la maison ? demanda Riley.

— Oui. Puis-je vous demander de quoi il s'agit ?

— Nous aimerions lui parler, s'il vous plait.

Shanna Reed appela son mari en bas des escaliers :

— Jim, il y a des gens qui veulent te voir. Je crois que c'est un peu urgent.

Quelques instants plus tard, un homme élégant descendit les marches d'un pas vif. Riley se demanda immédiatement s'il ressemblait au portrait-robot vieilli par l'équipe de Sam Flores. Ses cheveux bruns étaient striés de gris et il avait les yeux noisette. Son teint était clair, mais pas anormalement pâle.

Il n'était pas *complètement différent* du dessin.

Quand ils se présentèrent, Riley vit James Reed pâlir.

Il dit à sa femme :

— Chérie, tu peux nous laisser seuls une minute ?

Sanna eut l'air inquiet.

— Qu'est-ce qui se passe ? demanda-t-elle.

— S'il te plait, insista James Reed.

Shanna hocha la tête et monta les escaliers. James invita les agents à s'assoir dans le salon. Il jetait des regards coupables aux trois visiteurs.

— De quoi s'agit-il ? demanda-t-il.

Il était devenu blême.

— M. Reed..., commença Bill.

Riley savait que Bill était sur le point de lui poser des questions très spécifiques sur les meurtres qui avaient eu lieu vingt-cinq ans plus tôt. Sur un coup de tête, elle décida d'utiliser une approche différente. D'un discret signe de la main, elle demanda à Bill de la laisser faire.

Puis elle dit :

— C'est peut-être à vous de nous le dire, M. Reed.

James Reed s'affaissa d'un air misérable.

— Je devrais peut-être contacter un avocat, dit-il.

Riley lui répondit d'une voix douce et avec prudence.

— Vous pourriez contacter un avocat. Mais je crois que vous avez envie de tout avouer.

Reed resta silencieux pendant un long moment.

Puis il dit :

— Je sais que c'est une remarque détestable, mais...

Le souffle court, Riley était suspendue à ses lèvres. Il dit :

— Je pensais que les délais de prescription...

Il se tut. Bill, apparemment, ne pouvait plus se taire :

— Les délais de prescription ? Ils ne s'appliquent pas en cas de meurtre.

L'homme releva les yeux.

— Mais ce n'était pas un meurtre. Pas vraiment.

Riley échangea un regard interloqué avec Bill et Jake.

James Reed fit un geste implorant.

— C'est arrivé il y a si longtemps. Je pensais que c'était derrière moi. J'ai une famille maintenant. Une femme, des enfants adultes et des petits-enfants. J'essaye de vivre une vie vertueuse.

Riley le regardait droit dans les yeux pour essayer de

comprendre ce qu'elle entendait.

Cela n'avait aucun sens.

Selon son expérience, les monstres qui tuaient des femmes en série ne montraient pas tant de remords. Le tueur avait peut-être des regrets, mais seulement au fond de lui-même. Il ne l'aurait jamais avoué à quelqu'un d'autre.

Il y a quelque chose qui cloche, pensa-t-elle.

Puis James Reed expliqua d'une voix étranglée :

— Je venais de donner une conférence à l'université St. John à Annapolis. J'avais bu quelques verres avec les étudiants et la faculté. En fait, j'étais saoul. J'aurais dû rester à l'hôtel cette nuit-là, mais j'ai décidé de rentrer à la maison. C'était stupide de ma part. Comme je vous l'ai dit, j'étais…

Il se tut.

— Elle… La fille, elle faisait du vélo au bord de la route. Je l'ai vue très clairement, mais je n'avais plus le contrôle de mon véhicule. Je lui ai rentré dedans. Elle a fini dans le fossé. Je me suis arrêté et je suis sorti de la voiture. J'ai couru la voir, mais elle était déjà…

Un sanglot monta dans sa gorge.

— Je n'ai pas appelé la police. Je suis rentré chez moi. Je n'ai rien dit à personne, pas même à ma femme. J'ai lu ce qui s'était passé dans les journaux le lendemain.

Puis, les yeux pleins de larmes, il regarda tour à tour Riley, Jake et Bill.

— Mais selon les lois du Maryland… Je veux dire, j'ai vérifié… Je pensais vraiment…

Jake poussa un grognement.

— Ouais, dit-il. Dans l'état du Maryland, le délai de prescription est de trois ans pour les accidents de la route entraînant la mort, ou même les homicides involontaires.

Riley vit que Bill et Jake étaient aussi abasourdis qu'elle.

Ils ne savaient pas s'ils devaient croire cette histoire.

Etait-ce une ruse ? Cherchait-il à détourner leur attention des véritables meurtres qu'il avait commis ?

Enfin, Bill dit :

— M. Reed nous allons vous demander de nous donner vos empreintes digitales et un échantillon de votre ADN.

L'homme resta bouche bée.

— Pourquoi ? dit-il. Je viens de tout avouer. Pourquoi avez-vous besoin de preuves ?

Riley comprit que Bill allait maintenant lui poser des questions très spécifiques sur les meurtres du tueur aux allumettes.

Ce fut alors qu'elle croisa le regard de Reed.

Et elle sut…

Ce n'est pas lui.

Avant que Bill n'ait eu le temps de dire quoi que ce soit, Riley dit :

— M. Reed, nous allons partir, maintenant.

Elle se leva de sa chaise, en affrontant les regards d'étonnement et de protestation de ses collègues.

— Venez, leur dit-elle. Allons-y.

Dès qu'ils sortirent de la maison et se dirigèrent vers leur véhicule de fonction, Bill protesta :

— Tu es folle, Riley ? C'était peut-être une ruse.

— Bill a raison, renchérit Jake. Ce serait drôlement malin de sa part de se servir d'un homicide involontaire pour se couvrir. Mais l'homme que nous recherchons serait justement capable de faire une chose pareille. On doit vérifier son histoire. On doit lui poser d'autres questions. On doit aussi récupérer ses empreintes et son ADN.

Riley ouvrit la portière de la voiture et monta.

— Il est coupable, mais ce n'est pas notre homme, les gars, dit-elle. Allons-y.

— Comment tu le sais ? demanda Bill.

Riley secoua la tête.

— Ce sont ses yeux, dit-elle. J'ai su en le regardant dans les yeux.

CHAPITRE TRENTE-CINQ

Quelques minutes plus tard, Riley, Bill et Jake discutaient vivement sa décision, assis dans un café.

— Attends que je comprenne bien, dit Bill à Riley. Ce n'est pas notre homme parce que tu n'aimes pas ses yeux.

Riley but une gorgée de café.

— Ces yeux ne correspondent pas à la description des témoins, dit-elle.

Jake étouffa un rire d'incrédulité et de protestation.

— Des témoins ? Quels témoins ? Ce taré de Roger Duffy qui a vu des éclairs d'électricité lui sortir du crâne ? Ou le facteur qui a cru voir un fantôme quand il était gamin ?

— Ouais, dit Riley. Ces témoins-là.

Bill et Jake la fixèrent longuement du regard. Riley sentit qu'ils s'impatientaient.

— Ecoutez-moi, vous deux, dit-elle. Est-ce que je me suis déjà trompée aussi lourdement ?

L'expression de ses collègues s'adoucit.

Ils savent que j'ai raison, pensa-t-elle.

— Bon, d'accord, et qu'est-ce que ça nous donne ? demanda Bill.

Riley réfléchit un instant. Puis une idée germa dans sa tête.

— Je vais appeler Sam Flores, dit-elle.

Elle sortit son téléphone et appela Flores en mettant le haut-parleur. Elle dit :

— Sam, nous avons besoin de votre aide. Les noms que vous avez donnés à Bill ne mènent à rien. Mais je crois qu'on devait refaire un essai.

— Comment ? demanda Flores.

Riley réfléchit.

— Sam, vous êtes doué pour les énigmes. Je pense que le nom du tueur est une variation ou une combinaison des deux noms que nous avons : James Reed et Reed J. Tillerman. Faites une autre recherche. Essayez toutes les combinaisons possibles.

Riley réfléchit davantage. Puis elle dit :

— Elargissez la zone de recherche. Et donnez-nous des images.

— D'accord, dit Flores. Quand est-ce que vous voulez les résultats ?

Riley faillit lui répéter ce qu'elle lui avait dit la veille :

« Pour demain, ça ira. »

Mais non. Il était grand temps de résoudre cette affaire. La justice avait attendu trop longtemps. Il n'y avait plus une seconde à perdre.

— Tout de suite, dit-elle à Flores.

Elle raccrocha. Ils attendirent en silence, en sirotant leur café et en mangeant leurs pains aux raisins.

Riley pensa à l'ironie de la situation.

Ils avaient bel et bien trouvé un coupable.

James Reed n'était simplement pas coupable du crime dont ils l'avaient soupçonné.

Et Reed avait raison : les délais de prescription pour son crime avaient expiré depuis des années.

Reed ne connaitrait jamais la justice, à part celle de son cœur plein de remords.

C'était peut-être suffisant.

Reste-t-il seulement des innocents ? se demanda Riley.

Elle frémit en pensant à ce dont elle était elle-même coupable : son pacte interdit avec Shane Hatcher, ses moments de violence vengeresse et tous les péchés et les crimes qu'elle avait pu commettre. Elle avait tué un psychopathe qui les avait retenues prisonnières, elle et April. Elle lui avait ouvert le crâne avec une pierre.

Je suis comme James Reed, pensa-t-elle avec amertume.

Puis son téléphone vibra. C'était Sam Flores.

— Vous avez quelque chose ? demanda Riley.

— Peut-être. Seulement peut-être. J'ai trouvé un certain R. James Tiller qui habite à Cabot. En vérifiant, j'ai découvert que Reed était bien son premier prénom.

— Et les images ? demanda Riley.

Sam lui envoya une vieille coupure de presse avec le gros titre : « Une élève brillante reçoit une bourse d'une association ».

Sur une photo en noir et blanc, deux hommes tendaient un certificat à une adolescente visiblement très fière, vêtue d'une tenue de jeune diplômée. Selon la légende, la fille s'appelait Sylvia Capp. L'homme à sa droite était le président de l'association. A sa gauche se tenait R. James Tiller, le chef du comité de service.

On ne pouvait pas très bien voir ses yeux, mais son visage était remarquablement pâle. Il ressemblait un peu au portrait-robot vieilli par l'équipe de Sam Flores, mais ses cheveux étaient plus blancs que gris. Bien sûr, certains hommes blanchissaient très jeunes.

Riley demanda à Flores l'adresse de Tiller et raccrocha.
— Ça ressemble à un coup d'épée dans l'eau, dit Jake.
— C'est tout ce que nous avons, répondit-elle. Allons-y.

*

Cabot était une commune de banlieue à l'est de Richmond. Pour y aller, Riley et ses collègues furent obligés de contourner la ville. Ils s'éloignaient des endroits où les crimes avaient été commis. Mais cela ne faisait pas particulièrement douter Riley. Elle n'avait jamais écarté la possibilité que le tueur ait déménagé un peu plus loin. Si Reed James Tiller était bien leur tueur, il n'était pas sorti de l'état de Virginie.

On va peut-être bien tomber, cette fois, pensa-t-elle.

Quand Bill se gara devant l'adresse que Flores leur avait donnée, Riley trouva la maison si parfaitement ordinaire qu'elle revérifia les coordonnées.

C'était un petit pavillon en briques qui ressemblait un peu à un ranch, au bout d'une pelouse bien taillée. Rien ne distinguait cette maison de ses voisines.

C'était la bonne adresse, mais c'était bien le dernier endroit sur terre où Riley pensait trouver un meurtrier.

Riley, Bill et Jake traversèrent la pelouse et sonnèrent à l'entrée.

Une petite femme un peu grassouillette ouvrit la porte. Riley devina qu'elle avait été très belle, mais ce qui la frappa plus que tout autre chose, ce fut son extraordinaire banalité – comme celle de la maison et du quartier.

— Puis-je vous aider ? demanda la femme avec un sourire.

Riley, Bill et Jake se présentèrent. La femme eut l'air surpris, mais pas inquiet.

Riley demanda si J. Reed Tiller vivait ici.

— Eh bien, oui, dit-elle. Je suis son épouse, Celia.

— Nous aimerions parler à M. Tiller, si c'est possible, dit Bill.

— Ça devrait être possible d'une minute à l'autre, dit Celia sans cesser de sourire. Il est en train de rentrer du travail. Il travaille à Richmond.

Puis d'un air un peu interloqué, elle ajouta :

— Il s'est passé quelque chose ?

Riley ne voulut pas l'inquiéter.

— Non, dit-elle. Nous voulons juste lui poser quelques

questions à propos de quelqu'un qu'il a peut-être connu il y a longtemps.

La femme se détendit.

— Je suis sûre que James sera ravi de vous aider, dit-elle.

— Nous allons attendre dans la voiture, dit Riley.

— Oh non, vous ne serez pas bien, dit Celia. Entrez.

Elle conduisit Riley, Bill et Jake dans un salon bien ordonné et décoré de façon très banale.

— Je vais appeler James pour lui dire que vous êtes là, dit-elle.

Elle sortit son téléphone et appela son mari pour lui annoncer qu'il avait de la visite.

Elle raccrocha et dit :

— James dit qu'il sera très content de vous aider. Puis-je vous servir quoi que ce soit ? Du thé, du café, un verre de soda ?

— Tout va bien, merci, dit Riley.

Celia s'assit, tout comme Bill et Jake. Riley resta debout et balaya du regard cette maison d'une banalité déconcertante.

Elle entendit Bill demander :

— Depuis combien de temps êtes-vous mariés ?

Celia dit :

— Vingt-deux ans. Nous avons un enfant : une fille, Lena. Elle est à la fac. C'est sa troisième année à l'école Bons Secours de Richmond.

— Oh, une école d'infirmerie, répondit Bill d'un ton aimable. Elle veut faire de la médecine ?

Riley savait que Bill se lançait dans une dynamique habituelle : il occupait ses hôtes en discutant, pendant que Riley examinait les alentours.

Elle regarda les photos encadrées sur le mur, qui représentaient les Tiller au fils des années, de la naissance de leur fille à son diplôme du lycée.

Elle fut tout de suite frappée par l'apparence de James Tiller.

Il n'avait pas les cheveux blancs à cause de son âge.

Ces cheveux étaient blancs depuis très longtemps.

Mais ce qui la frappa particulièrement, ce furent ses yeux.

Ils étaient d'un bleu très perçant.

Il souffre d'albinisme, comprit Riley.

Tout commençait à prendre sens.

Les témoins l'avaient souvent décrit comme ayant des cheveux bruns et des yeux noisette.

Il devait se teindre les cheveux à cette époque-là, peut-être pour se déguiser ou par simple vanité juvénile.

Mais ses yeux ?

Elle se rappela ce que Roger Duffy lui avait dit après avoir vu le tueur dans le Waveland Tap à Denison.

« Il n'avait pas des yeux humains. De la lumière bleue sortait de son crâne. »

Riley commençait à comprendre. Pour un homme souffrant de schizophrénie comme Roger, des yeux comme ceux-là semblaient venir d'une autre planète.

Roger avait dit autre chose :

« Puis il est allé aux toilettes. Je bougeais plus, j'étais paralysé par la trouille. Puis il est ressorti et il m'a regardé de nouveau. Cette fois, il avait les yeux normaux, noisette comme vous dites. »

Bien sûr ! comprit Riley.

Le tueur portait des lentilles colorées. Peut-être qu'elles lui avaient irrité les yeux quand il était au bar et il les avait retirées un instant. Il était parti aux toilettes pour les remettre.

Alors que Riley construisait son raisonnement, la porte s'ouvrit et un homme entra.

C'était Tiller lui-même, d'une pâleur étrange et les yeux d'un bleu glacial.

Il entra dans le salon.

— Celia m'a dit que vous étiez du FBI, dit-il en souriant. Qu'est-ce que je peux faire pour vous ?

— Nous avons quelques questions, dit Riley qui était toujours debout.

Tiller s'assit à côté de sa femme.

— Celia, offre du café à ces messieurs dames.

— Ils m'ont dit qu'ils ne voulaient rien, dit timidement Celia.

— J'insiste, répondit Tiller.

Tiller demanda alors à ses collègues s'ils voulaient de la crème ou du sucre.

— Apporte le café, chérie, dit Tiller à sa femme.

— Bien sûr, James, répondit-elle d'une voix timide.

Puis elle disparut dans la cuisine.

C'était un échange bref, mais très révélateur.

Il était évident que Celia avait toujours été une épouse docile et obéissante – la seule femme qu'un homme à la virilité si fragile puisse épouser.

Celia revint avec le café et servit tout le monde comme une bonne petite hôtesse.

Avec un frisson, Riley réalisa que la docilité de Celia était peut-être la seule raison pour laquelle il ne l'avait pas assassinée. Elle n'était pas une menace à ses yeux. Il avait même été capable de vaincre son impuissance avec elle. Du moins, assez longtemps pour faire un enfant et Celia ne lui en avait pas demandé davantage.

Pendant des années, il avait vécu une vie idéale avec une compagne idéale.

Il pensait avoir tourné la page.

Jusqu'à maintenant.

Ce qui surprenait Riley, c'était la maîtrise qu'il avait de lui-même.

Comme elle s'était glissée dans son esprit, Riley savait qu'il était en partie rongé par la culpabilité et la honte.

Mais au fil des années, il avait appris à dissimuler ces sentiments aux yeux de tous.

Elle prit la parole d'une voix délibérément lente.

— M. Tiller, je vois que vous n'avez qu'un enfant. Pourquoi ? Vous n'en vouliez pas d'autres ?

Il haussa ses sourcils blancs.

— Je ne comprends pas la question, dit-il.

Il était déjà sur la défensive. Riley comprit qu'elle tirait les bons leviers. Elle remettait en question de façon très subtile sa virilité et il ne le supportait pas.

Si elle insistait dans cette direction…

Il est temps de faire tomber ce masque, pensa Riley.

CHAPITRE TRENTE-SIX

Assis dans son salon en compagnie de son épouse et des trois agents du FBI, James Tiller ressentit soudain une vive pointe d'exaspération à la question de la femme.

Quelle salope, pensa-t-il.

Elle avait du culot de lui poser une question pareille – sur le nombre de ses enfants.

Son sourire l'exaspéra davantage.

Puis elle dit :

— Et vous n'avez qu'une fille. Pas de fils. C'est dommage. Je suis sûre que vous vouliez des fils. Si vous aviez eu d'autres enfants, vous auriez pu avoir au moins un garçon. Mais vous n'avez pas eu d'autres enfants. Je me demande pourquoi.

James sentit qu'un frisson nerveux agitait son visage.

Il avait passé toute sa vie à repousser les femmes comme celle-là.

Quand il était jeune, il en avait même tué deux : cette étudiante autoritaire de Brinkley et la salope de Denison.

Et la troisième…

Il ne savait pas très bien pourquoi il l'avait tuée.

Il se rappela qu'en entrant dans la chambre d'hôtel, elle lui avait avoué à voix basse qu'elle était vierge.

Quelque chose s'était passé.

Il avait ressenti un élan de tendresse à son égard. Il n'avait pas voulu lui faire de mal.

Mais il l'avait tuée.

Il avait eu l'impression de lui rendre service.

C'était comme si la tuer allait la sauver de…

De quoi ?

De la vie, pensa-t-il.

C'était la seule explication.

Mais ce n'était pas le moment de penser à ça.

Il ne pouvait pas laisser cette salope de flic lui faire perdre son sang-froid. Il n'avait pas survécu toutes ces années en étant faible ou stupide.

— Pourriez-vous me dire ce que vous voulez ? demanda-t-il en essayant d'avoir l'air poli.

Sans se départir de son agaçant sourire, la femme dit :

— Nous nous demandions si vous aviez habité au 345

Bolingbroke Rd. près de Greybull. C'est une très jolie ferme.

Il se retint de ne pas frémir.

Bien sûr qu'il reconnaissait l'adresse. Il habitait là quand il avait commis les trois meurtres.

Pourquoi la justice le retrouvait-elle après tout ce temps ?

Ce n'était pas juste. Il vivait une bonne vie.

Etait-il possible de rouler ces agents ?

Sans doute pas.

Ils avaient probablement toutes les preuves nécessaires.

Alors pourquoi cette femme lui posait-elle ces questions ?

La réponse était évidente : elle voulait l'humilier. Elle jouait avec lui.

Etait-il obligé de supporter ça ?

Ce n'était pas raisonnable.

*

Riley sentit qu'elle n'était plus très loin. Tiller frottait ses mains l'une contre l'autre. Etant donnée sa pâleur, son visage semblait anormalement rouge.

Encore un peu, pensa Riley.

Il tremblait même un peu.

— M. Tiller, vous vous rappelez du fameux tueur aux allumettes ? Il a tué trois femmes dans la région il y a vingt-cinq ans.

Tiller se cramponna aux accoudoirs de son fauteuil

— Je ne m'en souviens pas, dit-il. Vingt-cinq ans, ça fait longtemps.

— Oui, c'est vrai, siffla-t-elle.

Riley remarqua que Celia changeait d'expression. Elle était de plus en plus interloquée – et de plus en plus inquiète.

Elle n'imaginait pas une seule seconde que ça se passerait comme ça, pensa-t-elle. *Elle ne comprend toujours pas.*

Riley s'assit et sourit à Tiller pendant de longues secondes. Puis elle dit :

— M. Tiller, nous irons droit au but. Le FBI a rouvert l'affaire classée du tueur aux allumettes. Nous passons en revue les différents suspects pour les éliminer de notre liste. Ce n'est qu'un entretien de routine. Tout ce que nous voulons, c'est vous éliminer en tant que suspect. Et ce sera très facile de le faire.

Elle soutint son regard jusqu'à ce qu'il cligne des yeux.

Il se leva de sa chaise et recula d'un pas. Puis Riley dit :

— Nous avons l'ADN du tueur. Il en restait une trace sur un verre que le tueur a manipulé il y a des années. Et il laisse des fleurs sur la tombe d'une de ses victimes. Nous avons trouvé des empreintes sur un cornet en plastique contenant un bouquet. Il nous suffira de prendre vos empreintes et un échantillon ADN. Je suis certaine que vous comprenez.

— Je comprends, dit-il.

Il avait reculé vers un bureau dont il ouvrit un tiroir.

Riley porta la main à son arme.

Mais Tiller bougea avec une surprenante rapidité.

En quelques secondes, il tira un couteau de chasse et le pointa sur la gorge de sa femme.

Celia poussa un cri d'horreur.

Riley bondit sur ses pieds, tout comme Bill et Jake. Aucun n'avait eu le temps de tirer son arme.

Celia parvint à hoqueter :

— Qu'est-ce que tu fais ?

— Tais-toi ! s'exclama Tiller.

Il enfonça la pointe de son couteau dans sa chair grassouillette.

Elle remua légèrement et quelques gouttes de sang perlèrent.

— Tiens-toi tranquille ! lui ordonna Tiller.

La femme était abasourdie. Elle ne fit pas un geste, ni ne prononça un son.

Il appuya la pointe de son couteau à l'endroit où battait la carotide.

Riley savait qu'il pouvait lui couper la gorge en une fraction de seconde.

Pourrait-elle sauver la pauvre femme s'il le faisait ?

Riley en doutait.

Tiller siffla aux agents :

— Posez vos armes sur le canapé. Les téléphones aussi.

Les trois agents firent ce qu'on leur demandait. Ils n'avaient pas le choix.

— Tout doux, dit Bill. Vous ne voulez pas faire ça.

— Ne me dites pas ce que je veux, répondit Tiller.

— Qu'est-ce que vous allez faire ? demanda Jake.

Tiller ne répondit pas tout de suite. Pendant un instant, son regard se voila.

— Vous allez dans la cave, dit-il enfin. Vous allez y rester jusqu'à ce que…

Il se tut. Riley comprit qu'il n'avait aucune idée de ce qu'il allait faire ensuite.

Il leur montra avec la tête une porte à droite.

— La cave est ici, dit-il. Allez. Descendez.

Bill marcha vers la porte d'un air obéissant, Jake et Riley derrière lui. Bill ouvrit la porte et descendit les marches. Jake le suivit.

Les pensées de Riley défilaient à toute allure.

Elle vit qu'ils ne pourraient pas sortir de cette cave : le loquet était monté d'une telle façon que la porte ne s'ouvrait que d'un côté. Et qu'arriverait-il à Celia ? Tiller la tuerait-il ou la prendrait-il en otage ?

Riley ne laisserait Tiller faire ni l'un, ni l'autre.

Bill et Jake descendaient déjà. Quand Riley s'approcha de la porte, elle fit volte-face et se jeta sur le tueur.

Toute son attention tournée vers le couteau, elle plongea. L'arme vola.

Mais l'élan de Riley l'emporta dans l'épouse effrayée et elles s'écroulèrent toutes deux sur le sol. Alors que Riley se débattait pour bondir à nouveau sur ses pieds, elle entendit la porte de la cave se refermer en claquant. Puis un violent coup sur la tête la désorienta.

Elle sentit que l'homme la tirait par les cheveux.

Elle crut entendre un bruit fracassant. Mais qu'est-ce que c'était ?

Elle essaya d'agripper les mains qui la retenaient avec une force surprenante.

Puis elle sentit la pointe d'un couteau sur sa gorge.

Elle entendit les mots :

— Crève, salope.

CHAPITRE TRENTE-SEPT

Prise dans l'étreinte de Tiller, Riley eut soudain l'impression d'être un animal à l'abattoir.

Le couteau s'enfonça dans sa gorge.

D'une seconde à l'autre, pensa-t-elle.

Elle se demanda ce que ça lui ferait de mourir. Puis elle entendit une voix familière :

— Crois-moi, tu ne veux pas faire ça, mon pote.

C'était la voix de Jake. Ou était-ce seulement le fruit de son imagination ?

— J'adorerais presser la détente, entendit-elle Jake gronder. J'adorerais.

Riley sentit l'étreinte de Tiller se desserrer. Et le couteau tomba de sa main.

Elle s'éloigna vivement de lui à quatre pattes et se retourna.

Jake tenait un petit pistolet contre la tempe de Tiller.

Tiller avait l'air terrifié.

— Les mains derrière le dos, dit Jake.

Tiller s'exécuta et Jake lui passa les menottes tout en lui lisant ses droits.

La pauvre Celia sanglotait de manière incontrôlable, recroquevillée par terre. Quelques gouttes de sang perlaient à son cou, mais Riley vit que ce n'était qu'une blessure superficielle. Les blessures émotionnelles de cette femme seraient plus difficiles à guérir.

Bill tenait son téléphone contre son oreille.

— Nous avons besoin de renforts, dit-il. Envoyez une voiture pour appréhender un suspect. N'importe laquelle. La police, ça ira.

Il hésita en baissant les yeux vers la femme qui pleurait.

— Et envoyez une ambulance. J'ai une victime. Elle n'est pas en danger de mort.

Riley tenta de se redresser, mais elle tituba. La main ferme de Bill l'empêcha de basculer.

— Attention, dit-il. Assieds-toi là.

Il la poussa vers le canapé. Riley se laissa tomber entre les armes et les téléphones éparpillés entre les coussins, à l'endroit où les trois agents les avaient jetés.

Bill dit :

— Tu as pris un sacré coup sur la tête.

— Je crois qu'il m'a donné un coup de pied, dit Riley. Mais ça va mieux. Comment est-ce que vous…

— On a enfoncé la porte.

Elle comprit ce qui avait causé le bruit fracassant qu'elle avait entendu. Bill et Jake s'étaient jetés contre la porte pour l'enfoncer.

Bill s'accroupit à côté de Celia. Il dit :

— Je vous ai appelé une ambulance. Ils vont prendre soin de vous.

En levant les yeux vers Riley, il ajouta :

— Et les ambulanciers vont t'examiner.

— Je vais bien.

Bill sourit.

— Non, tu ne vas pas bien.

Riley leva la main vers son front et sentit qu'elle saignait.

— Reste-là, dit Bill. On s'occupe de tout.

Pour une fois, Riley fit ce qu'on lui demandait.

Jake poussa Tiller à s'allonger face contre terre, les mains menottées dans le dos. L'homme n'avait plus l'air menaçant.

Riley demanda à Jake.

— Où tu as trouvé ce flingue ?

Jake lui adressa un grand sourire.

— Allez, Riley. C'est à Jake que tu parles.

Il tira sa jambe de pantalon pour révéler un étui attaché à sa cheville.

Riley sourit à son tour.

Comment avait-elle pu oublier que Jake avait toujours une arme supplémentaire ? Elle en emportait aussi une à l'occasion.

Pendant qu'ils attendaient les renforts et les secours, Riley sentit qu'elle allait mieux.

Elle était suffisamment lucide pour faire quelque chose qu'elle n'avait jamais vraiment espéré faire.

Elle ramassa son téléphone et composa le numéro de Paula Steen, la mère de Tilda Steen.

— Riley ! s'exclama Paula. Quel plaisir de vous entendre. Comment allez-vous ?

— Je vais bien, dit Riley d'une voix rauque de fatigue et de stress.

— Vous en êtes sûre, ma chère ? demanda Paula avec inquiétude. Vous avez une voix… éteinte.

Riley étouffa un rire.

— Je vais vraiment bien. Et j'ai de bonnes nouvelles.

— Quelles nouvelles ?

Riley prit une longue inspiration. Elle se rappela ce que Paula lui avait dit au moins une fois par an :

« Le tueur de ma fille ne sera jamais puni. »

Comme il était agréable de lui dire qu'elle s'était trompée.

— Nous l'avons trouvé, dit Riley. Mes collègues et moi-même. Nous sommes en train de l'arrêter.

— Arrêter qui ?

— *Lui*, dit Riley.

Elle se tut pour laisser à Paula le temps de comprendre. Elle entendit Paula pousser un hoquet de surprise.

— Oh, mon Dieu, dit-elle.

Riley crut entendre un sanglot.

— Vous allez bien ? demanda-t-elle.

— Oui, répondit Paula d'une voix étouffée. Oh oui. Merci. Mais comment ? Qu'est-ce qui s'est passé ?

— C'est une longue histoire, dit Riley. Je vous raconterai ça bientôt.

Paula pleurait maintenant.

— Où est-il ? demanda-t-elle. Il est vivant ?

— Nous l'emmenons en garde à vue. La police va venir le chercher d'une minute à l'autre. Je pense qu'il sera emprisonné dans le commissariat de Cabot quelques jours.

— Cabot ? Vous êtes à Cabot ? Oh, ce n'est pas loin d'ici.

Pendant une seconde, Riley s'étonna. Puis elle se rappela qu'elle n'avait peut-être jamais rencontré Paula Steen, mais elle savait qu'elle vivait non loin de Richmond.

— Je viens, dit Paula. Je viens au commissariat.

Riley fut soudain mal à l'aise.

— Paula, vous êtes sûre que c'est une bonne idée ? Vous ne pourrez pas lui parler.

— Ça m'est égal, dit Paula. Je veux juste le voir derrière les barreaux.

Riley pouvait comprendre ça. Cette femme méritait d'avoir cette petite satisfaction après toutes ces années.

— D'accord, dit-elle. On se retrouve là-bas.

Riley entendit les sirènes approcher. En cet instant, le bruit lui parut étonnamment joyeux et réconfortant.

CHAPITRE TRENTE-HUIT

Peu après, dans le commissariat, Riley observait James Reed Tiller dans la salle d'interrogatoire de l'autre côté du miroir sans tain. Il était attaché à la lourde table grise, qu'il fixait du regard. Il était dans un étrange état catatonique, un peu comme une statue de cire.

Mais Riley devina qu'il bouillonnait intérieurement.

Le meurtrier qui était en lui, si longtemps ignoré et réprimé, était enfin ressorti.

Et maintenant, il allait en payer le prix.

Des pas se firent entendre à sa gauche, puis une voix de femme :

— Riley ? Vous êtes Riley ?

Riley sourit. Elle avait tout de suite reconnu la voix de Paula Steen. Elle se tourna vers elle. Paula ressemblait bel et bien à la gentille grand-mère que Riley avait toujours imaginée en lui parlant au téléphone.

— Ils m'ont dit que je vous trouverais ici, dit Paula en marchant vers elle, un sourire aux lèvres.

Puis elle toucha le pansement sur la tête de Riley.

— Mais vous êtes blessée ! dit-elle.

— Ce n'est rien.

— On ne dirait pas que c'est rien.

Riley éclata de rire.

— J'ai connu pire, Paula. Croyez-moi, ce n'est rien.

C'était vrai. Un infirmier l'avait examinée dans la maison de Tiller et elle n'avait pas de commotion cérébrale. Sa tête allait lui faire mal un moment. Elle ne voulait pas prendre les antidouleurs qu'on lui avait prescrits. Elle voulait avoir les idées claires.

Riley et Paula s'étreignirent timidement.

Puis Paula regarda à travers la vitre.

— C'est lui ? demanda-t-elle.

— Oui, dit Riley.

— Il a avoué ?

— Non, mais nous avons toutes les preuves pour l'inculper. Et il y a la peine de mort en Virginie. S'il est condamné à mort, il aura le choix entre la chaise électrique ou l'injection létale.

Paula le fixa longuement du regard.

Puis elle bafouilla :

— Il ne ressemble pas… Eh bien, à ce que j'avais imaginé…

Elle se tut. Riley comprit ce qu'elle voulait dire : aux yeux de la famille des victimes, les tueurs semblaient toujours étonnamment ordinaires. Même James Tiller, malgré ses particularités physiques.

Paula se tourna vers Riley et dit :

— Je… Je peux lui parler ?

Riley s'attendait à cette question. Et ça l'inquiétait.

Mais pouvait-elle refuser ?

Elle adressa un regard interrogateur à l'homme qui gardait la porte. Il avait entendu toute la conversation. Il hocha la tête et ouvrit la porte.

— Restez à l'entrée, dit Riley. N'allez pas trop loin.

Paula fit un pas et s'arrêta docilement dans l'embrasure. Riley se tenait juste derrière elle.

D'une voix tremblante, Paula dit :

— Je suis la mère de Tilda Steen.

L'homme lui adressa un regard vide.

Paula se redressa, comme si elle rassemblait ses forces et sa volonté.

— Chaque année… Le jour de sa mort… Je dépose des fleurs sur sa tombe.

Un petit sourire narquois apparut sur le visage de Tiller.

— Moi aussi, dit-il.

Paula sursauta. Riley réalisa qu'elle ne devait pas être au courant.

Puis Paula parut se calmer. Elle dit :

— Si je suis toujours là, toujours vivante… et que vous êtes parti… Je laisserai des fleurs sur votre tombe aussi.

L'homme resta bouche bée. Riley ressentait la même surprise. Elle en croyait à peine ses oreilles.

Puis Paula ajouta avec rage :

— Des fleurs mortes.

Paula se retourna et dit au garde :

— J'ai fini.

Le garde referma la porte et Paula s'effondra en larmes dans les bras de Riley.

— C'est fini, n'est-ce pas ? murmura Paula entre les sanglots.

— C'est fini, dit Riley.

— Grâce à vous.

Riley se sentit coupable. Elle aurait peut-être dû rouvrir ce dossier beaucoup plus tôt.

Paula embrassa Riley sur la joue et quitta le commissariat.

*

Dans la voiture, que Bill conduisait en direction de Quantico, personne ne dit rien pendant un très long moment. Riley était épuisée. Elle savait que Jake et Bill aussi. Mais le sentiment de satisfaction était palpable.

Enfin, Riley demanda à Jake :

— Tu es prêt à prendre ta retraite, maintenant ?

Jake étouffa un rire.

— Je ne sais pas, dit-il. Je n'ai pas l'impression d'avoir fait grand-chose.

Riley sourit. Elle savait ce qu'il ressentait. C'était un sentiment ordinaire qu'elle ressentait également après avoir bouclé une affaire : celui de n'avoir rien fait de spécial.

Mais ce n'était pas vrai. Pas pour Jake. C'était formidable de l'avoir de nouveau à ses côtés, comme partenaire et comme mentor. Riley était peut-être douée pour pénétrer l'esprit d'un tueur, mais Jake l'avait aidée à aller beaucoup plus loin que d'habitude cette fois. Et bien sûr, il y avait autre chose.

— Tu m'as sauvé la vie, dit Riley.

Jake pouffa à nouveau.

— Ah oui, il y a ça. C'est déjà pas mal. Allez, disons que je suis prêt à prendre ma retraite. Mais seulement sur le terrain. Il y a toujours plein de choses à faire.

Riley savait ce qu'il voulait dire. Jake pourrait toujours décortiquer les affaires classées depuis son fauteuil, comme il le faisait déjà depuis des années. Riley espéra qu'il pourrait faire ça jusqu'à sa mort.

*

Quand Riley rentra à la maison, Jilly et April étaient déjà rentrées de l'école. Dès qu'elle mit un pied dans le salon, Gabriela et les filles s'inquiétèrent de son gros pansement à la tête, exigeant de savoir si tout allait bien. Ils la guidèrent vers le canapé comme si Riley était invalide et l'aidèrent à s'asseoir.

— Je vais bien, leur dit Riley. Vraiment, ça va.

— Tu as attrapé le méchant ? demanda Jilly.

— Moi, non, dit Riley. Nous tous, nous l'avons fait. Moi, Bill,

Jake et bien d'autres, comme Sam Flores, notre technicien.

Jilly sautillait d'excitation.

— Dis-nous ! Raconte-nous toute l'histoire.

Riley poussa un long soupir.

— Pas maintenant, dit-elle. Donnez-moi le temps de reprendre mon souffle.

Les filles protestèrent bruyamment, mais Gabriela les calma :

— Laissez un peu la *señora* Riley tranquille, dit-elle.

Riley remercia Gabriela et monta dans son bureau. Dès qu'elle s'assit devant son ordinateur, une chose étrange se produisit.

Toute la satisfaction qu'elle avait ressentie en résolvant l'affaire du tueur aux allumettes s'évapora.

Au contraire, elle fut envahie par une profonde frustration.

Elle avait laissé une autre piste refroidir.

Celle qui menait au tueur de sa propre mère.

CHAPITRE TRENTE-NEUF

Riley resta longtemps assise derrière son bureau, envahie par un sentiment d'impuissance.

Elle pensa à la visite qu'elle avait rendue à Floyd Britson dans sa maison de retraite.

Elle pensa au seul mot qu'il avait prononcé pour répondre à sa question :

« Luster. »

La piste de Hatcher l'avait conduite à un vieillard sénile qui ne pouvait plus lui dire ce qu'elle voulait savoir.

C'était une farce sinistre.

Et Riley en était le dindon.

Son sentiment d'impuissance se mua en colère.

C'était la faute de Hatcher.

Il était temps de lui dire ses quatre vérités.

Elle baissa à nouveau les yeux vers l'inscription sur le bracelet.

face8ecaf

La dernière fois qu'elle avait essayé d'appeler Hatcher en utilisant cette adresse, elle n'avait reçu aucune réponse.

Si elle réessayait maintenant, lui répondrait-il ?

Il faut qu'il réponde, pensa Riley. *Il le faut.*

Elle ouvrit son logiciel de vidéo chat et tapa les caractères.

Il y eut trois sonneries.

Et puis… Il apparut, assis devant un fond gris anonyme.

Une expression de plaisir passa sur ses traits sombres.

— Bonjour, Riley, dit-il. Je crois qu'il faut que je vous félicite. Vous avez arrêté le tueur aux allumettes.

Riley se demanda brièvement comment il avait eu la nouvelle si vite.

Mais elle n'était pas surprise.

Hatcher était un homme au réseau puissant. Il avait des tentacules partout. Il pouvait savoir tout ce qu'il voulait sur les gens qui avaient de l'importance à ses yeux.

Et Riley avait beaucoup d'importance.

— Espèce d'enfoiré, dit Riley avec une rage contenue.

L'expression de Hatcher changea. Il prit l'air faussement blessé.

— Vous semblez m'en vouloir. Je ne comprends pas pourquoi.

Riley ne put contenir sa colère une seule seconde de plus.

— Vous vous êtes joué de moi ! siffla-t-elle. Vous m'avez lancée dans un cul-de-sac. Et vous l'avez fait pour récupérer le chalet de mon père. Eh bien, ça ne se passera pas comme ça. Je vais vous jeter dehors moi-même. Si je ne vous tue pas avant.

Elle réalisa soudain qu'elle hurlait.

On devait l'entendre dans toute la maison.

Maîtrise-toi, pensa-t-elle. *Ne le laisse pas gagner.*

Hatcher dit :

— Je ne comprends pas ce qui ne va pas, Riley. J'ai plutôt l'impression d'avoir été très utile. Vous avez retrouvé la piste du tueur de votre mère. Pour être honnête, je pensais que vous l'auriez déjà trouvé. Vous avez localisé Floyd Britson ?

— Oui, répondit Riley à voix basse.

— Vous lui avez parlé ?

— Oui.

— Et il a dit quelque chose, n'est-ce pas ? Un seul mot.

« Luster. »

Il avait dû parler à Floyd, lui aussi.

Il avait dû entendre Floyd prononcer le même mot.

— Vous y êtes presque, Riley, dit Hatcher. Il vous suffit peut-être d'un petit coup de pouce. Je serais ravi de vous le donner. Mais je veux une faveur en échange. Je pense que vous savez ce que c'est.

Riley ne répondit pas. Elle ne le savait que trop bien.

Il se délectait des secrets les plus sombres de sa vie.

Il avait une telle emprise sur elle qu'elle lui avait révélé des choses atroces. Des choses qu'elle n'aurait jamais dit à personne d'autre.

Ce fut alors qu'on frappa à la porte. Elle entendit la voix d'April :

— Maman, ça va ? Je t'ai entendue crier.

— Je vais bien, dit Riley.

— Tu es sûre ?

— J'en suis sûre. Je me suis énervée au téléphone. Ça va mieux, maintenant.

Elle entendit April s'éloigner dans le couloir.

Puis elle dit à Hatcher :

— Je n'ai rien à vous dire.

— Non ? demanda Hatcher. Et la mort de Murray Rossum ?

Riley frémit.

Il tapait dans des souvenirs encore frais.

Murray Rossum était une pathétique créature qui se détestait à tel point qu'il se sentait obligé de tuer des jeunes femmes par pendaison.

Quand Riley l'avait enfin retrouvé, il s'était pendu.

Elle n'avait rien fait pour l'arrêter.

Elle dit :

— Je l'ai regardé mourir.

— Et cela vous a plu.

— Non, répondit-elle. Mais c'était fascinant.

— Et une pensée vous a traversé l'esprit quand vous l'avez regardé mourir. Quelle était cette pensée, Riley ?

Riley était presque en larmes.

Hatcher touchait du doigt l'horrible vérité.

Elle pensa la question que Hatcher lui posait parfois.

« Êtes-vous déjà ? Ou allez-vous devenir ? »

Il avait lui-même répondu à cette question un jour :

« Vous êtes en train de devenir *ce que vous avez toujours été, au fond. Appelez ça un monstre, ou comme vous voulez. Et bientôt, vous* serez *cette personne. »*

Elle se rappelait cet instant dans les détails. Murray en train de mourir, ses gestes de plus en plus lents, son corps de plus en plus mou, ses yeux de plus en plus fermés.

— Dites-moi à quoi vous pensez, dit Hatcher.

Riley répondit lentement d'une voix étranglée.

— Je pensais… J'ai compris… que j'étais en train de *devenir*.

Hatcher laissa échapper un ricanement satisfait. Elle savait pourquoi il ressentait un tel sentiment de victoire.

Riley venait de lui avouer l'horrible vérité.

Elle était en train de devenir comme lui.

Comme si elle devenait une partie de lui.

Au bout d'un court silence, Hatcher dit :

— Maintenant, à propos du tueur de votre mère… Eh bien, c'est une mystérieuse créature, non ? Presque magique. Un fantôme, un ectoplasme, un démon…

Puis avec un air entendu, il ajouta lourdement :

— Un troll.

Puis son visage disparut.

Il avait raccroché.

Riley tremblait de tous ses membres. Elle prit de longues inspirations pour se calmer.

Un troll, pensa-t-elle. *Maman a été tuée par un troll.*

Elle savait que le mot « troll » faisait maintenant partie du langage familier. On s'en servait pour désigner des internautes aux mauvaises intentions.

Mais Hatcher ne devait pas parler de ça.

Riley ouvrit une page Internet et fit une recherche sur les trolls.

Il y avait certaines choses qu'elle savait déjà : un troll était une créature légendaire, comme un gnome, un ogre, un gobelin…

Puis une phrase attira son attention…

« Dans les contes populaires, les trolls vivent sous les ponts… »

Le cœur de Riley battit plus vite dans sa poitrine.

La vérité commençait à germer dans son esprit, si vite qu'elle eut du mal à suivre son propre raisonnement.

Elle fit une autre recherche. Cette fois, elle cherchait un lieu.

Elle tapa le nom : *Luster.*

Puis, sans réfléchir, comme un réflexe, elle ajouta : *Pont.*

Et c'était là, sur une carte, devant ses yeux.

Il y avait un pont sur la route Luster à Vickery, en Virginie. Un pont routier en zone urbaine.

Elle ne prit même pas le temps de réfléchir.

Elle bondit de sa chaise et se précipita vers les escaliers.

Elle était sur le point de sortir, quand April l'appela :

— Maman, tu vas où ?

Riley se retourna et croisa le regard inquiet d'April. Elle lui tendit les bras et la prit par les épaules.

Riley ne pouvait pas pleurer maintenant.

— Je dois aller quelque part, ma puce, dit-elle. Je serai peut-être partie longtemps. Mais je vais revenir. Et quand je reviendrai…

Elle voulut dire :

« Quand je reviendrai, ce sera pour de bon, cette fois. »

Mais les mots refusèrent de sortir.

Il y avait des larmes dans les yeux d'April, maintenant.

— Maman, tu me fais peur.

— Je sais, dit Riley en étouffant un sanglot. Mais tout ira bien. Je te le promets.

Sans un mot de plus, elle courut vers sa voiture et démarra.

CHAPITRE QUARANTE

La route était longue jusqu'à Vickery. A mesure que Riley conduisait, la nuit l'engloutit peu à peu et il se mit à pleuvoir. Riley était terrassée par la fatigue.

Elle arrivait à peine à croire à tout ce qui s'était passé dans la journée.

Jake, Bill et elle-même avaient traîné un tueur devant la justice.

Elle avait même été blessée.

Mais elle était déjà à la poursuite du plus grand mystère de son existence.

Le plus important, c'était de rester éveillée.

Enfin, elle s'engagea dans la zone industrielle de Vickery. Il y avait de grands bâtiments métalliques et des hangars, ainsi que des parkings immenses et bien éclairés. Pendant la journée, ça devait grouiller de camions et de voitures. La nuit, c'était presque désert.

Elle s'arrêta au bout du pont de la route Luster. Il faisait noir et il pleuvait. Alors elle sortit un parapluie et une lampe électrique avant de descendre de voiture.

En éclairant ses pas, elle descendit la pente humide pour arriver sous le pont. Ce n'était pas une rivière qui passait en-dessous, mais un ravin sec. Quand les pluies étaient abondantes, ça devait être inondé.

Dans le faisceau de sa lampe, elle vit des affaires éparpillées sous le pont. Il y avait des gens blottis dans les ombres. Le pont Luster devait abriter des sans-abris depuis des années.

Elle éclaira quelques hommes endormis. Certains poussèrent des grognements incrédules. Puis le faisceau de sa lampe tomba sur un homme assis sur un carton recouvert de plastique. Il se tenait une bouteille d'alcool à moitié vide et son visage était ravagé par une vie longue et difficile.

— Qui est là ? demanda l'homme.

Cette voix. Pas de doute.

Elle résonna dans la mémoire de Riley.

La dernière fois qu'elle avait entendu cette voix, elle avait dit à sa mère…

« Donne-moi ton fric. »

Riley était soudain paralysée. Elle ne sut que dire.

— Je veux voir votre tête.

Riley tourna sa lampe vers son visage. Elle entendit l'homme pousser un hoquet de surprise.

Puis il y eut un interminable et terrible silence. Elle crut qu'il ne finirait jamais.

— Oh merde, dit l'homme. La dernière fois que je vous ai vue…

Riley savait ce qu'il était sur le point de dire.

« …vous n'étiez qu'une petite fille dans un magasin de bonbons. »

Il se mit à sangloter.

— J'ai toujours su que vous alliez me retrouver, dit-il.

Riley s'accroupit à côté de lui.

— Comment vous appelez-vous ? demanda-t-elle.

— Wade Bowman.

Riley avala sa salive et dit :

— Dites-moi ce qui s'est passé. Ce jour-là.

Il secoua la tête en sanglotant.

Il sanglota si longtemps qu'elle crut qu'il ne parlerait jamais. Elle se demanda si elle parviendrait à lui arracher ce récit.

Puis, à sa grande surprise, il parla :

— Je détestais votre père, dit-il. Il me détestait. Il a fait de ma vie un enfer. Je l'avais peut-être mérité. J'étais pas un homme, encore moins un bon soldat. Mais il… Il m'a humilié. Il m'a démoli. Il m'a pris tout le respect que j'avais pour moi-même. J'ai tout perdu. Et je…

Il se tut.

— Je voulais le tuer. Je l'ai cherché. Quelqu'un m'a dit qu'on l'avait vu dans le magasin de bonbons. Alors j'y suis allé pour le tuer. Mais quand je suis entré, il n'était pas là. Il n'y avait que votre mère. Je ne savais pas si j'aurais le cran de réessayer. Et puis, je me suis dit, quel meilleur moyen de lui faire du mal ? Je n'ai qu'à la tuer à sa place…

Il s'étrangla sur un sanglot.

— Je ne sais pas pourquoi j'ai appuyé sur la détente. Je l'ai fait pour lui faire du mal. Mais j'ai vu votre tête… Et je me suis détesté encore plus qu'avant. Je l'ai regretté au moment même où la balle partait. Votre mère… C'était une belle personne.

Il sanglotait de façon incontrôlable, à présent.

Riley devinait sans peine la suite de l'histoire.

Wade Bowman avait été dévoré par sa propre honte. Il devait être sans domicile depuis des années – peut-être depuis qu'il avait tué sa mère.

Bowman se calme et essuya son visage et ses yeux sur sa manche.

Puis il glissa la main sous une couverture.

Il en sortit un revolver usé qu'il tendit à Riley.

— Voilà, dit-il. Je veux te le donner depuis longtemps.

Riley prit le revolver. Il était étonnamment lourd dans sa main. Elle sut immédiatement que c'était l'arme qui avait tué sa mère.

— Il est chargé, dit l'homme. Tue-moi si tu veux.

Riley frémit.

Ce serait si facile.

Mais avait-elle envie de le tuer ? Que voulait-elle vraiment, après toutes ces années ?

La justice, pensa-t-elle.

Et la justice était à sa portée. Il n'y avait pas de délai de prescription. Cela ne s'appliquait pas aux meurtres. Elle pouvait l'arrêter. Elle pouvait le traîner devant les tribunaux. Elle pouvait l'envoyer en prison.

Elle pensa à Shane et à ce qu'elle était en train de devenir. Et elle comprit qu'elle pouvait encore faire machine arrière. Si elle tuait cet homme, ce serait trop tard.

Si elle tournait les talons, elle se sauverait elle-même.

Elle pouvait l'arrêter, bien sûr. Mais en regardant autour d'elle la crasse dans laquelle il vivait, elle se rendit compte qu'il était beaucoup plus difficile de vivre ici qu'en prison.

Pourquoi l'envoyer en prison alors qu'il passait déjà sa vie en enfer ? Par un mystérieux coup de sort, la justice avait déjà fait son travail.

Elle tourna les talons et s'éloigna. Les sanglots de l'homme résonnèrent sous le pont. Elle retourna dans sa voiture et démarra. Elle avait traversé une rivière en venant. En passant au même endroit, elle se gara.

Elle marcha jusqu'à rebord du pont et regarda passer l'eau.

Un philosophe avait écrit quelque chose à propos de ça – celui qui poursuit les monstres doit prendre garde de ne pas devenir un monstre.

Elle ne se rappelait pas les mots exacts, sauf la fin :

« Et si tu regardes longtemps un abîme, l'abîme regarde aussi en toi. »

Elle fouilla du regard la rivière sale et polluée par la zone industrielle.

Elle pensa…

L'abîme et moi, nous nous connaissons par cœur.

Elle jeta l'arme dans l'eau, remonta dans sa voiture et reprit le chemin de chez elle.

Elle sanglota pendant tout le trajet.

C'était terminé.

Enfin, après toutes ces années, c'était terminé.

CHAPITRE QUARANTE ET UN

Riley rentra très tard. Elle dormit longtemps, presque jusqu'à midi. Quand elle se réveilla enfin, elle constata avec surprise qu'elle se sentait bien. Elle s'habilla et descendit au rez-de-chaussée.

Elle entendit Gabriela chantonner dans la cuisine, ce qui illumina davantage cette journée. En se servant un café, elle vit que Gabriela préparait quelque chose d'élaboré.

— Bonjour, Gabriela, dit-elle.

Gabriela se retourna en souriant.

— *Buenos días, Señora* Riley, dit-elle. Vous avez fait la grasse matinée, mais c'est bien. Je peux vous préparer un petit déjeuner ?

— Non, ne vous inquiétez pas, dit Riley. Vous avez l'air de préparer quelque chose de spécial.

— *Sí,* vous avez oublié ? Le *señor* Blaine et sa fille viennent diner ce soir.

Riley sourit. Oui, elle avait oublié. Mais c'était une raison de plus d'apprécier cette journée.

Elle se versa un deuxième café et mordit dans un croissant. Elle s'installa dans le salon et alluma la télé. Elle s'arrêta sur un vieux film qu'elle avait déjà vu, mais dont elle ne se rappelait pas le titre. Ça n'avait pas d'importance.

En sirotant son café et en mangeant son croissant, elle repensa à l'expérience qu'elle avait vécu la veille, devant l'abîme – et la manière dont l'abîme avait regardé en elle.

L'abîme était toujours là, dans un coin de sa tête.

Il ne partirait probablement jamais.

Mais il semblait avoir perdu du terrain.

Elle pouvait garder ses distances avec lui, du moins pour le moment.

La vie continue, se dit-elle.

Elle était prête à faire une pause. Maintenant qu'ils avaient résolu l'affaire du tueur aux allumettes, on n'attendait pas Riley à l'UAC avant un moment. Comme elle avait également reçu un coup sur la tête, elle serait peut-être tranquille pendant deux semaines.

Elle termina son film, lut quelques articles dans un magazine, puis regarda la fin d'un autre film. Elle s'était presque assoupie à nouveau quand elle fut réveillée par des signes d'activité.

Les filles étaient rentrées de l'école.

April dévisagea sa mère avec inquiétude.

— Ça va, maman ? demanda-t-elle.

La dernière fois qu'April l'avait vue, Riley quittait la maison à la poursuite d'un mystère.

Elle sourit, en espérant qu'April ne poserait pas de questions.

— Je vais bien, dit-elle.

Heureusement, les deux filles avaient autre chose en tête.

— Maman, Blaine et Crystal viennent diner ! s'exclama Jilly.

— Tu dois t'habiller ! renchérit April.

Riley baissa les yeux vers son pantalon.

— Je suis habillée, dit-elle.

April et Jilly levèrent les yeux au ciel.

— Bon, dit Riley en soupirant. Je vais me changer.

Mais avant qu'elle n'ait eu le temps de se lever du canapé, la sonnette retentit.

Jilly répondit à la porte. Elle fixa du regard la personne qui se trouvait de l'autre côté. Puis elle tourna les talons et s'éloigna d'un pas vif, en laissant la porte ouverte.

Ryan entra.

Jilly quitta la pièce. April croisa les bras.

Ryan semblait choqué.

— Je vois qu'on ne me fait pas un très bon accueil, dit-il.

— A quoi tu t'attendais ? demanda April.

Ryan jeta un regard à Riley, comme pour lui demander d'intervenir en sa faveur.

Elle n'avait pas l'intention de faire quoi que ce soit pour qu'il se sente le bienvenu.

Elle dit :

— Tu es passé prendre les affaires que tu as laissées dans ma chambre et dans la salle de bain ? J'ai tout emballé. Tu les trouveras à l'étage, près de la porte de la chambre.

Ryan resta un instant bouche bée.

Puis il monta à l'étage.

Jilly revint et les filles s'empressèrent de commencer leurs devoirs pour avoir l'air occupé. Quand Ryan redescendit avec ses affaires, elles ne firent pas attention à lui.

— Je t'appelle, dit Ryan à Riley.

Elle se contenta de hocher la tête. Elle avait presque envie de lui adresser une remarque sarcastique, mais ça n'en valait pas la peine.

Les allées et venues de Ryan faisaient maintenant partie de la routine. Elle espéra qu'il resterait parti un bon bout de temps, cette fois.

Dès que Ryan referma la porte, April bondit sur ses jambes.

— Ton pantalon, maman ! Change de pantalon ! Quelque chose de confortable, mais intéressant. Tu n'as qu'à mettre ton nouveau pantalon palazzo.

Riley monta dans sa chambre, trouva le pantalon que lui avait conseillé April et l'enfila. Elle se regarda dans le miroir. Le pantalon était doux au toucher et fluide. Ça lui allait bien. Puis elle choisit un pull en laine qui mettait ses formes en valeur.

Elle enfilait une paire de sandales quand le téléphone sonna.

Une voix jeune et enthousiaste lui répondit :

— Agent Paige, je suis l'agent Jennifer Roston. J'espère que je n'appelle pas au mauvais moment.

Riley sourit.

— Bien sûr que non, dit-elle.

Elle avait entendu parler de Jennifer. Elle était nouvelle à l'UAC, mais on racontait qu'elle avait de l'avenir, comme Lucy Vargas. Elle avait passé sa formation haut la main. On lui avait déjà assigné une affaire à Los Angeles où son travail avait été très apprécié.

— Bonjour, Jennifer, dit Riley. Bienvenue à l'UAC. Je suis ravie de travailler avec vous.

Jennifer étouffa un petit rire nerveux.

— En fait, l'agent Meredith m'a déjà confié quelque chose. Je crois qu'il vous a envoyé un message sur votre compte de l'UAC.

— Je n'ai pas encore allumé l'ordinateur, dit Riley.

— Je suis censée faire des recherches sur un de vos anciens adversaires : Shane Hatcher.

Riley étouffa au mieux un hoquet.

— C'est bien, dit-elle en essayant d'être convaincante. Je suis contente que quelqu'un s'en occupe.

— Je suis à Quantico. J'examine des dossiers. Il y en a certains auxquels je ne peux pas accéder.

Riley savait qu'elle parlait des recherches que Riley avait fait sur Hatcher. Elle dit :

— Eh bien, puisque vous êtes sur l'affaire, je vais vous donner l'accès.

— Ce serait génial. Je voudrais examiner tout ça ce soir. J'aimerais comprendre comment il fait pour vivre en cavale. Il doit avoir un réseau. Ou de l'argent.

— Je suis certaine qu'il a les deux, dit Riley. Je vais me

connecter et vous donner l'accès.

Jennifer la remercia et donna à Riley son identifiant. Riley lui souhaita à nouveau la bienvenue dans l'UAC et elles raccrochèrent.

Riley se connecta immédiatement à son compte. Il y avait un message de Meredith lui expliquant que Jennifer avait été assignée à l'affaire Hatcher.

« Je vous prie de faire tout ce qui est en votre pouvoir pour l'aider. » avait écrit Meredith.

Puis Riley consulta un à un ses propres dossiers sur Shane Hatcher. Elle changea chaque fois les modalités d'accès. Elle savait que certains d'entre eux contenaient précisément les informations que cherchait Jennifer.

En arrivant au dernier dossier, elle hésita.

Il s'intitulait : « IDEES ».

C'était une collection d'idées, d'observations et de pistes. Il y avait également des informations bancaires qui menaient certainement tout droit à Hatcher.

Riley n'avait jamais remonté la piste.

Pendant tout ce temps, elle s'était répété qu'elle était trop occupée.

Elle se rendait compte à présent qu'elle n'avait tout simplement pas voulu remonter cette piste. Elle n'avait pas voulu détruire la seule chance qu'avait Hatcher de vivre sa vie en cavale.

Peu importait ce qu'elle pensait de lui, ou la haine qu'elle pensait lui vouer, il l'avait beaucoup aidée.

Et il y avait quelque chose en lui qu'elle respectait.

Il était dur et, à sa façon, honorable.

Comme mon père, pensa Riley.

Elle était soulagée que Jennifer Roston reprenne l'affaire en main. Ce n'était plus sur les épaules de Riley. Elle ne serait peut-être plus obligée de mentir. Elle ne se sentirait plus si coupable de ne pas l'avoir arrêté elle-même.

Mais il y avait un dossier qui pouvait anéantir Hatcher – et, étant donnée la nature très personnelle des informations, Riley elle-même.

Elle réfléchit longuement. Elle savait qu'elle était sur le point de franchir une ligne qui allait changer sa carrière pour toujours.

Pis elle se décida.

Elle sélectionna le fichier et entra un code.

Un message apparut sur son écran :

Supprimer le dossier IDEES ?

Elle confirma. Le dossier disparut.

Riley frémit.

Elle venait de commettre un acte criminel. Pour protéger un criminel en cavale, elle avait trahi ses vœux d'agent du FBI.

C'était une pensée profondément perturbante.

Elle regardait à nouveau dans l'abîme.

Et elle avait le pressentiment que ce ne serait pas la dernière fois.

SANS COUP FERIR
(Une enquête de Riley Paige — Tome 9)

« Un chef-d'œuvre de suspense et de mystère. Pierce développe à merveille la psychologie de ses personnages. On a l'impression d'être dans leur tête, de connaître leurs peurs et de fêter leurs victoires. L'intrigue est intelligente et vous tiendra en haleine tout au long du roman. Difficile de lâcher ce livre plein de rebondissements. »
– Books and Movie Reviews, Roberto Mattos (à propos de SANS LAISSER DE TRACES)

SANS COUP FERIR est le 9ème tome de la populaire série de thrillers RILEY PAIGE, qui commence avec SANS LAISSER DE TRACES.

Quand deux soldats sont retrouvés morts dans une base militaire de Californie, visiblement tués d'un coup de fusil, les enquêteurs de la police militaire sont bloqués. Qui peut bien assassiner des soldats à l'intérieur même d'une base ultra-sécurisée ?

Et pourquoi ?

On appelle le FBI en renfort et Riley Paige est chargée de l'enquête. Plus elle en apprend sur la culture militaire, plus elle s'étonne du fait qu'un tueur en série puisse sévir ici-même, dans un des endroits les plus sécurisés de la planète.

Elle se lance dans une course contre la montre, à la poursuite du tueur et de sa psychologie. Elle découvre bien vite qu'elle a affaire à un tueur très bien entrainé – un tueur qui pourrait être, cette fois, trop dangereux pour elle.

Sombre thriller psychologique au suspense insoutenable, SANS COUP FERIR est le 9ème tome de la série. Vous vous attacherez au personnage principal et l'intrigue vous poussera à lire jusqu'à tard dans la nuit.

Le tome 10 sera bientôt disponible.

Blake Pierce

Blake Pierce est l'auteur de la populaire série de thrillers RILEY PAIGE. Il y a huit tomes, et ce n'est pas fini ! Blake Pierce écrit également les séries de thrillers MACKENZIE WHITE (six tomes, série en cours), AVERY BLACK (quatre tomes, série en cours) et depuis peu KERI LOCKE.

Fan depuis toujours de polars et de thrillers, Blake adore recevoir de vos nouvelles. N'hésitez pas à visiter son site web www.blakepierceauthor.com pour en savoir plus et rester en contact !

www.ingramcontent.com/pod-product-compliance
Lightning Source LLC
LaVergne TN
LVHW021947220826
846091LV00015B/4116

9781640296473